KB210045

길 너머의 세계

길 너머의 세계

전민식

장편소설

은행나무

차례

1

나는 구릉으로 올라갔다. 눈앞에 보라색 벌판이 펼쳐졌다. 정상으로 오르는 길엔 개여뀌가 피어 언덕을 보라색으로 물들였다. 사람들은 차가 다니는 도로 쪽으로 '너머'를 찾아왔지만 나는 개여뀌 길을 택했다. '너머' 사람들은 물론 드문드문 섬처럼 자리 잡은 가게 주인들도 언덕길에 언제부터 개여뀌가 피어나기 시작했는지 몰랐다. 개여뀌가 들판을 온통 보랏빛으로 물들이는 것은 여름이 절정을 향해 달려가고 있다는 뜻이었다. 나는 언덕을 타고 넘어가는 보랏빛 물결을 따라 걸었다.

그렇게 보랏빛 사이, 야자 매트가 깔린 개여뀌 길을 따라 걸어 올라가면 '너머' 구릉 정상이 나왔다. 정상에 서면 보랏빛 개여뀌는 사라지고 잡다한 세상을 깨끗하게 지워버린 끝모를 바다와 노을 그리고 신의 흰 팔인 듯한 풍력발전기들의 모습이 펼쳐졌다.

신은 장난기 가득한 존재인지도 몰랐다. 단 한 순간도 같은 풍경을 보여주지 않았다. 사람의 언어로는 표현할 수 없는 색을 하늘에 풀어놓고 밤이 올 때까지 제멋대로 붓질을 해댔다. 그 덕에 나는 하늘을 알게 되었고 날마다 올려다보게 되었다.

나는 개여뀌의 언덕을 지나 천천히 앞으로 발을 내디뎠다. 구릉 정상에 서면 바다 쪽으로 흘러내린 '너머 수목장'이 내려다보였다. 가까이 바다가 펼쳐져 있으며 왼편엔 메밀꽃이 양탄자처럼 깔려 있고 오른편에 반송 2000그루가 내리막길을 푸르게 덮은 채 달려 내려갔다.

'가' 열부터 마지막 '하' 열까지. 열마다 120그루쯤 되는 반송이 어른 가슴 높이의 키로 녹색의 마당을 펼쳤다. 반송 한 그루가 차지하고 있는 땅은 가로 3미터에 세로 3미터. 바다로 향한 줄은 50미터 남짓 되지만 좌우 넓이가 300미터가 넘었다. 운동장 두 배 크기의 수목장이었다. 오른편 반송 앞에 서면 땅이 굴곡진 덕에 왼편의 반송이 보이지 않을 정도로 수목장은 넓고 아득했다.

'이렇게 아름다운 곳에 하필이면 수목장을…….'

아무도 가고 싶어 하지 않는 곳이지만 결국 가야만 하는 곳은 왕의 정원처럼 화려했다. 죽은 자들의 곳이라기보다 산 자들의 수목원 같은 모습이었다. 반송 허리에 매어놓은 철판 명패들이 별처럼 반짝거렸다. 그 빛들 사이에서 연두색 개구리 한 마리가 튀어나왔다. 나는 걸음을 멈추고 이 반송에서 저 반송의 그늘로 옮겨 다니는 개구리를 구경했다. 북방산개구리였다. 어머니는 천식이 있고 체력이 약한 내게 줄기차게 북방산개구리를 고아 먹였다. 겨울잠에 들기 전이 영양가가 가장 높다며 연못가를 뒤져 북방산개구리를 한 망태기 잡아 와 나와 동생에게 억지로 먹이곤 했다. 저 개구리에도 누군가의 혼이 덧씌워 있을지도 모르겠다.

'죽어도 돈이 있어야 해. 세상을 굴러가게 하는 건 돈이거든. 그러니까 귀신들도 좋아했겠지. 돈 벌려면 몸이 건강해야 해. 쉰 소리 말고 먹어!'

일찍 죽은 어머니는 돈이 없어 이런 반송 아래 자리를 만들지 못하고 허공에 뿌려졌다. 나는 웃음이 나왔다. 비물질의 세상에서 물질이 무슨 가치를 가질 수 있을까 싶었다. 지금 내게 가치 있는 건 아침엔 검은 녹색이 한낮엔 푸른 녹색이 되고 해질녘엔 황금의 녹색이 되는 나무들과 깊은 밤엔 또 달라지는, 밀도 높은 하나의 진한 덩어리가 되는 이 풍경뿐이었다. 그리고 덤이라면 매월 손에 쥘 수 있는 월급이 있었다. 화장한 후 분말이 된 유골을 직접 맨손으로 만져야 한다는 사실 때문에 급여는 제법 높았다. '너머'는 이곳저곳 방황하던 나를 잡아 세울 만큼 넉넉하게 돈을 쥐여주었다. 어머니가 바란 대로 귀신들도 좋아하는 돈을 벌게 되었다. 말뿐이긴 하지만 만장이 되면 보너스도 준다고 하니 나는 어머니 바람대로 살고 있는 중이었다.

'너머'에 내려온 게 늦겨울이었으니 여러 달이 지났다. 간혹 유족들의 통곡으로 귀가 아프기도 했지만 그런대로 잘 견뎌온 시간들이었다. 한 가지 가끔 나를 기분 나쁘게 만드는 건 골분을 나무 아래 묻어주고 '너머'에서 받는 대가가 수천만 원이라는 사실이었다. 반송 한 그루 아래 유골을 묻고 15년 동안 임대하는 데 2000만 원 가까운 돈이 필요했다. 죽은 자에게 바치는 돈이라기엔 너무 컸다. 하지만 그건 내 몫도 아니었고 내가 꿈꿀 수 있는 정원의 이야기도 아니었다. 이해 못할 것도 없었다. 하지만 하루하루가 신선하고 황홀한 이곳을 고작 무덤으로 만든 사람도 이해가 되지 않았다. 인간의 더러운 발을 들여놓기에 '너머'는 원시적이며 찬란

했고 단순함이 최절정을 이룬 곳이었다.

'우리 같은 것들은 돈만 보고 사는 게 가장 행복한 거야. 돈만 있으면 우울하고 외로움 같은 거 얼마든지 견딜 수 있을 거야.'

지난밤 한 사람도 방문하지 않은 수목장 중턱에 서서 아이패드에 그런 말을 적어 넣었다. 그 말을 적고 한 차례 읽어보니 그럴듯하기도 했지만 씁쓸하기도 했다. 그건 걸핏하면 시장 사람들과 악다구니하며 살다 간 어머니가 늘 입에 달고 살던 말이었다. 내가 적어놓은 낙서는 어머니가 늘 내게 입이 닳도록 해댄 이야기였다. 니들은 니들 애비처럼 살지 마. 꿈이 밥 먹여주는 거 아니니까. 꿈? 꿈은 무슨 얼어 뒈질 꿈. 돈이 최고야.

나는 야자 매트의 매듭이 풀린 곳을 발로 비벼 바닥 안으로 밀어 넣었다. 어머니는 사후 매장을 유언으로 남겼지만 화장을 했다. 죽은 몸이라도 뜨겁게 불태워버릴 생각을 하니 진저리 쳐진다고 말했다. 하지만 매장할 수 있는 땅도 돈도 없었다. 이곳에 데려오면 어떨까라는 생각을 하다 고개를 저었다. 내가 감당하기엔 안치 비용도 비쌌고 일하는 곳에서까지 어머니의 잔소리를 기억하고 싶지 않았다. 돈이 최고라는 어머니라면 충분히 이해할 수 있을 것 같았다. 게

다가 시립 납골당도 나쁘지 않았다. 1만 기를 수용할 수 있는, 명절이면 차를 끌고 들어가는 데에만 두 시간 남짓 걸리는, 겨우 손바닥만 한 수납장 하나를 빌려주는 그곳. 들어가는 입구엔 조화 파는 상점들이 널려 있고 근처 간장 공장에서 풍기는 간장 냄새가 늘 가득한 그곳. 우리에겐 그만한 수준이면 충분했다.

나는 느릿느릿 앞으로 걸어나갔다. 반송과 반송 사이 그 뒤편에 조선송들 너머로 언뜻언뜻 밭이 보였다. 마늘밭이었다. 도현은 물론 소미나 마늘을 걷어가는 나모 역시 수목장 둘레에 주인인 양지랑이 마늘을 심은 이유를 몰랐다. 지난 겨울에 씨마늘을 심었을 텐데, 그가 언제 와서 씨마늘을 심고 갔는지 수목장 사람들은 몰랐다. 어쩌면 그가 온 게 아닐 수도 있었다. 마늘을 걷어가는 나모가 심었을지도. 나모가 수목장에 자주 나타난다는 건, 머잖아 장마가 온다는 말이고 곧 여름이 밀려온다는 말이기도 했다. 언덕 진입로의 개여뀌도 그러하고 반송 무리 입구에 펼쳐진 메밀꽃도 여름을 알렸고 축축한 습기 역시 여름이 오고 있다고 말했다. 겨울이 오기 전에 나갈 수 있을까?

시선이 갈 수 있는 가장 먼 곳까지 눈길을 보냈다. 바다 먼 곳엔 끝이 없었다. 나만 그렇게 끝이 없는 끝을 보고 있는 건 아니었다. 머리 위로 커다란 그림자 하나가 나를 훑고 지나갔다. 해가 길어지고 있는 모양이었다. 어깨에 멘 백팩을 추스르며 어깨를 훑고 지나간 그림자에 눈길을 주었다.

반송의 무리가 끝나는 곳에 풍력발전기 일곱 기가 드문드문 서서 바다에 시선을 보낸 채 바람을 맞으며 느릿하게 돌아갔다. 수평선에서 불어온 먼 바람이 언덕을 타고 올라왔다. 나는 다시 한 차례 백팩의 어깨끈을 힘주어 잡았다. 세 명의 골분이 담겨 있었지만 가벼웠다. 정상적인 가치와 환산이 된다면 6000만 원을 벌어들일 세 사람의 골분. 하지만 내 어깨에 매달린 골분들은 비정상의 골분이었다. 부모도 모르고 이름도 없는 아이들.

보통 성인의 골분은 두 손에 가득했지만, 아이들의 골분은 한 손이면 충분했다. 시작되기도 전에 삶의 끝을 넘어간 아이들. 삶을 살아본 적도 없는 아이들. 세상에 올 때 누군가의 마중도 받지 못했고 떠날 때도 배웅하는 이도 없었다. 살아 있었다면 수없이 많은 상처를 입고 살아갔겠지. 일찍 세상을 등진 건 어쩌면 아이들에겐 다행일지도 몰랐다. 살아본들 특별할 것도 없으니까. 어차피 망가질 거.

나는 오른편 단층 건물로 향했다. 야자 매트가 건물까지 길게 길을 내주었다. 그 길은 이승과 저승을 연결하는 길이기도 했다. 건물 입구에서 내려오던 흰색 1톤 트럭이 내 곁에 멈춰 섰다. 나모였다. 그는 수목장 둘레에서 자라는 마늘을 가져가려고 4월 초부터 거의 매주 한 번꼴로 수목장엘 왔다. 트럭 짐칸에 마늘이 반쯤 차 있었다.

나모가 운전석에서 내리며 사무실 쪽을 힐끔 올려다보았다. 그는 담배를 꺼내 내게 내밀었다. 에쎄 히말라야 담배였다. 그의 손이 눈에 들어왔다. 딱딱하고 거친 손이었다.

"끊는다면서요?"

"이번 생에 담배 끊는 건 글렀어."

나모는 내게 먼저 불을 붙여주고 자신의 담배에도 불을 붙였다. 그는 잔디 위에 앉으며 바다 쪽으로 눈길을 주었다. 나도 백팩을 바퀴 옆에 내려놓고 그의 곁에 쪼그려 앉았다.

"가방에 몇이나 있어?"

나는 그의 눈을 빤히 쳐다보았다. 그는 내가 종종 평화연대에 들러 아이들 골분을 수습해 온다는 사실을 알았다. 그러나 백팩에 담아오니 애써 묻거나 가방 안을 보지 않은 다음에는 알 수 없는 일이었다. 설령 사람들이 가방 안을 본다 해도 검정 비닐봉지에 담겨 있는 골분이 화장한 후에 남은 아이들의 분신이라는 걸 알 턱이 없었다.

"뭘 그렇게 뚱하게 쳐다봐. 소미한테 들었어. 아침 일찍

나갔다고."

그가 금방 궁금증을 풀어주었다. 그의 입에서 연기가 흘러나와 바다 쪽으로 흘러갔다.

"참 독특한 양반이야. 마늘 농사를 왜 짓는지 이해도 안 되고, 애들 죽은 걸 왜 건어주는지도 모르겠고……."

"죽은 애들이라고 해서 다 건어주는 건 아닌데."

"연고가 없는 애들 건어주는 거잖아. 그래도 그게 어디 쉬워? 여기 나무 하나 임대하는 데 2000만 원이라며? 그것도 나무를 주는 것도 아니고."

그의 구레나룻에 희끗한 흰 털들이 더운 바람에 까불거렸다. 다시 살펴보니 그는 검은 머리카락보다는 흰 머리카락이 많았다.

"전생에 애들한테 죄라도 지었나?"

"그건 좀 아닌 것 같아요. 아저씬 전생을 알아요?"

"내가 전생을 어떻게 알아. 말이 그렇다는 거고, 꼭 전생이 있다는 건 아니지. 서울 사람들은 농을 농으로 받아들이지 못하는 거 같아."

그가 내 어깨를 두드렸다. 하지만 그의 말이 내겐 진실처럼 들렸다. 그는 전생을 믿고 있는 눈치였고 한 번도 얼굴을 보지 못한 사장 역시 그런 듯했다. 그래서 무연고 아이들을 받아주는 것이라는 생각이 들었다.

"전생까지는 모르겠지만 아무튼 우리랑 다른 존재들이 현재 우리랑 같이 살고 있을지도 모르겠다는 생각은 해봤어. 뭐 같이 살아도 나쁠 거 없겠고."

"그러니까 귀신들하고 같이 살아도 된다는 말이에요?"

"귀신이랄 것도 없지. 그냥 그런 존재들하고 같이 지내고 있는 거라고 생각해봤지. 그리고 나야 뭐 이래라저래라 말할 필요도 없잖아. 나는 그냥 마늘 좋은 값에 가져가면 되는 거니까……."

"마늘 농사는 관리 안 해도 돼요?"

"무슨 소리야? 다 관리해야지."

"아저씨가 와서 관리하는 거 아니죠?"

"난 수확만 하지. 수목장에서 관리하는 거 아니었어?"

나는 담배 연기를 길게 내뱉었다. 연기가 능선을 따라 바다 쪽으로 달려갔다.

"수목장에서 안 하면 누가 해? 손이 덜 가는 작물이긴 해도 약도 치고 거름도 주고 그래야 하는데? 아무도 안 한단 말야? 진짜?"

이번에는 고개를 끄덕거렸다.

"우리도 몰라요. 잘 때 누가 와서 후딱 하고 가면 모를까."

"아무래도 그렇겠지. 그럼 양 사장이 새벽에 와서 농사짓고 가는 건가? 그것도 좀 이상하네. 며칠만 바짝 일하면 나중에 손이 별로 안 가니까 왔다 갔어도 여기 사람들이 무심하면 몰랐을 수도 있고……."

불현듯 오랫동안 물어보고 싶었던 말이 떠올랐다.

"아저씬 양 사장 얼굴 본 적 있어요?"

"나 본 적 없지. 수목장에 안 와?"

나모는 눈을 크게 뜨며 되물었다.

"마늘 가져가기로 계약하면서 못 봤어요?"

"난 여기 주인 이름만 알아."

"양지량."

"그래, 양지량. 이름도 독특하고. 혹시 중국 교포나 화교 사람 아닐까 생각해본 적도 있어. 중국 사람들이 여기 부동산 많이 산다고 그러잖아."

그럴지도 몰랐다. 그가 담배 한 대를 다 태운 후 일어났다. 나도 백팩 어깨끈을 잡아 들고 일어났다.

"그런데 말이지. 여기 마늘 먹어봤어?"

"먹어볼 일이 없죠. 언젠가 먹겠지만."

"한번 생으로 된장 조금 찍어서 먹어봐. 우리 집사람은 진저리를 치지만."

"왜요?"

"그냥 먹어봐. 다음번에 마늘 가지러 와서 말해줄게."

나모는 짐칸에 실려 있던 마늘 한 쪽을 건네주고 부리나케 운전석으로 뛰어 올라갔다.

"소미 씨랑 자네한테 언제 소주 한잔 살게."

"팀장님은요?"

"도현이? 말 붙이기가 좀 어렵잖아. 전에 주먹도 좀 쓰고 그랬던 거 같아서 께름칙하기도 하고."

"주먹을 써요?"

"아, 건달 짓 좀 하고 그랬던 거 같다고."

"확실해요?"

나는 사무실 쪽을 빤히 올려다보았다.

"그런 건 아니고. 그러니까 우중이 너 오기 전에 잔디 심었거든. 마늘 잘 크나 보려고 박카스 한 박스 들고 왔었지. 그때 팀장이 팔뚝을 걷고 삽질을 하는데 팔뚝에 문신이 빽빽했거든."

"뭐, 요즘 문신은 아무나 다 하는데요."

"그렇지? 하긴 주먹 쓰는 사람이 이런 데 와서 견디겠어? 암튼 팀장한테는 살갑게 대하기가 좀 그래. 나중에 좀 더 친해지면 모를까. 아무튼 나 간다. 다음주에 다시 올 테니까 그

전에 꼭 마늘 먹어봐."

그는 팀장에 관한 알 수 없는 말만 남기고 휑하니 수목장을 빠져나갔다. 그가 사라진 자리에 타이어 자국과 매캐한 냄새만 남았다. 나는 트럭 꽁무니가 사라질 때까지 바라보다 사무실 쪽으로 몸을 틀었다. 사무실은 구릉의 정상에 있는데 오르는 길 양편으로 길을 따라 양지꽃이 노랗게 덮였다.

2

백팩을 고쳐 메고 길을 올라갔다. 자연스럽게 사무실 쪽으로 눈길이 갔는데 도현이 보였다. 마중 나온 건 아니겠지. 나는 피식 웃다 말았다. 그와 가까워지자 얼굴이 선명하게 보이기 시작했다. 어젠 보이지 않던 다크서클이 그의 눈가에 선명했다. 사무실 건물 뒤로 풍력발전기의 거대한 날개가 느리게 돌아가며 만든 긴 그림자가 건물과 도현을 훑고 지나갔다. 도현은 내 쪽으로 걸어왔다. 눈썹이 미간으로 몰린 걸 보니 짜증이 난 모양이었다. 그에게서 쉰 막걸리 냄새가 났다. 슬쩍 얼굴을 쳐다보니 눈이 붉었다. 개량 한복 바지가 바다에서 밀려 올라온 바람에 펄럭거렸다.

"수고했어."

그는 입술을 씰룩거리더니 벌어졌던 입을 다물었다. 그의 눈썹 아래로 검은 그늘이 꿈틀거렸다.

"들어오는 길에 차들이 밀려서 좀 늦었어요."

"이 동네 뭐 볼 거 있다고들 기어 오나 모르겠어. 죄 바다뿐인데. 손님들 두 팀 왔다 갔어. 내가 말주변이 없어 그랬는지 그냥 가버리네. 소미더러 하라고 할 수도 없고."

도현이 괜히 입맛을 다셨다. 그는 바지 주머니 깊이 손을 찔러넣고 어깨를 모았다. 턱 밑의 거뭇한 수염들이 유독 눈에 들어왔다.

"그게 무슨 말입니까?"

"말 그대로. 설명을 제대로 못해서 두 팀이 시큰둥한 반응을 보이다 가버렸어. 바로 안치해야 한다고 했는데……."

내가 얼른 알아듣지 못하자 도현이 느릿느릿 설명했다. 수목장에 안치를 하러 왔다, 보통은 예약을 하거나 날짜를 받아 오는데 내가 없는 사이 수목장에 찾아온 손님은 납골함을 들고 나타났다. 곧바로 안치를 하려고 했으나 골분을 만질 사람이 없어 결국 가고 말았다. 오후 늦게나 내일 오라는 말을 남겼지만 사람들은 다시 오지 않는 편이니 공친 날이 되었다. 보통은 집에 하루라도 골분을 두려고 하지 않았다. 나는 입술을 깨물며 그의 이야기를 들었다. 그는 골분을 만지려 하지 않았다.

"소미도 못한다고 그랬어요?"

도현이 나를 흘겨보았다.

"소미가 한다고 했더니 유족들이 놀라던데."

"팀장님은?"

나는 도현의 검은 얼굴을 빤히 올려다보았다. 지는 해를 등지고 서 있어 그런지 그의 얼굴이 그늘 속에 묻혀 도무지 표정을 읽을 수가 없었다. 반대로 그는 내 얼굴이 훤히 보일 터였다. 도현이 몸을 모로 틀더니 주머니에서 껌을 꺼내 껍질을 까서 씹기 시작했다. 그는 할 말이 없으면 껌을 씹었다. 그의 주머니엔 세상의 모든 껌이 들어 있었다. 그에게 답을 들을 생각을 한 게 잘못이었다.

"나 말주변 없는 거 알잖아. 학교 다닐 때도 그랬고……. 어떻게든 해보려고 했는데, 유족들 마주하면 머릿속이 까매져……."

나는 고개를 저었다.

"진짜 궁금해서 묻는 건데 광장공포증이나 대인기피증 그런 건가요?"

그는 천천히 마른세수를 했다. 그를 타박하려는 생각에서 물은 건 아니었다.

"그게, 전 그냥……."

핀잔처럼 들렸을 말을 되돌릴 적당한 생각이 떠오르지 않았다. 나는 안치를 하는 조건으로 '너머'에 들어왔고 그는 그런 나를 관리하는 관리자였으니까. 게다가 지금까지는 하루에 많아야 세 건 정도 안치가 있었고 그 정도는 혼자 처리할 수 있어서 그가 주변만 뱅글뱅글 도는 걸 내버려두었다. 나무 가격이 비싼 탓에 사람들이 몰리지 않은 원인도 있을 터였다.

"그게 좀 그래. 나중에 알게 되겠지만……."

그는 내가 알아듣기에는 좀 애매한 말을 남겼다. 그가 안치를 못하면 소미가 맡을 수도 있었지만, 소미가 발 벗고 나서면 유족들이 달가워하지 않았다. 여자가 골분을 만지면 지옥에라도 떨어지는 줄 알았다.

"뭐라 그러는 게 아니라……. 하루 세 건만 치르면 저 혼자서도 가능해요. 소미도 필요 없고요. 오늘처럼 외부에서 애들 유골 받아 올 땐 좀 곤란할 수도 있지 않나 해서 말씀드린 거예요."

"나도 그것 때문에 말한 거지. 앞으로 나도 어떡하든 안치하려고 해볼게. 잘할 수 있을지 모르겠지만."

나는 까무잡잡한 그의 얼굴을 힐금거렸다. 그는 '너머'에 오면 하루 종일 반송 사이를 누비고 다니거나 바다에 나가 있거나 그도 아니면 내 숙소이자 숙직실인 방에서 잠을 잤다.

"저 혼자 다 못 치를 땐 도와주셔야 하지 않나 해서요."

"그래야지. 나도 안치를 해야지. 그동안 안 했던 것도 아니고. 그런데 난 유족들에게 위로의 말 같은 걸 못하겠어. 진짜로 죽은 사람을 추모하는 마음이 드는 것도 아닌 데다 유족들이 불쌍하다는 생각이 들지도 않고."

안치하는 방법과 안치의 순서 그리고 유족들에게 건네는 추모의 말까지 그에게 배웠다. 당연히 전에는 안치를 했을 터였다. 하지만 내가 '너머'로 들어온 뒤 그가 안치하는 걸 보지 못했다. 그러니까 그가 안치를 하지 않는 이유는 조심스럽게 골분을 땅에 묻는 일이나 추모의 말들이 가짜처럼 느껴진다는 뜻 같았다. 그냥 일이잖아요,라고 말하려다 말았다.

"사장도 마냥 기다리지 않을 거고."

도현의 말은 언젠가는 '너머'를 다른 사람에게 넘길 수도 있다는 말처럼 들렸다. 나무 아래 빈자리가 없다면 이후엔 관리만 남을 테니 그럴 수도 있는 일이었다. 나무만 관리하면 되는 일이니 '너머'엔 한 사람이면 충분할 터였다.

"사장 본 적 있어요?"

그가 고개를 저었다. 늘 구겨진 듯 잡혀 있던 도현의 입가 주름이 펴졌다. 표정을 잃을 때 그의 모습이었다.

"어떻게 사장이 한 번도 안 오죠?"

그는 내게서 반쯤 몸을 튼 후 수목장 나무들을 내려다보았다.

"사장이니까."

그가 바지 주머니에 손을 찔러 넣고 오른발로 바닥을 맥없이 비볐다.

"어떤 사람인지도 모르겠네요. 알 필요도 없지만."

"무연고 애들한테 나무 내주는 거 보면 아주 글러먹은 인간은 아닌 것 같아. 언젠가 우리한테 얼굴 한 번은 비추겠지."

그가 입안에서 굴리던 껌을 멀리 뱉었다.

"소미가 다음주부터 인스타랑 블로그 광고도 하고 홈페이지도 새로 개편해서 네이버에 올릴 거야. 그럼 지금보단 좀 바빠지겠지. 앞으로 나도 어떻게든 안치해볼게."

"그런 거 하려면 돈 들어가잖아요."

"사장 결재 난 거야."

"보지도 못했다면서요?"

"요즘 꼭 봐야 하나. 톡으로 주고받고 메일로도 자기 생각

보내고 그랬어."

"아주 젊은 사람인 모양이네요. 그냥 그렇게 일 처리하는 거 보면."

"그럴지도 모르지."

그가 이번에는 담배를 꺼내 물었다. 그는 담배를 끊었는데 수목장에 들어오면서 다시 담배를 물었다고 했다. 그는 백팩을 힐끔 쳐다보았다.

"사장 어떤 사람인지 궁금하네요."

"눈 두 개 코 하나 입 하나 있는 그냥 사람이겠지."

나도 모르게 피식 웃음이 나왔다. 몇 가지 다행이라면 전보다 그가 말이 많아졌다는 점과 이리저리 맥없이 쓸려 다니던 그가 이제 중심을 잡을 것처럼 여겨진 점이었다.

"나도 어떤 사람인지 궁금했던 적이 있는데, 그냥 사장이더라고. 사실 여기가 그 사람이 나온다고 해서 달라질 게 전혀 없는 데잖아. 뭘 새롭게 할 수 있는 데도 아니고 흥정 같은 걸 할 수 있는 곳도 아니고 말이야."

그는 확실히 말이 많아졌다. 앞으로 바빠질지도 모르겠다는 생각이 들었다.

"그런데 2000만 원이면 너무 비싼 거 아니에요?"

나는 그동안 궁금했던 걸 물었다.

"비싸지. 웬만한 사람들을 들어올 생각을 안 하니까. 그래서 여긴 사연이 곡진하거나 돈 좀 있거나 아니면……."

그가 내 등에 매달리 백팩에 눈길을 주었다. 그 점도 아이러니였다. 비싼 수목장에서 아이들에겐 무료로 나무 아래 자리를 주었다.

"……그러게, 나도 그런 생각을 했었지. 뭔가 아귀가 맞질 않는 거야. 사장도 뭔가 나름 사정이 있겠지. 우린 그냥 우리 분수에 맞게 안치만 잘하면 되겠지. 앞으로 바빠질지 그대로 흘러갈지 모르겠지만 아무튼 나도 안치 절반은 맡을게."

그의 말을 듣고 있으니 기분이 나빴다. 오늘따라 엄마의 입에서 놀던 말들이 생생하게 기억나고 들렸다. 엄마도 분수라는 단어를 입에 달고 살았다. 분수에 맞게 살라는 말. 아버진 제 분수에 어울리지 않게 공부에 목을 매달았다고 비난했다. 그러다 남극 기지에 연구원으로 신청해서 그곳으로 가더니 지금껏 돌아오지 않았다. 하지만 엄마처럼 그가 원망스럽거나 화가 나거나 하진 않았다. 그가 지금 나타난다고 해서 왜 그랬느냐고 묻고 싶지도 않았다. 내겐 내 삶이 있고 그에겐 그의 삶이 있으니. 그리고 지금 나나 그나 그냥 분수대로 살고 있고 살아온 것이란 생각이 들었다. 특별한 욕심을 가진 적이 없으니 분수에 맞겐 살았다는 말이다. 남극으로 떠난 걸 특별한 욕심이라고 말할 순 없지 않은가.

"비싸서 누가 쉽게 오겠어요. 그리고 죽으면 그만인데."

그가 담배 한 개비를 더 꺼내 검지와 중지 사이에 가볍게 끼워 넣고 까닥거렸다. 잠깐 담배를 끊었다는 게 믿기지 않았다. 그의 입가가 살짝 위로 올라갔다. 웃는 것인지 버릇인지, 그런 표정 뒤에 감추어진 속마음이 느껴지지 않아 매번 찜찜했다.

"그렇지. 죽으면 그만이지."

그가 담배에 불을 붙이다 말고 키득거렸다. 나는 멍한 눈으로 잠깐 그를 쳐다보았다. 그의 얼굴에 핀 웃음 속에 눈물이 보였다. 나는 그의 눈을 외면했다.

"빗물 고랑은 좀 더 파야 하지 않을까?"

그는 재빨리 말머리를 돌렸다.

"장마 와도 끄떡없을 정도라고 생각하는데요. 30센티는 팠으니까 널널할 겁니다."

그는 내 대답을 듣는 동안 눈은 먼 곳을 바라보고 있었다. 내 이야기를 듣고 싶어 꺼낸 말이 아니었다. 말과 마음이 따로 노는 사람이라는 걸 알면서도 매번 그에게 끌려다녔다. 나는 휴대폰으로 시간을 확인했다. 그와 실없는 시간을 보낼 수 없었다. 해지기 전에 백팩에 들어 있는 유골을 안치해야 했다. 해진 후엔 조명 불빛에 의지해야 하는데, 나는 그 불빛 속에 드러나는 유골들이 차갑게 느껴지는 게 싫었다. 밤이 오면 어떤 소리든 더 선명하게 들리는 것도 기분 나빴다. 그의 곁을 지나 사무실로 올라가려는데 그가 백팩을 잡았다.

"네가 아직 여기 여름을 안 나봐서 모르는데 여긴 비가 엄청 오거든. 30센티면 충분할 거 같긴 한데, 올해 비가 어떻게 올지 모르겠네."

그는 말은 내게 하면서 백팩을 쓰다듬었다.

"내일이나 모레 장마 오기 전에 조금씩 더 팔게요."

나는 슬그머니 그의 손을 떼어냈다. 땅이라도 파야 했다. 어느 날엔 세 사람이 각자의 방향으로 시선을 둔 채 하루 종일 침묵을 지키기도 했다. 이곳에 있는 소리라곤 반송 사이를 지나가는 바람과 아득하게 들려오는 파도 소리 그리고 어쩌다 울리는 전화벨 소리가 전부였다. 이제 우린 아침에 서로 얼굴을 보고 저녁에 도현과 소미가 퇴근할 때까지 한마디도 하지 않고 보낼 때도 많았다. 그게 가능한 곳이었다. 이 고요함과 침묵은 많은 일들이 부질없다는 생각이 들게 만들었고, '너머'의 단순함이 나 자신도 무기력하게 만들기 전에 떠나야 한다고 생각했다. 충분한 돈을 주지만 그게 과

연 충분한 돈인지 의심이 되었다.

"오늘은 몇이나 데리고 왔냐?"

도현이 물었다. 백팩 안에는 세 명의 아이가 들어 있었다.

"소미가 말 안 하던가요? 셋이에요."

"세 명이나……. 특이한 건 없고?"

그가 무연고 아이들에 대해 물어본 게 처음인지 아닌지 헷갈렸다.

"……한 명은 아이들이 집단으로 살해된 곳에서 발견됐대요. 정확히는 거기서 약간 떨어진 자린데, 다른 유골들은 이미 오래전에 거의 수습됐고. 얘만 홍수에 같이 쓸려 내려간 거 같다고 하더라고요. 그래서 과거사 진상위원회 차원에서 수습할 때 발견되지 않았던 모양이에요. 아시겠지만 애라 유품도 없고."

이미 여러 차례 겪은 일이라 도현은 경위를 다 알고 있다는 듯 고개를 주억거렸다. 그런 걸 왜 묻는지 모르겠지만.

"사무실에 들어가면 소미가 요구르트 사 왔는지 확인 좀 해봐. 그리고 오늘은 제 지낼 때 우리도 소주 한잔씩 하자. 세 명이나 들고 온 건 처음이지?"

그가 가슴 주머니에서 담배를 꺼내 그저 입에만 물고 놀렸다. 입에 문 담배 끝이 미세하게 떨렸다.

"이 뙤약볕에 소주를 마시겠다고요?"

"한 잔 정도 해야 하지 않을까? 위로해줄 사람이 없는 애들이니까."

도현은 딴소리를 했다. 나는 그를 멀뚱 바라보았다.

"애들이 안쓰러우니까. 양 사장이 어떤 사람인지 모르겠지만 그거 하난 잘하는 거 같아."

도현이 말을 맺고 주변을 살폈다. 오늘도 그의 말은 중심을 묘하게 벗어났다. 그는 가끔 양지량의 쓸데없는 오지랖을 비난하면서도 그를 선한 인간으로 만들었다.

"주변에 거의 다 만장 찼어. 소미가 하는 것도 있으니까, 여름 지나면 사람들이 여기로 몰려들 거야. 그럼 내년 봄이면 만장 차겠지. 가격이 변수이긴 하지만. 양 사장이 그때 우리들 생각도 해주겠다고 했으니까, 돈 좀 주겠지. 그럼 우리 원래의 자리로 돌아가게 되겠지."

도현이 내 등을 탕탕 두드렸다. 나는 '원래의 자리'라는 말에 괜히 코끝이 찡했다. 내겐 '원래의 자리' 같은 건 없었다. 지금 내가 서 있는 곳이 내 자리였다. 돈을 좀 손에 쥐면 내 자리가 달라질까 싶었다. 도현은 담배 연기를 길게 내뿜었다. 연기가 허공으로 흩어지지 않고 그와 내 주변을 맴돌았다. 그가 백팩을 쓸어내렸다.

"만장은 만장이고, 부모도 모르는 것들인데 묻어줘야지. 알고 보면 세상에 불쌍한 인간들 천지라니까."

오늘도 기이할 정도로 많은 말을 했다. 그게 아니라면 그는 원래 말이 많은 사람이었는데 나와 이야기할 시간이 없었던 것인지도 몰랐다. 유족과 함께 온 골분에 대해선 시큰둥하는 그가 무연고 아이들에겐 마음이 기울어지는 모양이었다.

"불쌍한 것들……."

출생 기록조차 없는 아이들이 내 가방 속에 들어 있었다. 어디에서 누구의 배를 빌려 태어났는지 모른다. 태어날 때 헐하게 취급받은 아이들이라 죽어서도 헐했다. 화장하고 남은 뼈를 절구로 빻아 요리하고 남은 밀가루를 쌓듯 낱낱이 종이로 싸고 비닐봉지에 담았다. 수의도 없고 관도 없고, 이름도 없었다.

"낳지나 말지……."

진상위원회 사무장은 아이를 낳은 이들이 모두 어린 미혼모였을 걸로 추측했다. 한 아이는 고시원에서 발견되었고 또 다른 한 아이는 병원 쓰레기장에서, 마지막 한 아이는 전원주택 공사장에서 발견되었다고 했다. 공사장에서 발견된 아이의 유골은 집단 학살이 이루어진 현장과 가까운 곳이었다. 심지어 나머지 두 아이는 돌도 지나지 못한 아이들이었다.

도현이 바지 주머니에 손을 찔러 넣고 한숨을 내쉬었다. 뭔가를 참을 때 나타나는 그의 버릇이었다. 그는 나를 한 차례 힐끔거리더니 휘적휘적 구릉 아래로 내려갔다. 풍력발전기의 날개 그림자는 더 길어졌고 끝이 보이지 않는 수평선 너머로 서서히 해가 떨어지고 있었다. 약간 보라색을 띤 노을이 '너머'까지 천천히 달려왔다. 그의 얼굴은 검붉었고 노을을 마주한 내 얼굴은 빨갰을 것이다. 그의 오른편 어깨 너머로 건물의 창이 눈에 들어왔고 창가에 서 있는 소미가 보였다. 소미는 나를 보곤 손을 크게 흔들었다. 도현이 걸음을 멈추고 뒤를 돌아다보았다. 그는 손 흔드는 소미에게 잠깐 눈길을 주었다가 나를 바라보았다.

"애들 이름은 정해줬고?"

그는 간혹 무심하게 아이들 이름을 물었다. 나는 그의 얼굴을 살폈다. 어제와 다르지 않은 얼굴이었다. 그가 오른손 주먹으로 내 어깨를 가볍게 쳤다. 나는 백팩을 어깨에서 내려 지퍼를 열었다. 세 아이의 골분을 담은 검정 비닐봉지가 드러났다.

"비닐봉지에 담아줘?"

"정권 바뀌고 지원이 땡전 한 푼 안 나온대요. 기부금으로 겨우겨우 굴러간다고 하더라고요."

도현이 헛웃음을 날렸다.

"일곱별, 가득 찬 달, 큰바람……."

나는 봉지를 뒤적여 유성 매직으로 종이 위에 갈겨쓴 글자를 읽어주었다.

"나 원……. 일곱별, 가득 찬 달, 큰바람이라……. 이름이 참……."

"뭐 그렇게 되라는 뜻이겠죠."

나는 도현의 눈을 슬쩍 훔쳐보았다. 그의 눈이 바닥 매트에 향해 있는데 초점은 없었다.

"지난번엔 색으로 이름을 붙이더니. 밝고 찬란한 색, 자줏빛이 깃든 파란색……."

그가 혼자 중얼거렸다. 그런 모습을 보는 것도 오랜만이었다. 그와 몇 마디 나누는 사이 노을이 더 길어졌고 풍력발전기의 그림자는 더 붉어졌다. 붉고 푸르고 검고 희고 노란색이 한순간에 나타났다. 나와 도현은 눈앞에 펼쳐진 풍경을 멍하니 바라보기만 했다. 누구도 붙잡을 수 없는 시간이 흘러갔다. 눈에는 이제 총기가 사라졌고 시간이 흐르며 하루의 일들은 허무해져갔다. 개와 늑대를 구분할 수 없는 시간에 이르면 희미하게나마 남아 있는 의욕이 사라지고 나

자신마저 사라졌다. 누군가 밖으로 등을 떠밀지 않으면 이 곳에서 나갈 의지조차 사라져버릴 곳이었다.

단조로운 일상과 초록의 나무들, 일정한 속도로 돌아가는 풍력발전기 일곱 기. 지겹도록 보아왔다. 허무의 결정체로 손에 잡히는 골분들과 명패에 적힌 한 인간 평생의 시간이 나와 도현과 소미의 안에서 조금씩 무기력을 키워나갔을 것이다. 이제 내 인생에서 남은 것이라곤 나무 다듬고 유골 묻는 충실한 계약직 직원으로서 노인들같이 지난 시간을 그리워하는 일인 것처럼 느껴져 밤새 뒤척이기도 했다.

'다들 이렇게 사는 거 아닌가. 그냥 끝없이 돌고 도는 거겠지. 아침이 있으면 밤이 오고 내일도 그렇고.'

그러나 바람 한 점 없어 잠든 하늘이나 바다처럼 고요해지려는 순간마다 느닷없이 찾아오는 장의 행렬과 바람 때문에 마음속에 잡다한 의욕들이 끓어올라 서로 부딪친다는 것이 한 가지 다행이었다. 그러다 다시 고요해지면 사소한 욕심마저 사라졌다.

등 뒤에서 구릉을 타고 올라온 바람이 불어왔고 반송들과 억새 사이에 숨은 잡초들이 일제히 구릉 정상 쪽으로 머리를 숙였다. 해가 지기 시작하면 바다에서 구릉 쪽으로 바람이 기어 올라왔다. 풍력발전기의 날개도 빠른 속도로 돌며 먼지 같은 내 생각들을 맥없이 날려버렸다. 여기서 끝을 맞이하면 또 다른 곳에 가서 새로운 시작을 맞이하면 되겠지. 등 비빌 곳 없는 인간이 그렇지 뭐.

"난 가끔 여기가 또 다른 지구라는 생각이 든다. 나랑 똑같은 인간이 사는 다른 지구가 있다면, 그렇다고 가정하면 그 친구는 지금 뭘 하며 살고 있을까 싶은 거지. 그런 차원의 세상이 있을 수도 있다니까 궁금해."

그는 오늘 많은 말을 했다. 그동안 그가 내게 건넸던 말들이란 '밥 먹었냐?' '수고해' 정도였으니까. 무엇이 그의 마음을 흔들어놓았을까라는 생각이 들었다. 문득 나 역시 그곳에 가보고 싶었다. 그곳이 존재한다면 내 가족들은 어떻게 사는지 궁금했다. 어머니는 여전히 시장 좌판에 앉아 있을지도. 아버진 어머니 만난 일이 자신 최대의 실수라며 자책하다 떠나버렸을지도. 다시 맥없이 흘러가는 시간이 보였다. 파도를 건너온 노을이 반송에 매달린 명패들을 흔들었다. 명패들은 흔들리면서 반짝거렸다. 낮엔 새로 태어난 신성처럼 반짝거리다가 밤이 되면 힘을 잃어 블랙홀로 빨려 들어가는 노쇠한 별처럼 희미하게 반짝였다.

도현은 두어 발 내게서 멀어졌다. 그에게서 술 냄새가 났다. 도현은 명패에 적힌 내용들을 읊조렸다. 골분의 주인이 태어난 해를 중얼거리고 가족을 중얼거리며 명패에 적힌 문장들을 중얼거렸다.

'곧 다시 만나.'

'행복했어. 다음에도 널 만나 행복해질 거야.'

'1921년 1월 9일 생, 2023년 6월 9일 졸.'

'엄마 그리워. 거기선 아프지 마.'

'이제 마음 놓고 네가 그리고 싶었던 그림 맘껏 그리렴.'

'애들 걱정하지 말고 평온해지길.'

'다음 생에 빨리 태어나서 다시 날 만나러 와줘.'

'미안해. 미안해.'

……

도현은 손을 들어 명패에 앉은 먼지를 닦아냈다. 나는 백팩을 활짝 열고 가방 안에 담긴 세 개의 검은 덩어리를 모두 꺼냈다. 검은 비닐봉지 위에 노을이 내려앉았다.

3

나는 아이들을 나무함에 담고 큰 삽과 작은 삽, 구덩이의 벽을 다듬을 모종삽과 전지가위를 손수레에 실었다. '너머'에서 쓰는 장비들은 화단을 가꾸는 장비들과 크게 차이가 나지 않았다. 관을 묻는 게 아니라 한 줌의 골분만 묻는 것이니 집 안 정원을 꾸미는 정도의 장비들만 소용에 닿았다.

장비들 위에 나무함을 얹혀놓았다. 장비 챙기는 걸 구경하던 도현이 미적거리며 내 얼굴을 살폈다. 그가 오거나 말거나 손수레를 밀고 나가자 그가 뒤에 따라붙었다. 앞으로는 안치를 하겠다던 약속을 지킬 모양이었다. 얼마나 갈지 알 수 없지만.

수목장으로 수레를 몰고 들어가는데 뭍의 바닥과 바다의 표면에 희끄무레한 어둠이 깔리며 섞이고 있었다. 언제부터 사람들이 이곳을 '너머'라 불렀는지 모른다. '너머'는 그야말로 우리가 가 닿지 못하는 의미에서의 '너머'일 터인데 수목장 이름만 '너머'가 아니라 인근의 편의점이나 식당에서도 '너머'라는 단어를 통상적으로 썼다. 너머 편의점, 너머 칼국수, 너머 빵구, 너머 주유소…….

고개나 높은 산 혹은 무지개같이 높은 것의 저쪽인 '너머'beyond! 이 동네에 살던 옛날 사람들은 다음 세상에 대한 믿음이 강렬했던 모양이었다. 한편으론 너머리에 살던 사람들은 꽤 낭만적이었다는 생각도 들었다. 수목장의 주인인 양지량이 이곳에 죽음의 정착지를 올린 건 어쩌면 당연한지도 모르겠다는 생각이 들었다. 도대체 어떻게 생겨먹은 인간인지 진심으로 궁금했다.

"양 사장 어떤 사람이라고 생각하십니까?"

도현이 우뚝 멈춰 섰다.

"나도 잘 모르지. 돈만 아는 인간은 아닌 거 같긴 해……."

"저도 그 정도는 알겠네요."

도현이 피식 웃었다.

"그러게. 네가 더 잘 알겠네. 다른 건 모르겠는데, 세상의 어떤 증오나 미움 같은 것들과 화해하려는 사람이라는 생각이 든 적이 있었지."

"그건 좀 지나친 것 같네요."

"여기 올 때 딱 한 번 통화를 했어. 사람은 둘 정도 알아서 쓰라고 했고, 일하면서 필요한 경비들도 알아서. 만에 하나 급여가 모자라면 전화하라는 말도 했지. 그리고 무연고 아이들 오면 잘 보내주라고도 했다. 그때 느낌이 그랬다는 거야. 전화 한 통으로 사람에 대해 알 순 없지만 어쨌든 내 느낌은 그랬어."

결국 수목장에서 일하는 누구도 양지랑을 본 적이 없다는 말이었다.

"재미있는 사람이네요. 혹시 장애가 있지 않을까요? 저는 양 사장이 거동하는 데 불편한 게 아닐까 그런 생각을 해봤어요. 그리고 나중에 꼭 한번 물어봐줘요. 수목장 둘레에다가 마늘밭을 왜 만들어놨는지요."

"그러게. 그건 나도 의문이야. 그런데 뭐 별거 있겠어. 땅을 그냥 놀릴 수 없었던 것이겠지. 허가받지 못한 귀신들은 들어오지 말라는 뜻이기도 할 테고."

도현이 웃었다. 나도 그의 말에 헛웃음을 짓고 말았다. 그가 왼손으로 수레의 손잡이를 잡았다.

"너랑 벌써 같이 지낸 게 거의 반년 되어가나? 그런데 우리 서로에 대해 아는 게 별로 없네. 현재가 가장 중요하긴 한데 왜 그런지 여기 와 있으니까 과거가 더 중요하다는 생각이 드네……."

나는 그의 눈을 슬쩍 쳐다보았다.

"같이 이야기 나눌 시간이 없었잖아요. 소미도 자기 이야기 안 하고 저도 그렇고 팀장님도 그랬고요. 만장 차면 다들 떠날 테니까 그랬던 거겠죠."

그가 수레 손잡이를 놓고 언덕 아래쪽으로 한 발 내디뎠다. 그는 오랫동안 의례적인 말들만 늘어놓았다. 그런 그가 오늘은 그동안 나누었던 대화를 모두 합한 것보다 더 많은 말을 꺼냈다. 그래서인지 그에 대한 불신이 좀 물러지는 기분이 들었다.

나는 수레의 손잡이를 잡고 오늘 치의 노을과 도현의 뒷모습을 내려다보았다. 그와 자주 어울려 다녔지만 그에 대해 묻지 않았고 그 역시 나에 대해 별다른 걸 물었던 기억이 없었다.

내가 '너머'에 온 건 단순했다. 잠을 잘 곳이 있어야 했고 그곳에서 혼자 지낼 수 있는 곳이 필요했다. 그래야 되든 되지 않든 책이라도 붙잡고 있을 거라 계산했다. 더불어 동생에게 돈 좀 보내고 적금 하나 붓고 생활할 수 있는 만큼을 벌어야만 했다. 몇 군데가 숙식을 제공했지만 단체 숙소였고 숙소가 해결되면 급여가 너무 박했다. 급여를 많이 주는 대신 밥값을 뺀다는 곳도 있었고 숙식과 급여가 해결되면 두 시간마다 순찰을 돈다는 조건이 붙어 있었다. 하지만 '너머'에서 어떤 제약도 두지 않았다. 한 가지 어려운 일이라면 안치를 해야 한다는 점이었다. 처음엔 긴장되고 두렵기도 했는데 이젠 익숙해졌다. 한 줌의 가루로 남은 물질을 만지는 일이 기이하게도 마음이 편했다.

"여기 노을은 신이 빚어놓은 것 같아."

그가 혼잣말을 중얼거렸다. 그에 대해 확실하게 한 가지 알게 된 게 있다면 그는 혼잣말을 자주 중얼거린다는 점이었다. 그의 뒤통수에서 눈을 떼고 그의 시선이 간 곳에 눈길을 주었다. 그의 옆얼굴이 빨갛게 물들고 있었다. 노을이 그의 얼굴을 점령해갔고 수평선은 빨갛게 몸부림치다가 하늘과 경계를 잃어버렸다. 경계 주변으로 물들듯 퍼지는 노을이 나의 현재를 모두 잡아먹는 것만 같았다.

"내려가자!"

그가 상념에 빠진 나를 건져 올렸다. 빛이 만들어주었던 그림자들이 모두 사라지자 사무실에서 서치라이트를 밝혔다. 도현과 나는 세 아이를 데리고 '아' 열로 향했다. 손수레가 구릉 정상에서 내려가면서 요란을 떨었다. 빛은 나와 도현을 따라왔다.

우리는 3분쯤 지나 20년쯤 자란 반송 앞에 섰다. 반송은 풍성하고 허리도 굵은 편이었다. 양지량, 혹은 다른 누군가 20년 넘는 세월 동안 가꾸고 다듬어온 반송들이었다. 조경수로 팔기 위해서가 아니라 오로지 수목장을 위해 기른 나무라 했다. 도현은 물론 나나 마늘을 수거해 가는 나모 역시 양지량을 이해하지 못했다. 수레가 멈추자 도현이 나를 쳐다보았다. 나는 손수레에서 장비를 내려놓고 아이들을 담은 나무함을 들었다.

"최근에 맨 아래쪽 '하' 열 좀 살펴본 적 있어요?"

나는 나무함을 품에 안은 채 아래를 내려다보며 말했다. '하' 열에서 한 걸음만 내디디면 바다였다. '너머' 수목장의 마지막 열이자 바다로 향한 맨 처음의 열. 그러니까 남쪽 중의 남쪽에서 가장 남쪽에 있는 열.

"'하' 열에 뭐?"

나는 나무함을 장비들 곁에 내려놓았다. 그리고 삽을 들고 냉면 대접만 한 크기로 잔디밭 세 개의 동그라미 형태를 찍어두었다.

"아침에 돌아보니까 나무 몇 그루 앞에 누가 파낸 흔적이 있는 거 같더라고요."

도현은 내 말은 크게 신경 쓰지 않는 듯 잔디 뜨는 것만 구경했다.

"맨 앞자리라 누가 관심 갖기나 하겠어. 자리도 그래서 여기 만장 차도 거긴 팔기 힘들 거야."

"그래도 막힘없이 바다가 보이는 자리잖아요. 그런데 그 자리만 골라서……."

"그건 그렇긴 한데……. 바람도 세고 소금 먹은 바람 때문에 빨리 누렇게 타기도 하고, 그런 자리에 누가……."

나는 잔디를 떠서 반송 곁에 나란히 내려놓았다.

"도대체 어떤 놈이 그런 짓을 하는지……."

그는 내 말을 못 들은 척 나무함에서 아이의 골분 하나를 꺼냈다. '큰바람'. 한지 위에 유성펜으로 그렇게 쓰여 있었다. 나는 무릎을 꿇고 앉아 한지를 조심스럽게 풀었다. 채 한 줌도 되지 않을 아이의 골분이 나왔다. 골분을 맨 오른쪽 구덩이에 넣었다. 중간엔 일곱별, 왼편엔 가득 찬 달을 넣었다. 살아온 세월이 거의 없는 아이들임에도 골분의 색이 약간씩 달랐다. 가득 찬 달은 검붉은 기운을 띠고 있어서 아이의 골분이라기보다 흙에 가까웠다.

"이 골분은 좀 진하네."

도현이 고개를 내밀고 구덩이 안을 들여다보았다. 지금 그는 암장한 흔적보다 아이들에게만 관심을 보였다.

"이건 막 태어난 녀석이 아니라 아주 오래전에 죽은 아이라는 증명이야. 평화사무국에서 요즘도 계속해서 제보받아 피해자들 유골을 수습하는 모양이던데. 양 사장은 어쩌자고 그런 일을 떠맡은 건지 모르겠지만……."

도현은 뒤의 말을 잇진 않았다. 손바닥으로 입 한번 훔치고 골분을 내려다봤다. 안치 절차나 추모의 말을 들어줄 유족이 없다 보니 도현의 행동이 어색하거나 딱딱하지 않았다. 유족들 앞에만 서면 그는 이상하게도 얼어버렸다. 그런 그가 내게 안치를 가르치고 추모의 말을 가르쳤고 후속 작업을 알려주었다는 게 믿어지지 않을 정도로.

"요즘도 애들 계속 찾는 모양이던데요?"

"실종으로 남아 있는 사람들이 아직도 엄청나게 많으니까. 지금이야 기록에 불과한 이야기지만 일제 강점기 때부터 거의 70년 동안 우리가 알고 있던 것보다 훨씬 많은 사람이 어처구니없이 죽거나 실종됐잖아. 역사 기록에도 없는 시신들도 엄청 많을 거야. 빠지지 않고 찾아내려면 나이 든 사람들 죽기 전에 얼른 찾아내야 할 텐데. 애들이라 쉽지 않을 거야."

그의 말 앞은 내게 한 말 같았고 뒤의 말은 혼잣말 같았다. 계절이 바뀌었지만 아직 그의 말법에 익숙해지지 않았다. 도현이 고개를 들어 서치라이트 불빛을 바라보았다. 그의 얼굴이 시든 배춧잎처럼 풀기가 사라졌다.

"사장님이 사무국에 먼저 제안하신 거라면서요?"

내가 양지량의 '너머' 작업 매뉴얼을 보여주었다.

- 부모가 없는 아이의 경우 진상조사단에서 의뢰할 땐 무조건 안치 받아줄 것.
- 외에 어떠한 경우에도 일절 무료 안치와 할인 불가.
- 태풍이 오고 비가 오나 눈이 와도 안치를 진행할 것.
- 골분은 모종삽을 사용하지 말고 반드시 손으로 직접 안치 작업을 할 것.
- 1년 365일 문 열어둘 것.
- 배수로 늘 확인할 것.
- 아침엔 거미줄 걷어낼 것.
- 제물은 버리지 못하게 할 것.
- 끝이지만 시작이라는 마음으로 그들이 가는 길을 진심으로 배웅할 것.
- 반송을 사랑할 것.

• 골분으로 남은 영혼도 사랑하고 무엇보다 너 자신을 사랑할 것.

양지량의 문장들은 짧고 분명했다. 군더더기가 없고 깔끔했다. 게다가 그는 땅의 흐름을 그대로 유지하는 형태로 수목장을 지었다. 어느 면은 반듯하고 어느 면은 굴곡져 있었으며 주변 나무들과 바위의 위치까지 고려해 수목장의 모양을 잡았고 모든 반송이 바다를 내려다볼 수 있도록 앞머리를 깎아내렸다.

"실은…… 여기 와서 내가 추측했던 것보다 이 땅에서 애들이 많이 죽었다는 걸 알았어. 사고로 죽은 경우보다 어른들이 저지른 경우가 더 많던데, 아무튼……."

도현은 말머리를 돌리더니 담배 두 개비를 꺼내 한 개비는 내게 내밀었다.

"사람이 어떻게 사람을 죽일 수가 있지? 그것도 애들을. 인간한테 그만한 증오가 생긴다는 게 좀 섬뜩해."

'너머' 수목장에 무연고로 오는 아이들은 대부분 누군가에게 죽임을 당한 아이들이라는 말을 들었다. 부모도 모르고 인연도 끊어진 아이들이었다. 그리고 평화연대 사무국에서도 연고자가 없는 아이들의 골분을 꾸준히 보내오거나 데려가기를 요청했다. 그런데 도현이 그 일에 대해 섬뜩함을 느꼈다는 건 좀 의외였다. 그는 그러니까 내가 아는 한 세상일에 달통한 인간이었다. 도현이 모종삽을 들었다. 나보다 먼저 골분 위에 흙을 넣었다.

"소미는 뭐 하다가 왔대?"

도현이 물었다.

"나도 잘 몰라요. 팀장님이 물어봐야죠. 나랑 동갑인 것만 알아요. 그리고 여기 올 때 안치를 할 수도 있다는 걸 알면서도 왔다는 거하고……."

나는 말을 끝맺지 못했다. 도현이 누군가의 넋두리 듣는 일을 싫어할지도 모른다는 생각이 들었다. 대화를 나누기 힘든 상대였으니까.

"그런데 팀장님은 전에 뭐 하시다가 여기 오신 건가요?"

나는 애써 말머리를 돌렸다.

"그냥저냥 살았지."

도현은 내 이야기를 듣는 둥 마는 둥 하며 가득 찬 달에게, 일곱별에게, 큰바람에게 흙을 부어주었다. 그의 말대로 그냥저냥 살았겠지. 내가 그랬던 것처럼. 소미도 알바나 하면서 살아왔을지도 몰랐다.

도현이 물러난 후 나는 구덩이 안에 손을 넣고 아이들과 흙을 섞었다. 골분에 흙의 어둠이 금방 스며들었다. 차갑고 섬뜩했고 마음의 바닥이 저릿하기도 했다. 나와 도현은 오늘도 골분을 묻었다.

"요즘 누가 암장하고 다니는 거 같아요. 나중에 양 사장이 알면 난리 날 텐데."

내가 다시 한번 꺼낸 말에 그는 별다른 반응을 보이지 않았다. 이번에 한 말 반은 그에게 하는 말, 반은 중얼거림이었다. 나는 지면과 거의 가깝게 흙을 메운 후 그 위에 떼어놓았던 잔디를 얹었다. 내가 구덩이 하나를 밟기 시작하자 도현도 곁의 구덩이를 밟아주기 시작했다. 내가 나머지 한 구덩이를 밟을 때 소미가 손바구니를 들고 나타났다.

"애들은 잘 묻었어?"

그녀가 바구니에서 요구르트와 소주 그리고 포를 꺼냈다. 골분이 허옇게 묻은 장갑을 털며 고개를 끄덕거렸다. 이제 먼지에 지나지 않을 아이들의 골분이 허공에 흩어졌다.

"골분은 만지면 만질수록 찝찝해. 아무리 화장한 거라고 해도……."

소미는 나무 앞에 돗자리를 깔았다. 그녀가 소주를 병째 내게 건넸다. 나는 소주병 입구에 입을 대지 않고 한 모금 마셨다. 입안을 헹구고 등 뒤로 머금었던 소주를 내뱉었다.

"별소릴 다하네. 우리 우중 씨가 보기와 달리 사소한 일에도 감상적이야. 난 아무리 만져도 아무렇지도 않더만."

소미는 아이들이 안치된 구덩이 앞에 각각 요구르트를 놓아주었다. 나는 그녀에게 겁쟁이라는 소릴 들을까봐 대꾸하지 않고 입을 다물었다. 가루가 되어 허공에 떠도는 무수한 죽음들이 내 귀에 대고 알아들을 수 없는 말들로 떠들어댄다는 걸 도현이나 소미가 이해할 리 없었다. 나 자신도 이해를 못하니까.

"얘들은 이거 맛보기도 전에 죽었을 텐데, 이 맛을 알까?"

그녀는 요구르트병 껍질을 일일이 벗겨주었다. 도현은 소주병을 가져다 일회용 커피잔에 삼등분해서 따랐다. 나는 그동안 '가득 찬 달', '일곱별', '큰바람'을 적은 손바닥 크기의 나무 명패를 아이들 앞에 꽂아주었다. 그 이름을 아이들이 좋아할까? 나는 한 차례 명패와 흔적을 훑어보고 소미의 곁에 앉았다. 소미와 도현도 잔을 들고 아이들을 등지고 앉았다.

"팀장님, 연대 사무국장이 전화 왔었어. 언제 와서 밥 한끼 사겠대. 진즉에 왔어야지. 인간들이 왜 그러나 몰라."

소미는 딱딱하게 말한다고 꺼냈을 텐데 가벼운 투정처럼 느껴졌다.

"나한테 살 건 아니지. 양 사장한테 사야지."

"우중아, 양지량이 실존 인물인 거 맞아?"

소미가 물었다. 나는 양손을 들고 어깨를 으쓱했다. 그를 본 것 같다던 도현 역시 고개를 저었다. 소미가 포를 뜯어 도현과 내게 건넸다.

"진짜 태풍이 오긴 오려나보다."

하늘과 바다와 어둠이 허물어진 저편에서 날카로운 바람이 불어왔다. 아이들 잔디 위에 놓여 있던 요구르트가 쓰러지며 내용물이 흘러나와 잔디를 적셨다. 소미가 얼른 손을 뻗어 쓰러지던 요구르트병을 잡았다. 다행히 반쯤 남았다. 도현과 나는 장비를 하나하나 손수레에 담고 천천히 언덕길을 올라갔다. '너머'의 마지막 의식이 남아 있었다. 안치를 끝내고 유족들이 모두 떠난 후 휑한 바람만 남은 나무 아래에 늘 그랬듯 소미가 섰다. 그녀는 나나 도현의 눈치 따윈 보지 않고 고개를 숙였다. 그냥 추모해주는 거니까. 딱히 이유 같은 건 없겠지. 소미는 나무 아래 묻히는 사람들을 위로했다. 유족들이 떠나고 텅 빈 '너머'에 노을과 파도 소리가 밀려오는 중에 소미의 모습을 보고 있노라면 가끔 그녀가 예전에 수녀였거나 비구니였을지도 모르겠다는 생각을 하게 만들었다. 도현과 내가 그렇게 판단한 후부터는 그녀가 그러는 것에 대해 더 궁금해지지 않았고 이미 세상을 사람을 추모해주는 일이라 으레 안치의 마지막 의식으로 소미가 등장해야 한다고 믿게 되었다.

4

밤의 수목장은 깊고 음산하다. 아무래도 요즘 들어 늦은 밤 은밀하게 수목장에 다녀가는 사람들이 있는 듯해 한 바퀴 둘러보려고 나온 길이었다. 바람이 부는 모양새도 날카롭고 거세서 겸사겸사 숙소를 빠져나왔다. 나는 '가' 열의 첫 나무에서부터 마지막 나무까지 산책하듯 걸어가며 반송의 뾰족한 머리를 쓸어주었다. 손바닥에 전해지는 까슬까슬한 느낌이 기분 좋아 나무들 사이를 지날 때면 늘 그렇게 반송의 머리를 쓸어주었다. '가' 열에서 '하' 열까지 걸어 내려가며 먼바다 쪽으로 흘러가는 구름을 보았다. 달이 제법 찬 날에 몰려든 구름은 낮의 구름보다 선명하고 희었다. 손전등을 들고나왔지만 불을 켜지 않아도 달빛만으로도 걷기엔 충분히 환했다.

무연고 아이들을 안치한 나무 곁을 지날 때 참는 듯한 울음소리가 들려 나는 걸음을 딱 멈추었다. 갑자기 심장이 뛰기 시작했다. 나는 얼른 바닥에 주저앉으며 소리가 난 쪽을 살폈지만, 반송의 키가 높기도 하고 밤이라 뭔가를 발견하기는 어려웠다. 나는 오리걸음으로 '하' 열 쪽으로 천천히 움직였다. 한 차례 더 울음소리가 들리다 급히 멈추었다. 나도 걸음을 멈추었다. 잠깐 여러 가지 소음이 들렸다. 달그락거리는 소리, 천들이 서로 스치는 소리, 그리고 발자국. 나도 모르게 벌떡 일어났다.

'뭔가 쉬쉬하면서 이루어지는 일들은 꼭 필요한 사람 귀엔 들어가는 것 같지 않아요. 양 사장이 알 수도 있지만요. 골분을 암장하는 건 좀 희한한 일이긴 한데……. 양 사장이 어떻게 받아들일지 모르잖아요. 꼭 여기에 묻혀야 한다면 차라리 사정을 하면 양 사장이 이해할 수도 있지 않을까라는 생각이 들기도 해요.'

퇴근을 하는 도현에게 걱정도 부탁도 넋두리도 아닌 말을 전했다. 암장하는 사람을 모른 척하자는 말이면서도 양 사장이 어떤 인간인지 모르니 막아야 하지 않느냐는 뜻으로 한 이야기였다. 짧은 순간 여러 잡다한 소리들이 다급하게 얽혔다. 달리 이런저런 계산을 해볼 시간이 없었다. 순리라면 일단 막는 게 우선일 거라는 결론을 내렸다.

나는 부스럭거리는 소리가 난 반송들 사이를 손전등으로 쑤셔댔다. 만약 사람이 있다면 알아서 도망가라는 뜻이었다. 몇 차례 들쑤시지 않았음에도 바다 쪽으로 달려가는 발소리가 들렸다. 나는 '하' 열까지 내려갔다. 멀리 달아나는 사람에게 손전등을 한 번 비춰주었다. 그러자 도망자는 더 빨리 달려 손전등의 가시권에서 벗어났다. 나는 '하' 열을 살피기 시작했다. 길가에서부터 안쪽으로 나무를 하나씩 살펴나갔다. 나무 앞에 잔디를 떼어낸 흔적이 있는지를 살폈다.

'하' 열 서른두 번째 나무 아래 잔디를 뜨다 만 흔적이 나타났다. 누군가 잔디를 반쯤 걷어내려다 멈추고 도망갔다. 나는 그 혹은 그녀가 내달린 해안가로 맥없이 손전등을 비춰보았다. 해변엔 발자국 하나 남아 있지 않았다. 손전등을 끄자 새카만 어둠이 삽시간에 몰려왔다. 저편의 끝에서 번개가 몇 차례 발광했다. 바람이 거세지며 반송 사이를 지나며 울어댔다. 바람 속에는 물기가 잔뜩 배어 있었다. 나는 사파리의 옷깃을 세우고 누군가 남긴 흔적을 한 차례 더 살펴보았다. 바람에 반송이 몸을 떨고 잔디가 바짝 움츠린 것 때문인지 잔디를 떼어낸 흔적을 다시 찾을 수가 없었다. 나는 휴대폰으로 시간을 확인해보았다. 거의 자정에 가까운 시간이었다. 나는 망설이다가 도현에게 전화를 걸었다. 그는 전화를 받지 않았다.

'무슨 일 생기면 시간 구애받지 말고 전화해. 사람이라는 게 죽는 시간이 정해져 있는 게 아니니까.'

다시 전화를 걸었다. 역시 그는 전화를 받지 않았다. 말은 언제든 전화하라고 했지만 늦은 밤 걸려 온 전화는 받지 않는 모양이었다. 하긴 밤에 그에게 전화를 건 것은 처음이었다. 그가 전화를 받지 않는 게 이상한 일은 아니었다. 나는 한 차례 더 손전등 불빛으로 사방을 쑤셔댔다. 밤마실 나온 너구리 한 마리가 화들짝 놀라 바닷가 쪽으로 달아났다. 다시 도현에게 전화를 걸었다. 역시 전화를 받지 않았고 괜한 짓을 했다는 생각이 들었다. 아침에 말해도 되는 일이니까.

나는 바다에서 불어오는 바람에 등을 맡기고 구릉으로 올라갔다. 구릉 정상 사무실 아래편에서 올라온 외등 불빛들이 '너머'의 능선을 선명하게 보여주었다. 사무실과 숙직실 그리고 200년 넘은 느티나무의 실루엣이 그림자 극장의 무대처럼 보였다. 외등은 멀리 퍼져나가지 못하고 사무실 주변을 달무리처럼 맴돌았다. 나는 빛을 보고 정상으로 올라갔다. 정상에 서자 바람이 거세진 느낌이 들었다. 그 바람 속에는 습기도 가득했다. 손전등으로 수목장 전체 반송들을 살폈다. 반송들이 몸을 바람에 맡긴 채 흔들렸다. 명패들이 나무의 허리에 부딪히며 풍경 소리를 냈다. 바람이 좀 불 뿐 수목장은 더 이상 별다른 징후 같은 건 보이지 않았다. 바람에 흐트러진 머리를 쓸어내리며 사무실 쪽으로 돌아섰을 때 휴대폰이 울렸다. 도현이었다.

"전화했었네. 방금 뉴스를 보니까 태풍이 일본 쪽으로 방향을 틀긴 틀었는데 그래도 영향권이라 비는 제법 올 것 같다는군."

전화한 이유에 대해 묻는 게 먼저일 텐데 그는 태풍 이야기부터 꺼냈다.

"여긴 비가 긋기 시작했는데 거기는 비 오겠네."

"아직 비 안 옵니다. 곧 올 것 같긴 하지만요."

"그래? 그런데 이 시간에 무슨 일로 전화한 거야?"

나는 좀 전에 일어났던 상황에 대해 설명했다. 딱히 어떤 답을 구할 수 없다는 걸 알면서도 그에겐 알려주어야 할 것 같았는데 괜한 짓을 했다는 생각도 들었다.

도현이 좀 오래 침묵했다. 저편은 정적이었다. 그 정적 사이로 희미하게 음악 소리가 들렸는데 휴대폰을 귀에 바짝 가져다 대고 들어보니 그건 〈진주난봉가〉인 듯했다. 벼슬 얻어 돌아온 신랑이 기생과 노는 꼴을 보고 자살한 부인의 이야기. 좀 어이없어 나도 침묵했다.

"남잔지 여잔지 알 수 없지?"

침묵이 깨지며 도현의 목소리가 들렸다. 그는 좀 엉뚱한 질문을 했다. 지금은 그게 중요한 게 아니라는 말을 하려다 말았다.

"여기 가로등 하나 없잖아요. 사무실 쪽에 외등 두 개 있는 게 단데."

"수목장 쪽에 가로등이라도 달까?"

"달 수 있으면 달면 좋죠. 아래쪽에도 감시 카메라 좀 달고요. 그래야 맘먹고 몰래 안치하는 사람을 어쩔 수는 없지만 적어도 주의는 줄 수는 있을 거 같아요."

"그렇겠지. 그런데 그런 사람이 몇이나 있을까?"

도현의 말이 공허하게 들렸다.

"양 사장이 알면 우리가 배상해야 할 수도 있잖아요? 감시 카메라를 달아야 하지 않을까요?"

"그래야겠지. 지금 수목장 위쪽이랑 주차장 그리고 사무실 쪽에만 감시 카메라가 있는 거지? 사무실 안이랑."

나는 휴대폰을 귀에서 떼어서 뚫어지게 쳐다보았다.

"수목장으로 내려가는 정상 왼편에도 하나 있잖아요. 저 밑까지 잡기는 어려워도."

그걸 모를 리 없었다. 나와의 대화보다 다른 생각에 사로잡혀 있는 듯했다. 희미하게 들리던 음악이 바뀌었다. 〈봄날은 간다〉였다. 주변 소음이 없어 그런지 이제 휴대폰 너머의 소리가 선명하게 들리기 시작했다. 노래방인가?

"감시 카메라 달아야겠지? 몇 때문에 감시 카메라 다는 것도 좀 그렇긴 한데. 아무튼 지금 가야 해. 신호가 바뀌어서. 나머지 이야기는 내일 하자. 전화 끊는다."

도현은 차 안에서 전화를 받았던 모양이었다. 노래들도 카 오디오에서 흘러나온 음악들이었고. 자정을 넘긴 시각에 어딜 다녀온 듯했다. 그가 어딜 다녀온 건 중요하지 않았다. 그는 처음 느꼈을 때처럼 좀 우유부단하고 끊고 맺음이 분명하지 못한 성격인 듯했다. 사소한 잘못도 책임지지 않으려는 유형의 인간들, 회색 인간들. 도현도 그런 인간이라는 생각이 들었다.

5

도현은 'e 하늘 장사 정보 시스템'에 사망자들을 기록해 넣느라 모니터에 붙어 씨름했다. 소미는 '너머' 블로그를 만들어놓고 사진 첨부하고 사진에 맞는 글을 써대느라 곁눈질조차 하지 않았다. 나는 유족이 오면 수목장을 안내하고 그들이 자리를 결정하면 잔디를 떼어내고 땅을 파고 골분을 묻고…….

간혹 그들의 오열을 온몸으로 들어야만 했다. 시절을 잘못 만난 억울함에 대해, 70년이 지나서 이제야 찾은 불효에 대해, 밥 한 끼 제대로 먹이지 못한 안타까움에 대해, 하고 싶어 했던 일들을 하지 못하도록 말린 강압에 대해……. 대부분은 울었다. 간혹 스스로 떠나버린 자들을 원망하는 오열도 들어야 했다. 사람이 떠나면 후회할 일들만 떠오르는 모양이었다. 거의 대부분의 유족들이 후회하고 안타까워하다 울었다. 그들의 울음은 반송 사이를 떠돌다 조용히 구릉을 타고 내려가 바다로 흘러가버렸다. 떠날 때 그들은 조용히 고요하게 빠져나갔다. 유족들이 한바탕 오열을 풀어놓고 떠나면 어깨에 긴장이 잔뜩 몰렸다가 종내엔 맥이 빠졌다. 딸이 있는 젊은 여자의 골분을 묻은 후 유족들은 수목장을 울음바다로 만들었다. '너머'에 울음이 넘치면 시도 때도 없이 까불던 산까치들도 숨어서 나타나지 않았다. 사람의 울음은 반송도 시들게 하고 따가운 햇빛도 주눅 들게 만들었다. 바람도 풀이 죽고 사람들의 어깨에서도 힘을 빼갔다. 애도의 시간이 길어지면 끝없는 끝을 바라보는 것처럼 갑자기 허무함이 찾아들었다. 그럴 때면 나는 분주하게 움직였다. 주차장에 비질을 하고 장비들 기름칠하고 잡초를 뽑고 부서진 천막을 수리했다. 그럼 겨우 잃어버렸던 의욕을 되찾을 수 있었다. 시간이 흐르고 머릿속에서 여러 생각들이 부딪치는 동안에도 도현은 감시 카메라에 대한 이야기를 꺼내지 않았다. 한 가지 다행이라면 암장하는 인간이 나타나지 않는다는 점이었다. 그러면서 감시 카메라에 대한 이야기는 희미해졌고 흔적도 남지 않았다.

여러 날이 지났고 어린 딸을 둔 젊은 여자의 골분을 남긴 가족들이 떠나고 난 뒤 남녀가 찾아왔다. 죽음이 먼 인간들이 죽을 자리를 보러 왔다. 처음엔 도현과 나, 소미도 그런 줄로만 알았다.

나는 그들에게 반송과 안치 방법에 관해 설명한 뒤 그들의 뒤에 섰다. 내 이야기가 끝나자 남자 곁에 서 있는 여자는 눈물을 흘리기 시작했다. 남자는 삼선 슬리퍼를 신고 있었고 여자는 검정 운동화 차림이었다. 남자의 관자놀이와 여자의 이마에 맺혀 있던 땀이 조용히 흘러내렸다. 남자는 손바닥으로 땀을 훔쳐냈다. 여자는 어깨를 들썩이며 조용히 울었다. 햇볕은 따가웠다. 2000그루의 반송 사이에 두 사람과 내가 서 있었다. 햇빛은 머리를 쪼갤 듯 쏟아져 내렸고 바람 한 점 불지 않았다. 며칠 동안 비가 세차게 내렸다는 게 믿어지지 않을 정도로 극렬한 더위였다.

"경미야, 그만 울어. 죽으면 다 끝인데 뭘."

남자가 말하자 여자는 고개를 더 깊이 숙이고 울었다.

"……그러니까 우리가 죽기 전에 60년 치 관리비를 미리 내면 어쨌든 여기서 그 시간 동안은 우리가 묻힌 나무를 관리해준다는 거죠?"

나는 그렇다고 말했다. 여자는 자신이 죽은 후 기억해줄 아이가 없다는 걸 서러워했다. 남자는 여자의 어깨를 다독여주었다.

"60년 후에도 여기 계시나요?"

여자가 느닷없이 내게 물었다.

60년 후……. 별로 더위를 타지 않는 나조차 땀이 흘러내렸고 등이 땀으로 흠뻑 젖어 반팔 셔츠가 등판에 달라붙었다. 머리카락 속까지 젖었다. 입을 벌린 채 서서 두 사람을 쳐다보았다. 그들을 보고 있자니 눈물을 흘리는 사람들은 더위를 타지 않는 모양이라는 생각이 들었다. 나는 길고 마른 손을 내려다보다 눈 둘 곳이 없어 스마트폰을 들여다보았다. 남자의 다독임이 길어지자 여자의 울음이 좀 잦아들었다. 그렇다고 햇살의 질주가 순해진 건 아니었다. 섭씨 39도, 체감 온도 50도.

6

소미는 비틀거리며 구릉 아래로 내려가는 남녀를 내다보았다. 날은 더웠지만 남자는 여자를 부축하고 걸었다. 그늘 한 점 없는 길을 걷는 그들을 태양이 집요하게 달라붙었다. 그들 뒤에서 여러 개의 작은 빛들이 일렁이는 게 보였다. 나는 언제부턴가 간혹 사람들 뒤나 위에서 일렁이는 빛들이 보였다. 날마다 죽은 자들을 만져서 그런 것인지, 아님 빛이 없는 숙소에서 스마트폰을 들여다보았기 때문인지는 알 수 없었다. 안과에서도 스마트폰의 영향일 수도 있다고 말했다. 하지만 근본적으로는 아무 이상이 없다고 하니 내가 만든 환상일 수도 있었다.

"젊은 인간들이 벌써 죽을 걸 염려한대."

소미가 말했다. 남자와 여자의 뒷모습이 후줄근했다. 바지의 무릎이 튀어나와 있었고 엉덩이 쪽은 형체가 사라진 모습이었다. 소미는 혀를 찼다. 그녀는 텀블러에 든 커피를 마시며 그들에게 눈길을 주었다. 사무실에 앉아 있는 우리는 딱히 할 말이 없어 시야에서 사라지는 남녀만 쳐다보았다.

"이런 날 죽으면 진짜 민폐겠다."

소미는 혼잣말처럼 입을 열었다.

"우리 아빠가 한여름에 죽었거든."

다시 소미가 말했다. 나와 도현은 소미의 입을 힐금댔다. 우리가 아무 말이 없자 소미는 피식거렸다.

"나 어려서 아빠가 죽었어. 그때 정말 혼났거든. 슬퍼해야 하는데 슬픔보다는 어떡하면 더위를 피할까를 궁리하는 게 먼저였으니까. 아, 그놈의 장례식장에 에어컨이 고장 났던 거야. 있는 선풍기 없는 선풍기 죄 끄집어내놓고 선풍기 돌려서 더운 걸 해결하는데. 그 덕에 문상객들이 왔다가 서둘러 가더라고. 그거 하난 좋았어. 난 문상객들하고 절하는 게 왜 그렇게 싫었는지. 아빤 죽어가면서도 할아버지 유골은 꼭 찾아달라고 했는데……. 내가 미쳤나봐. 날씨가 미쳐서 괜한 소리를 다 하네."

소미는 넋두리처럼 혼자 중얼댔다. 나는 그녀의 이야기를 들으며 등을 적신 땀이 의자 등받이에 달라붙지 않도록 허리를 꼿꼿하게 세운 채 앉았다. 나는 그녀에게서 시선을 떼어내 도현을 쳐다보았다. 지금도 도현은 감시 카메라에 대해선 이야기 꺼낼 기미가 보이지 않았다. 나도 누군가를 애써 부추겨 일을 만들어낼 생각도 없었다. 사람이 죽어 이곳을 찾아오든 말든 내 월급에는 변화가 없으니까. 다달이 갚아나가야 하는 학자금 대출금이 줄거나 늘지도 않으니까.

나는 사무실 이편에서 저편으로 오가며 두 사람을 구경했다. 둘은 각자의 생각에 빠져 내 움직임엔 신경 쓰지 않았다. 날개 하나가 부러진 선풍기가 탈탈거리며 돌아갔다. 서큘레이터 역할을 하라고 틀어놓은 것 같은데 나름 찬바람을 이리저리 흩날리게 해주었다. 천장의 형광등 하나만 불을 밝혀 애초 사무실엔 아무도 없는 것처럼 여겨졌다.

나는 물잔을 들고 창가로 다가가 섰다. 조금 전 안내를 받던 남자가 여자의 어깨 위에 팔을 두르고 위를 올려다보고 있었다. 나도 눈을 들어 그들의 시선을 따라갔다. 그들은 200살이 넘은 느티나무를 올려다보고 있었다. '너머'의 대표 나무였다. 블로그나 팸플릿에도 느티나무 찍은 사진을 흑백 화면으로 처리해 로고처럼 썼다. 문득 저 사람들도 나무가 되려고 하는 것 같다는 엉뚱한 생각이 들었다. 채 생각이 고이기도 전에 남자는 여자의 손을 끌고 빨간색 경차로 향했다. 둘은 차에 올라탄 후 창문을 활짝 열었다. 상담을 받을 때와 달리 그들의 얼굴엔 미소가 피어 있었다. 구릉을 내려가는 사이 둘이 무슨 이야기를 나누었을까.

"……내일도 모르는데 60년 뒤를 어떻게 알겠다고."

소미는 커피잔을 들고 탕비실로 들어가며 계속해서 투덜거렸다.

"계약이나 하고 가지……."

나는 다시 창밖으로 시선을 보냈다. 빨간 경차의 남녀는 사라졌다. 서쪽 하늘 먼 곳에서 검은 연기가 한 줄기 피어오르는 게 보였다.

"불이 났나?"

내가 의자에서 일어나 창가로 다가서자 도현도 덩달아 내 곁으로 와 서서 창밖을 내다보았다. 하늘로 올라가는 연기는 점점 굵어졌다.

"날도 더운데 불까지……. 소방관들 숨 막히겠다."

도현은 출근한 뒤 처음으로 나를 힐끔 쳐다보았다.

"왜요?"

나는 도현의 눈치를 살폈다. 짐작이지만 암장에 대해 말해야 한다는 눈빛 같았다. 그 일 말고는 도현과 내가 딱히 눈빛으로 나눌 이야기가 없었다.

"'하' 열에 내려가봤어?"

나는 희미하게 웃으며 말했다.

"'하' 열엔 왜?"

소미가 등 뒤로 다가와 물었다.

"아, 그게 말이야. 별거 아냐."

나는 도현과 소미를 번갈아 보았다. 도현은 얼른 내 시선을 외면했다. 내가 그의 의도를 잘못 파악한 모양이었다. 그는 그냥 내 눈치를 한번 보았을 뿐이었다.

"별거 아니긴. '하' 열에 나무 죽었어?"

제 생각에 빠져 있던 소미가 느닷없이 물었다. 나는 천천히 고개를 저었다.

"그럼……."

소미가 번갈아 보던 폰을 내려놓고 내 얼굴을 빤히 쳐다보았다. 그녀의 눈이 조금씩 커졌다.

"'하' 열에 무슨 일이냐니까?"

그런 사람이 있는지 모르겠지만 나는 체질적으로 거짓말이 서툴러서 거짓말을 해야겠다는 생각이 드는 순간부터 눈가가 떨려 금방 표가 났다. 설령 거짓말을 해도 그 말을 오래

유지하지 못했다. 사실을 말하지 않으면 입안에 모래가 굴러다니는 듯해서 말도 헛나가고 허둥댔다. 내가 거짓말을 믿을 때는 누군가 진실이라고 못 박은 후 내뱉은 거짓말일 때뿐이었다.

"그게 말이야. 누가 몰래 골분을 묻고 간 거 같아서."

소미는 도현의 뒤통수와 내 얼굴을 번갈아 봤다.

"뭐? 기가 막혀. 아니, 하다 하다 뼈 묻는 구멍까지 도둑질을 해? "

소미의 목소리가 단단하고 딱딱해졌다. 나는 어제 본 풍경에 대해 말하지 않았고 도현도 입 밖으로 꺼내지 않았다.

"소미 씨, 요즘은 라디오에 사연 안 보내나봐?"

나는 얼른 말머리를 돌렸다. 서너 달 겪었지만 소미는 무언가 하나에 집중하면 집요하게 파고들었다. 소미는 무료하게 흘러가는 시간을 라디오에 사연 보내는 일로 즐겼다. 한번도 사연이 읽히거나 당첨된 경우는 없는 듯했다.

"그게 반응이 없으니까 계속 없는 사연 꾸며서 써대기도 그렇고 그래서…… 그만하려고. 좀 지긋지긋하기도 하고."

다행히 그녀의 관심을 돌린 듯했다. 그게 아니면 소미도 변한 것인지 모른다. 집요했던 성격이 느슨해진 것인지도.

"소미 씨, 수목장 돌아다니며 사진 찍던 건 마무리됐어?"

도현도 소미의 관심을 다른 쪽으로 몰아가려는 듯했다.

소미는 '너머'를 웹상에 알리겠다며 블로그도 만들고 검색 사이트에 광고도 신청했다. 시간과 계절을 달리해서 찍은 사진이나 풍경 속 사람들의 뒷모습을 찍어 웹상에 올렸다. 나도 반대하지 않았고 도현은 오히려 환영했다. 하지만 아직까지 소미가 웹상에 구축한 사진들을 보고 계약까지 간 경우는 겨우 두 건에 불과했다. 그래도 그녀는 열심히 사진을 올렸다.

"뭐든 해야지……."

말끝에서 그녀의 카랑카랑한 톤이 슬그머니 사라졌다.

"잠깐!"

소미가 큰 소리로 외치며 사무실에서 도망가려는 나와 도현의 어깨를 잡았다.

"뭔 딴말을 하고 그래. 그리고 지금 여기서 사진 이야기가 왜 나오냐? 여기 구멍 하나에 2000만 원짜리야. 2000만 원!"

소미가 목소리를 높이자 그녀의 얼굴이 빨갛게 달아오르기 시작했다.

"구멍에 몰래 골분을 묻었다는 건 누군가 2000만 원을 훔쳤다는 말이라고!"

도현이 나와 소미 사이로 다가왔다.

"흥분하지 마! 그런 흔적이 있다는 거지. 멧돼지가 내려와서 헤집고 간 건지도 모르고."

"팀장님도 참, 누가 흥분했다고 그래요. 우중이 넌 여기서 자면서 그런 놈들 왔다 갔다 하는 거 몰랐어?"

갑자기 소미의 화살이 내게 날아왔다. 하지만 나는 항변할 수 없었다. 그녀의 말이 사실이기 때문이었다. 나는 수목장 내의 숙소를 제공받고 경비 일까지 맡고 있었다. 그 대가로 수당이 나왔다. 그런데 누군가 나무 아래 구멍을 파고 몰래 골분을 묻었다면 그건 내 잘못이었다. 나는 할 말이 없어 소미에게서 멀어졌다. 깊은 밤, 나무 아래까지 은밀하게 다가온 사람을 무슨 수로 찾아낼 수 있을까.

"CCTV 까봤어?"

소미가 누구에게랄 것도 없이 물었다. 나는 멍한 눈으로 도현을 쳐다보았다. 도현도 나를 마주 보았다.

"진즉 까봤지. 맨 아래 열은 카메라에 안 잡혀."

"그러게 카메라 더 설치해야 한다고 했잖아!"

소미의 거친 호흡은 가라앉을 기미가 보이지 않았다.

"소미 씨, 왜 우리한테 화를 내는 거야? 우리 잘못이 아니라 몰래 묻은 놈들 잘못이잖아."

그녀는 정확하게 증오스러운 대상이 누구인지 알 수가 없어 화를 더 내는 것 같았다. 소미는 팔을 걷어붙이더니 갑자기 사무실을 빠져나갔다. 나와 도현은 창가에 서서 소미가 움직이는 걸 지켜보았다. 그녀는 창고 앞으로 종종걸음으로 걸어가더니 손수레를 뒤져 중간 삽을 꺼내 들었다.

"쟤 어디 가냐?"

도현이 말했다. 나와 도현은 빠르게 사무실을 빠져나왔다. 소미는 이미 수목장 구릉을 향해 달리고 있었다. 도현과 난 당황해서 그녀의 뒤를 쫓아 달려갔다. 그녀는 구릉을 넘더니 맨 아래 열을 향해 질주했다.

"소미 씨! 왜 그래?"

"장소미!"

도현과 내가 소미를 불러댔지만 그녀는 내처 달려 내려갔다. 나와 도현이 허겁지겁 그녀의 뒤를 따라 달렸다. 소미는 '하' 열에 들어서더니 반송 밑을 재빠르게 하나씩 살피며 옆으로 이동했다. 그러더니 한 나무 아래 서서 갑자기 삽을 나무 아래에 푹 찔러넣었다. 나와 도현이 그녀 앞에 도착했고 그녀는 이미 나무 아래 흙을 걷어내고 있었다.

도현이 그녀의 팔을 잡았다.

"놔!"

소미는 도현과 눈을 맞추지도 않은 채 말했다. 이번엔 내가 그녀가 쥔 삽을 잡았다.

"이게 무슨 짓이야?"

나무 아래 묻힌 망자들을 조용히 위로해주는 여자라는 게 믿어지지 않았다.

"놓으란 말이야!"

"장소미 지금 뭐 하는 거냐고!"

내가 소리를 질렀다.

"도둑놈 잡아야 할 거 아냐!"

"여기 도둑놈이 어디 있어?"

"죽은 인간이라도 끄집어내야지!"

나는 소미의 양팔을 두 손으로 잡고 흔들었다. 그제야 소미는 삽을 바닥에 떨어트렸다. 더 잡고 흔들지 않았지만 그녀는 주저앉았다. 그 바람에 나도 무릎이 꺾이고 말았다. 그녀가 헤집은 구덩이가 눈에 들어왔다. 이미 안쪽으로 손바닥 길이만큼 파 내려간 흔적이 남아 있었다. 구덩이 안에는 엉긴 흙 틈으로 흰 골분들이 박혀 있었다. 나는 슬그머니 소미를 잡았던 손에 힘을 풀었다. 이 모든 사달이 더위 때문이라는 엉뚱한 생각이 들었다.

7

구덩이는 일단 비닐로 덮어놓았다. 흙을 넣지도 파내지도 못했다. 소미의 손을 잡고 언덕을 거슬러 올라오면서 그녀가 이토록 화를 내는 이유에 대해 생각해봤다. 지금은 딱히 짐작이 가지 않았다. 나는 도현의 뒤통수와 소미를 번갈아 보았다.

“왜 그렇게 화를 내?”

소미는 숨을 가쁘게 쉬었다.

“남자들이 말랑말랑하니까 나라도 화를 내야지.”

그녀가 걸음을 멈추면서 홱 돌아서는 바람에 내 손 안에서 그녀의 손이 빠져나갔다.

"얼굴도 모르는 사장이 나타나서 물어내라고 하면 어떡할 거야?"

어떻게 해야 하는지 나도 알 수 없었다. 남의 산에 몰래 무덤을 만든다는 말은 들어봤지만 남의 수목장에 몰래 안치를 하는 사람이 있다는 말은 들어본 적도 없고 본 적도 없어서 좀 황당했다.

"아까도 말했지만 그게 우리 잘못이 아니잖아."

"아니, 그건 우리 잘못이야. 팀장님이랑 너랑 내 잘못이라고. 양 사장이 물어내라고 하면 물어내야 해. 우린 그 사람한테 월급을 받고 있으니까. 구멍 하나만 판 거면 한 사람이 700만 원씩 물어내야 해. 만약에 두 개면 1400만 원이고! 나 여기 돈 벌라고 온 거지. 그런 바보짓 하려고 여기까지 내려온 게 아니라고! 여기서 빨리 벗어나야 할 거 아냐! 오늘 밤부터 돌아가면서 보초 서."

그녀의 목소리가 카랑카랑 찢어졌다. 그녀가 강짜를 부린다고 생각했지만 마땅히 대응할 말이 떠오르지 않았다. 그녀가 오늘처럼 알 수 없는 대상을 향해 화를 내는 걸 본 적이 없는 터라 더욱 당황했다.

"팀장님은 결혼하셨으면 아이들도 있을 거 아냐? 구멍 두 개를 털리면 우린 몇 달 동안 집에 월급 못 가져갈 수도 있다는 말이야. 나도 그렇고 우중이 너도 우리 이제 청춘 아냐. 여기서 쫓겨나면 더 이상 갈 데가 없잖아. 4대 보험 되는 회사는 여기만큼 돈 안 주는 거 알지? 안 그럼 노가다 뛸 거야? 나 공사장에 방수 조공으로 쫓아다녔는데, 재수 없으면 일 해놓고 돈 못 받을 때도 있어. 여긴 그러니까 나한텐……."

소미가 일용직 노동자로도 일을 했다는 사실을 알게 되었다. '너머'를 찾아오는 사람들에게 '너머'는 끝이고 마지막이며 다른 세상이었다. 망자들에겐 천국이거나 극락 혹은 지옥일 수도 있는 곳이었다. 소미가 끝맺지 않은 말 속엔 '천국'이라는 단어가 숨어 있을 터였다. 우리 셋에게 '너머'는 최후의 보루 같은 곳인 모양이었다. 적어도 내겐 그랬다. 소미가 화를 내기 전까진 크게 문제가 될 거라 생각하지 않았는데 그녀의 말을 들으면서 서서히 긴장이 되었다.

"너는 모르는 사람들 추모도 해주고…… 그러면서……."

내가 말했다.

"그거랑 이건 달라. 죽어서까지 무시당하는 거잖아. 죽어서까지……."

그게 소미의 진짜 마음이었을까?

"추모해줄 때 보면 경건해 보이기도 하고 꼭 신기 있는 사람 같은 분위기도 나던데……."

"뭐, 신기?"

소미가 잔디 위에서 벌떡 일어났다.

"그게 무슨 말이야? 신기라니?"

"아니, 내 말은 그냥 모르는 사람 추모도 하고 그런 걸 보니까 그런 기분이 든다는 거지. 혼자 뭐라 중얼거리기도 하고 말이야. 팀장도 걸핏하면 알아듣지도 못할 말을 중얼거리잖아. 그런 행동들을 보니까 두 사람이 꼭 신기 있는 사람처럼 느껴진다는 거야."

나는 서둘러 변명을 늘어놓았다.

"내 앞에서 다신 그 단어 꺼내지 마. 그날로 떠날 테니까."

소미의 반응이 좀 지나치다는 생각이 들었지만 사소한 부탁이니 들어줄 수 있는 일이었다. 하지만 화를 낸 그녀가 좀처럼 이해되지 않았다. 아무 일도 아닌 일이라 여긴 말이나 사건에 대해 여자들은 나와 다른 반응을 보이는 듯했다. '너머'에 오기 전에 오래 연애를 했던 여자가 그랬다. 나는 화가 나지 않는 일이 그녀에겐 화나는 일이었다. 나는 분노하는 일이 그녀에게 대수롭지 않은 일이기도 했다. 소미의 목소리가 높아진 건 그런 차이 때문이라는 생각이 들었다.

소미는 크게 한숨을 내쉰 후 나를 지나쳐 올라갔다. 그녀의 뒷모습을 보며 문득 그녀는 지금 무언가를 견디고 있을 것이라는 생각도 들었다. 나도 견디고 있는 중이고 도현 역시 뭔가를 견디고 있는 중일 터였다.

아버지는 집을 나가기 전 가고 싶은 길로 가지 못할 수도 있는 게 인생이라고 말해주었다. 대부분 그렇게 살다 간다고도 말했다. 가고 싶은 길이 어디인지 잘 모르겠지만 그곳과는 정반대의 길 위에 서 있다는 생각이 들었다. 너머에 내려온 첫날, 돈은 벌겠지만 결국 모든 꿈들은 사라지게 될 거라 느꼈던 그날의 기분이 불쑥 솟아올랐다. 어쩌면 이렇게 떠도는 삶에서 영영 벗어나지 못할지도 모르겠다는 생각.

구릉 정상에 섰다. 등 뒤에서 바람이 밀려 올라왔다. 등 뒤의 바람은 수평선 너머에서 밤이 밀려오고 있다는 걸 말해주었다. 소미의 머리카락이 바다 쪽으로 날렸다.

"팀장님도 그렇지만 우중이 너도 자기 자신을 속이지 마. 우린 지금 매우 불안정한 상황에 놓여 있는 거야. 지금이야 꼬박꼬박 월급 받지만 여기 만장 차면 그땐 어디로 갈 거야? 난 사실 그 미래가 불안해. 빨리 만장이 되길 바라면서 한편으론 질질 끌어서 한 10년쯤 걸렸으면 좋겠다는 생각도 들어."

소미가 내 마음을 긴 송곳으로 푹 찌른 듯했다. 그녀의 표정을 보려 했지만 머리카락에 얼굴이 반쯤 가려 있었다. 그녀의 표정이 보이지 않았지만 짐작은 갔다. 어머니도 그랬

고 잠시 사귀었던 여자도 그랬으며 소미 또한 나는 이해하
기 힘들었다. 용서하면서 화를 내는 모순을.

8

소미는 추측할 수 있는 다음을 행동하진 않았다. 가능한 추측들, 도현이나 내게 줄기차게 퍼붓거나 서울로 돌아가겠다고 소리를 지르거나 울거나. 그런 예상과 달리 그녀는 냉장고에서 매실액을 꺼내 컵에 붓고 물을 붓고 얼음 몇 조각을 넣어 마셨다.

"돈 많은 놈이 나 좋다고 하면 그냥 콱 시집가버릴 거야."

매실액 한 잔을 모두 비운 후 그녀는 거침없이 말했다.

"사람은 말이지, 죽어서도 안 변해. 인간이란 게 그런 족속인 거 같아."

소미는 컵을 책상을 덮은 유리가 깨질 듯 내려놓곤 사무실을 빠져나갔다. 도현의 얼굴은 표정 변화가 없었지만 소미의 말에 조금은 기분이 상한 듯했다.

"팀장님도 참. 소미가 말은 좀 세도 뒤끝이 없는 거 같아요. 내 말은…… 그런 인상이라는 거죠."

도현은 느티나무 아래 서 있는 소미에게 눈길을 주었다. 그러다 눈길을 걷고 책상을 닦고 쓰레기를 치우고 연필을 깎았다. 물티슈 곽에서 티슈 한 장을 뽑아 책상 위를 꼼꼼하게 닦더니 나를 쳐다보았다.

"저거 어떡할까?"

"뭐요?"

"소미가 파놓은 거."

도현이 입구에 붙은 양지랑의 매뉴얼을 힐금거렸다. 그 매뉴얼에도 암장에 대한 대응은 없었다. 도현이 정말 내게 어떤 대안을 내놓으라고 묻는 게 아니라는 걸 알았다. 그는 자신이 하고 싶은 일에 동의를 구했다.

"우리 묻어버릴까?"

"묻어요?"

"파낼 순 없잖아. 더 깊이 넣자고. 잔디 새로 떼 입히고. 잘 모르겠지만 양 사장이 알면 좋을 거 같진 않거든. 찾아오는 손님들한텐 다른 나무 선택할 수 있게 유도하고."

"그래도 암장한 나무로 고집부리면?"

"그럼 그냥 거기에 묻어주면 되지."

"같이?"

"그런 경우가 몇이나 있을진 모르겠지만 어쩔 수 없는 거잖아. 그리고 사실 애초에 우리가 몰랐다고 가정하면 누가 몰래 묻은 나무 아래 새로운 골분을 묻어도 실은 아무 이상이 없는 거잖아. 모르는 우리 입장에서는 그 자린 빈자리니까. 안 그래?"

그의 옆얼굴이 형광등 불빛을 받아 번들거렸다. 그의 얼굴이 익숙하지 않고 낯설었다.

"그럼, 앞으로도 암장하는 사람 나타나면 그대로 두자는 말인가요?"

나는 적잖이 놀랐다. 하지만 그는 무슨 말인지 알면서도 알아차리지 못한 것처럼 눈을 느리게 깜빡거렸다.

"마냥 내버려둘 순 없겠지. 그럼 너나 나나 망하는 거니까. 소미 말대로 보초를 서든가 감시 카메라를 더 달든가 해야겠어. 소문이라도 나면 이 사람 저 사람 밤마다 찾아와 암장할지도 모르는 일이니까. 그럼 진짜 망하는 거야……."

도현의 눈이 흐릿했다. 그의 눈에는 의욕이나 욕망 같은 게 느껴지지 않았다. 암장하는 사람을 잡아야 한다는 것도 말뿐이라는 느낌이 들었다. 그는 그냥 별탈 없이 '너머'가 만장 찰 때까지 기다릴 사람 같았다. 나는 그의 옆얼굴을 뚫어지게 쳐다보았다. 거의 두 계절이 흐르는 동안 힘없는 눈과 말투는 변함이 없었다.

그라면 내가 어떤 형태로든 일을 저지르길 기다렸다가 그저 고개만 끄덕거렸을 터였다. 그래서 그의 제안이 옳은 방식인지에 대해서는 확신이 서질 않았다. 그보단 이미 땅에 묻힌 그들이 떠나거나 다른 누군가의 살과 섞이려 들지 않을 듯했다.

"소미도 그러길 바랄 거야. 자기도 그렇고 너나 내가 괜한 피해 입을까봐 성질이 났겠지."

도현은 소미를 두둔했다. 그는 입을 다문 채 문밖의 소미에게 눈길을 주었다. 한동안 그가 멀게만 느껴졌는데 오늘은 좀 가까워진 기분이 들었다.

"그래도 망자들인데……."

도현은 눈만 깜빡거렸다. 자신의 뜻과는 무관하게 도둑안치의 주인공이 되어버린 망자들도 그런 방식을 원하지 않았을 거란 생각이 들었다. 날이 궂거나 비가 오거나 바람이 거센 날 나는 허공에 흩어져 있는 말들이 들렸다. 그 말들이 처음엔 그저 스트레스로 인해 발생한 환청이라고만 생각했는데. 곁을 지나가는 소음처럼 무심하게 대하려 했는데 그건 '너머' 주변을 맴도는 골분의 말들이었다. 그래서 더욱 무심해지려고 했다. 어머닌 죽기 한 달쯤 전부터 욕을 입에 달고 살았다. 썩을 것들, 물러나. 쌍놈의 종자들 내가 알아서 갈 테니까 데리러 오지 말라고! 다 늙은 노파가 어디 도망이라도 간대? 썩을 것들. 어머니가 무엇을 본 것인지 모르겠지만 어머니가 말한 '썩을 것들'은 현세의 존재들은 아닐 터였다. 어느 날부턴가 나에게도 그 '썩을 것들'의 말이 희미하게 들리곤 했다. 냉장고를 돌리는 모터 소음처럼. 처음엔 섬뜩했는데 시간이 지나자 거리의 흔한 소음처럼 여겨졌다.

"망자들도 싫겠지. 죽어서까지 홀대받는 거니까. 살아 있을 때도 홀대받았겠지."

"양 사장 모르게 할 수 있을까?"

"여기 나오지도 않는데 어떻게 알겠어. 암장한 인간이 스스로 발설하기 전엔 모르겠지."

세상의 상당 부분이 돈의 힘에 의해 돌아가는 그 단순한 이치를 모르던 때와 이곳에서 생활은 달랐다. 세상에는 정해진 틀과 분명한 시간 흐름이 존재했고 이곳에도 세 사람이 동네 구멍가게처럼 운영했지만 분명한 틀도 존재했고 규제나 규약은 물론 시간의 흐름도 분명했다. 도현은 특히 시간의 흐름을 지키려 했다. 정확한 시간에 출근하고 점심 먹고 정확한 시간에 퇴근했다. 그런데 야간 보초를 서겠다?

"앞으로는 더 못하게 하고. 이미 암장한 건 내버려둬야지."

"몇 군데 더 있을지도 모르잖아요."

"그럴지도 모르겠지만 찾아도 어쩔 수가 없잖아. 그냥 인간의 양심에 맡겨야 하지 않을까."

도현이 내 말을 듣다가 의자에서 일어나 수목장 쪽으로 눈길을 주었다.

"어쩌다가 내가 여기까지 온 건지……."

그는 팔짱을 끼고 서서 문밖의 세상을 둘러보았다.

"아무튼 저건 덮는 걸로 하자. 소미도 수긍할 거야. 보초나 불침번 서는 건 좀 무리잖아. 가짜 CCTV라도 달든가 해야겠다. 대신 당분간만 네가 순찰 좀 잘 돌아줘!"

결국 암장 화살의 종착점은 나인 셈이었다. 소미가 빈 잔을 흔들며 사무실로 들어왔다. 도현과 나를 한 차례 번갈아 본 후 제 책상 앞에 앉았다.

"우리도 감시 로봇 같은 거 하나 들이자. 요즘 개나 소나 다들 로봇 가져다 쓰는데 우리라고 못 쓸 거 없잖아."

소미가 뜬금없는 말을 꺼냈다.

"로봇이 안치를 하면 사람들 반응이 별로일 것 같은데?"

나는 소미의 엉뚱한 발상에 딱히 떠오르는 말이 없어 되물었다.

"로봇더러 안치하래? 그냥 밤에 지키기만 하자는 거지."

소미의 말이 너무 진지해 도현의 눈이 휘둥그레졌다.

"로봇 비용은?"

"렌털도 해준대."

"렌털? 그래도 수목장에 로봇이 보이면 유족들이 거부감 느끼지 않을까? 여긴 그래도 어떻게 보면 사람이라는 순수한 결정체만 있는 곳인데……."

"죽은 사람이 순수한 결정체라고? 뭐, 그렇게 생각할 수도 있겠지. 그러니까 감시용으로만 쓰자고."

"그럼 렌털 비용이 얼만데?"

"몰라. 요즘 식당에도 로봇 쓰니까 우리도 가져다 쓰면 되지 않겠어?"

"여기서 쓰려면 프로그램 설정도 다시 하고 그래야 할 텐데……."

"두 사람은 진짜 농을 농으로 받아들이질 못해요. 말이 그렇다는 거야."

소미는 고개를 홱 돌린 후 모니터에 코를 박았다. 모니터 화면은 50개쯤으로 분할되어 있는데 그게 모두 '너머'의 노을을 찍은 화면이었다. 마우스를 몇 번 놀리던 그녀가 유튜브에서 24시간 방송되는 클래식 음악 영상을 틀어놓고는 의자에서 벌떡 일어났다. 덩달아 도현도 조용히 자리에서 일어나더니 사무실을 빠져나갔다.

9

잠시 시야에서 사라졌던 도현이 비닐봉지를 들고 사무실로 들어섰다. 그가 테이블 위에 검은색 봉투 여러 개를 올려놓았다.

“오늘 고기 좀 먹자. 소주도 한잔하고.”

도현이 봉투를 뒤져 물건들을 꺼내며 말했다. 그는 사무실 에어컨을 끈 후 앞뒤 창문을 모두 활짝 열었다. 나는 그저 능청스럽게 물건을 꺼내는 그를 멍하니 쳐다보았다. 내가 ‘너머’에서 일을 시작한 뒤 그가 술과 안줏거리를 사온 건 처음 있는 일이었기 때문이다. 세 사람이 근무하고 특성상 밤에도 자리를 지켜야 하는 장소이다 보니 회식뿐만 아니라 술을 마신다는 일 자체가 어려웠다. '너머'의 문을 닫지 않는 다음에야 시간 만들기가 어려운 곳이었다. 느닷없이 생길 수 있는 일에 대처할 수 없기 때문이었다. 이른 새벽에 유골함을 들고 오는 사람도 있었고 깊은 밤에 찾아오는 이들도 있었다. 그런 일은 어쩌다 생기지만 그렇다고 마음 놓고 술 냄새를 풍길 수는 없었다. 정해진 약속은 아니지만 그냥 그래야 한다고 믿어왔다. 게다가 '너머'는 골분의 묘지였다. 유족들은 술을 마실 순 있지만 관리하는 우리는 술을 경계해야만 했다.

"그래도 돼요?"

나는 소미의 눈치를 살폈다. 소미의 얼굴도 밝진 않았다.

"팀장님, 어떡하려고요?"

도현이 테이블 위에 물건을 다 늘어놓은 뒤에야 고개를 들어 우리를 쳐다보았다.

"두 사람 오기 전엔 가끔 술도 마시고 그랬어. 애초에 한 사람은 여기 있어야 하니까 회식 같은 거 하려고 밖에 나갈 수가 없잖아. 그래도 한 달에 한 번쯤은 이렇게 술 한잔하고 그랬지. 요즘은 좀 안 했지만."

그는 소미와 내 눈길을 피하더니 자신의 책상 서랍에서 휴대용 가스레인지와 불판을 꺼냈다. 그 서랍에 그런 물건이 있다는 사실을 처음 알았다. 그리고 익숙한 몸짓으로 탕비실에서 젓가락과 대접 등을 가지고 나왔고 테이블 위에 불판을 올려놓았다. 그런 후 윗옷 주머니에서 마늘 세 톨을 꺼냈다. 그때 문득 나모가 당부했던 말이 떠올랐다. 마늘 먹어보라던 말. 그는 의자에 앉아 마늘 껍질을 까기 시작했다. 소미는 길게 한숨을 내쉬더니 탕비실로 들어가 술잔과 김치, 고추절임을 내왔다. 나는 멍청히 서 있다가 도현이 까놓은 마늘을 들고 화장실로 가 씻어 왔다. 불판을 휴대용 가스레인지 위에 올려놓고 불을 올렸다. 그가 삼겹살을 싸고 있는 투명한 비닐에 벗겨낸 후 불판 위에 올려놓았다.

"이러다 손님이라도 오면 어떡해?"

소미가 물었다.

"입구 쪽 간판은 껐어. 그래도 찾아오는 사람은 어쩔 수 없지."

"어쩔 수 없다뇨?"

"술자리 잠깐 멈추고 안치하고 나서 마시면 된다는 말이야. 너무 걱정하지 마. 전에도 그런 일 몇 번 있었으니까."

도현은 불판에 집중한 채 말했다. 삼겹살을 뒤집는 동안 소미는 투덜대면서도 상추를 씻어 왔다. 삼겹살이 노릇하게 구워질 무렵 그가 술병 뚜껑을 딴 후 나와 소미를 번갈아 보았다. 그의 눈엔 소주를 마시겠느냐는 물음이 담겨 있었다. 소미와 내가 잠깐 눈이 마주쳤고 우리는 거의 동시에 고개를 끄덕거렸다. 도현은 잔 가득 소주를 따랐다. 그는 고기를 자르고 접시 위에 익은 것들을 올려놓았다.

"고기 먹을 때 꼭 마늘하고 같이 먹어. 여기 마늘은 좀 다르니까."

그는 나모가 했던 말과 비슷한 말을 늘어놓았다.

"마늘이 그냥 마늘이지."

소미가 시큰둥하게 반응했다. 도현은 그녀의 말에 별다른 반응을 보이지 않았다. 그는 대신 상추에 삼겹살을 올리고 마늘을 쌈장에 찍어 나와 소미에게 각각 건넸다.

"먹어봐."

나와 소미가 그를 멀뚱히 쳐다보았다. 세 사람 사이에 침묵이 흘렀다. 그 틈을 비집고 바람이 밀고 들어왔다. 습기 먹은 바람이었다. 후텁지근한 기운이 좀 빠진 서늘한 바람이 목덜미를 스치고 지나갔다. 도현이 직접 건네는 쌈이라 얼결에 받고 천천히 입에 밀어 넣었다. 삼겹살은 그냥 삼겹살이었고 상추도 그냥 상추였다. 그런데 쌈장을 찍은 마늘 맛이 좀 이상했다. 끝맛이 좀 달았다. 설탕의 단맛이 아니라 꽃잎의 뿌리에서 나오는 희미하지만 싱싱한 단맛. 시큰둥하던 소미의 눈이 반짝거렸다. 마늘을 들어 냄새를 맡아보기도 하고 이빨로 깨물어 먹어보기도 했다. 나도 마늘을 과도로 절반 베어 즙이 흘러나오는 면의 냄새도 맡아보고 혀도 대보았다. 분명 단맛이었다. 마늘의 알싸한 맛 끝에 단맛이 숨어 있었다.

"마늘에서 어떻게 이런 맛이 나요?"

소미가 물었다. 그때까지 나나 소미를 살피지 않고 고기만 먹던 도현이 고개를 들었다. 그는 소주 한 잔을 비운 후 손바닥으로 입가를 닦았다.

"너머의 마늘이라 그래."

"그게 마늘이랑 무슨 상관이 있지?"

"마늘 종자가 다른 거겠지."

도현의 자신의 잔에 술을 따르고 우리에게도 술 마시기를 권했다. 나와 소미가 잔을 비우자 그가 말없이 술을 따랐다.

"처음부터 둘레에 마늘을 심었던 건 아냐. 수목장 개장하고 둘러보는데 뱀이 엄청 많은 거야."

"뱀? 스네이크?"

"그래, 뱀."

"뱀이랑 마늘이 무슨 상관이에요. 백반 같은 거 뿌려놓으면 되잖아요."

"나도 처음엔 백반을 엄청 많이 사 와서 뿌려봤지. 아무 효과가 없었어. 뱀은 백반 같은 거 무시하더라고. 문제는 이 녀석들이 땅속에 자기 집을 짓는다는 거지."

도현의 말이 믿어지지 않을 정도로 나는 이곳에서 뱀을 본 적이 없었다. 소미도 그럴 터였다. 도현은 양지량의 대리인인 변호사에게 전화를 걸었고 다음날 양지량이 답을 주었는데 마늘을 심으면 해결될 거라며 두 해 전 겨울로 들어서기 전에 인부들 몇이 오더니 마늘을 심었다고 덧붙여 말했다.

"……흔한 육쪽마늘이지. 나모 그 친구가 여기 마늘 가져가기로 했고. 한두 번 그렇게 마늘 농사 지으면서 뱀들이 모두 사라진 거야."

"뱀이 마늘을 싫어해요?"

"그런 거 같아. 아주 가끔 멧돼지도 나타나서 죄 헤집어놓고 가는데 마늘 심은 뒤로는 한 번도 나타나지 않았어. 뱀도 그렇고."

"그건 그렇고 맛이 왜 알싸하면서 달죠?"

"나도 처음엔 종자를 잘못 쓴 건 줄 알았는데 흔한 종묘가게 가서 산 마늘씨로 키운 거야."

"그럼……."

소미는 뭔가를 알아차린 눈치였다. 하지만 나는 여전히

마늘에서 단맛이 나는 이유를 알 수가 없었다.

"그래. 땅 때문이야. 땅이 마늘에 어떤 영향을 미치는 건진 모르겠어. 뭐 과학적으로 조사해보면 알겠지만. 한편으론 안치한 골분으로부터 영향을 받아 그런가,라는 생각도 들었지. 나모도 와서 마늘 먹어보고 놀랐어. 나모가 수확해 가기로 계약을 할 때도 변호사가 나와서 계약했거든. 한번 수확해 간 뒤부터 마늘이 맘에 들면 계속 농사를 짓고 수익금의 일부만 수목장에 주는 걸로 계약을 했대. 아마 시장에 내다 팔면 금방 동이 날 거야. 나모도 이런 마늘 보기도 처음이고 맛도 처음이라고 하더군. 그 친구 말이 맞아. 나도 이런 마늘 맛은 처음이야."

"단순히 뱀 쫓자고 마늘을 심은 거라고요?"

내가 재차 물었다.

"내가 알지 못하는 다른 이유가 있는지 모르겠지만 아무튼 그래."

술잔이 세 차례 돌자 늘 가늘던 소미의 눈매가 각진 데 없이 동그래졌다. '너머'에서 지내며 안치에 관한 이야기가 아닌 다른 이야기를 나누는 건 처음인 듯했다. 세 사람 사이에 머물던 딱딱하던 공기가 갑자기 물렁해진 기분이 들었다. 그사이 암장에 대한 이야기는 슬그머니 사라졌다.

"그런데 갑자기 왜 술 마시자고 하신 거예요?"

"특별한 이유 같은 거 없어. 두 사람 여기 온 뒤로 저녁 자리 가져본 적도 없잖아. 팀장이라고 있는 게 그런 것도 못 챙기고. 내가 부실해서 그래."

그는 한 잔의 술을 여러 번 나눠 마셨다. 삼겹살보다는 얇게 썬 마늘을 쌈장에 찍어 안주 삼아 먹었다.

"그런데 마늘을 먹다 보니까 기분이 좀 그렇네."

소미가 입으로 가져가던 마늘을 내려놓았다.

"죽은 사람 양분을 먹고 자란 마늘이잖아."

도현이 희미하게 웃었다.

"화장하면 사실 남은 가루는 그냥 석회랑 다를 거 없어."

"논리적으론 그렇지만 기분상으론 좀 찝찝하잖아."

"그렇게 생각하면 이 땅에 사람 죽은 사체를 먹지 않고 자란 야채가 어디 있겠냐. 천지가 실은 온통 망자들 공간인데."

도현은 덤덤하게 말했다. 소미의 눈꺼풀이 빠르게 깜빡거렸다.

"팀장님은 매사 그렇게 시크해요?"

"시크하다니?"

"매사 냉정하고 차갑고 때론 세상일 다 아는 것처럼 구냐고요."

나는 잔의 술을 비우면서 두 사람의 눈치를 살피느라 맛을 느낄 수 없었다. 마늘 맛만 입안에서 맴돌았다.

"그래? 그런지도 모르겠네."

도현은 이번에도 피식 웃었다. 그 웃음이 냉소 같으면서도 별다른 의미가 없는 듯 보였다. 하지만 소미의 얼굴은 일그러졌다. 그녀는 도현의 웃음을 냉소로 받아들인 모양이었다. 소미는 건배도 청하지 않고 잔을 비웠다. 도현이 술을 따라주었고 그녀는 곧장 잔을 비웠다. 잠깐씩 도현과 소미와 눈이 마주치는 바람에 덩달아 나도 잔을 비웠다. 짧은 시간 소주 두 병이 바닥나자 도현은 이번에도 책상 서랍을 뒤져 소주 두 병을 더 가져왔다.

도현이 사 온 삼겹살을 반쯤 먹었고 상추와 마늘은 거의 바닥이 났다. 도현이 마늘을 더 가져온다며 수목장으로 내려갔다. 소미는 라면을 끓이겠다며 탕비실로 들어갔다. 나는 동생에게서 온 문자 몇 개를 살펴보았다. 보름 동안 휴가를 받았는데 어디로 가야 할지 막막하다는 문자였다. 도현이 돌아왔고 소미가 라면을 냄비 받침에 받쳐 들고 나타났다. 도현도 소미도 다시 잔에 술을 채웠다. 내가 수목장에서 일한 지 거의 반년이 지나고 있는데 두 사람이 술을 잘 마신다는 걸 오늘 처음 알았다.

"오랜만에 마셔서 그냥 잘 들어가는 거야. 여기서 마시니까 거침없이 들어가기도 하고."

소미가 내 궁금증에 대해 답을 말해주었다.

"올해 말이면 여기 만장 칠 수 있을 것 같다며? 넌 여기 만장 치면 어디로 가?"

소미가 도현을 힐끗 보았다가 내게 물었다.

"뭐 다른 데 찾아봐야지. 넌?"

더 이상 떠돌지 않을 곳으로 가고 싶지만 내 세상에 그런 곳이 있을까. 술기운 때문인지 소미의 질문이 나를 우울하게 만들었다.

"팀장님은요?"

소미가 대답 대신 도현에게 물었다.

"난 설비 회사나 들어가려고."

"설비 회사요?"

소미는 시큰둥했지만 나는 그의 대답에 관심이 생겼다. 하지만 그는 그 이상 지난 일들에 대해 설명하지 않았다. 그는 술잔을 들고 수목장이 아닌 사무실로 올라오는 쪽을 내려다보았다. 보라색의 개여뀌 물결이 바람이 지나가는 대로 이리저리 쏠려 다녔다.

"꽃은 지지. 아무리 아름답고 향기로운 꽃도 지는 법이지.

사람도 그런 법이란다.”

도현이 밖에 시선을 둔 채 말했다.

“뭐라고요?”

그제야 도현이 돌아다보며 손을 저었다.

“아냐. 그냥 빈말이야.”

그는 잔을 비우고 자신의 잔에 새롭게 또 술을 따랐다. 술 때문인지 그의 얼굴이 빨갰다. 희끗한 머리카락이 그의 얼굴과 잘 어울렸다. 문득 여러 달을 지내면서 그에게 가족이 있는지 물어보지 않았다는 생각이 들었다. 그건 도현이 내게도 묻지 않았고 소미에게도 물은 적이 없는 질문이었다. 그가 고기 한 점을 집어 먹으려 테이블로 다가왔을 때 나보다 소미가 먼저 입을 열었다.

“혹시 동네 양아치들이 돈 받고 암장해주고 그러는 거 아닐까?”

소미는 다시 암장에 집중했다. 도현과 나는 볼이 발그레해진 그녀를 빤히 쳐다보았다.

“그랬으면 난리 났겠지. 그런데 건달한테 맡기고 밤에 몰래 와서 암장하는 걸 유족들이 좋아할까?”

소미는 도현의 말을 들은 척도 하지 않았다. 정해진 답이 있는 질문이 아니었으니까.

"답답해서 그래."

나나 소미는 하루 벌어 하루를 사는 처지였다. 나도 도현도 슬그머니 잔을 내려놓았다. 상추는 두 장 남았고 마늘은 보이지 않았다. 삼겹살이 구워지던 불판의 열기는 꺼졌고 비를 몰고 왔던 바람은 제법 서늘했다.

근무하던 첫날 도현은 내게 "미안하다"라고 말했다. 골분을 만져야 한다고 말했다. 처음엔 골분이라는 말을 알아듣지 못했다. 그는 다시 고쳐 말했다. 화장한 유골을 만져야 한다고. 그 말을 듣는데 발바닥이 저릿했다. 그 순간 불현듯 장례식 다녀오는 아버지 어깨 너머로 소금을 뿌리던 엄마 모습이 떠올랐다. 엄마는 온갖 재수 없는 징크스들에 대해 입에 달고 살았다. 문지방 밟으면 그날 재수가 없고, 밥 먹고 바로 머리를 빗으면 복이 달아나고, 밥 먹으면서 다리를 떨면 복이 비켜 가고, 숟가락을 엎어 놓으면 남편이 일찍 죽고, 장례식에 다녀올 때 소금을 뿌리지 않으면 귀신들이 집에 따라 들어오고, 자다 악몽을 꿨다면 일어나 침 세 번을 뱉지 않으면 악몽이 현실이 된다는 말들. 지금은 그런 말들도 들을 수 없었다.

도현이 미안하다고 했지만 나는 잘할 수 있을 것 같다고 대답했다. 반송이 2000그루였다. 그것들을 누군가가 반송을 어른의 가슴 높이 이상으로 자라지 못하도록 가지를 치고 휘어놓았다. 옆으로는 퍼져도 위로는 자라지 않았다. 나무 한 그루 한 그루를 일일이 다듬고 손봐주어야 하는 작업이었다. 반송들 무리 속에 들어가 있을 땐 그의 손길이 별로 느껴지지 않지만 구릉 정상에 서서 바다 쪽으로 고개를 향하고 있는 반송의 무리들을 내려다보고 있노라면 중력의 이치에 따라 아래로 흘러 내려가는 푸른빛이 보였다. 색과 빛도 중력을 거스를 수는 없다는 걸 느끼곤 했다. 바람이 불면 이 색과 빛들이 한군데 모여 제 머리를 흔들었다. 녹색의 파도였다. 아침엔 회색이던 나무들이 점심 무렵엔 황금빛을 띠었다가 저녁 무렵엔 붉은 녹색으로 물들었다. 골분을 묻는 일만 아니라면, 골분을 품어주어야 하는 입장만 아니라면 이곳은 낙원이었다. '너머'는 양지랑이 어쩌면 망자들에게 낙원을 선물하고 싶어했던 건 아닐까 하는 생각이 들게 만들었다. 만약 그렇다 해도 그 이유를 알 순 없었다.

모난 구석 없이 둥글기만 한 반송은 사랑스러웠다. 나는 모난 곳에서만 살았다. 그래서 둥글기만 한 반송이 처음엔 좀 낯설었다. 하지만 일주일도 채 지나지 않아 풀 벤 자리에서 피어오르는 냄새가 느껴지기 시작했고 차갑지만 맑은 습기가 폐로 들어오면서 '너머'의 반송을 사랑하게 되었다. 하루는 날을 잡고 한 시간마다 '너머'를 찍었다. 사무실 앞에서 바다 쪽으로 무리 지어 달려가는 반송을 찍었다. 잠 한숨 자지 않고 시간마다 사진을 찍었다. 하루는 똑같이 시간을 분절해서 파노라마로 촬영도 했다. 비가 올 때도 찍었고 바람이 불 때도 찍었다. 달빛 아래에서도 찍고 외등 아래에서도 찍었다. 기이하게도 이 짓이 물리지 않았다. 하늘의 표정에 따라 '너머'의 표정도 바뀌었고 바람의 방향에 따라 '너머'의 흐름이 달라진다는 걸 찍은 사진들을 보고 깨달았다. 하지만 사진 찍는 일도 금방 시들해졌다. 사진을 찍어 무엇에 소용될까 싶었다. 블로그에 저장해놓고 그만이었다.

"요즘은 사진 안 찍어?"

도현이 느닷없이 물었다. 나는 고개를 끄덕거렸다. 사진 속에 아무리 그럴듯하게 담아도 순간 눈으로 보는 풍경만큼의 감동은 일어나지 않았다.

"두 사람 온 지 벌써 반년이 지났구나. 그래도 두 사람 잘 버티네."

도현이 테이블 위의 물건들을 주섬주섬 치우며 혼잣말처럼 말했다. 그의 말 그대로 나도 소미도 잘 버텼다. 도현의 말에 의하면 한동안 청년들이 들어와 지내다 일주일을 채우지 못하고 도망가고는 했다고 한다. 갈 곳이 없어서이기도 하지만 나는 이곳에 잘 적응했다.

꽝꽝 언 잔디를 해머 드릴로 뚫어 걷어내고, 반송의 웃자란 가지들을 치고, 선녀벌레 잡기 위해 약을 치고 진딧물 잡느라 살충제 뿌리고 목마른 나무들에 물을 주고……. 비 오는 날 안치가 있으면 묻기로 한 나무 부근에 텐트도 쳤다. 몸이 비와 땀에 흠뻑 젖어도 안치를 했다. 잔디 아래에서 바위가 나오면 해머 드릴로 바위를 깼다. 하염없이 눈물 흘리는 늙은 여자의 어깨를 두드리게 될 줄도 알게 되었고 혼자 골분을 들고 와 어깨를 파들거리며 떨던 여자를 안아줄 수도 있게 되었다. 죽음을 알지 못하는 아이를 부모 대신해 돌볼 줄도 알게 되었다. 영정을 따라오는 죽음의 긴 검은 행렬도 흐트러지지 않게 잘 이끌었다.

비가 와도 골분을 묻었고 눈이 와도 골분을 묻었다. 죽음은 화창한 날을 골라 찾아오지 않았다. 부모가 누구인지 모르는 무연고 아이들의 골분을 묻을 땐 차라리 잘된 일이다 싶었지만 부모랑 같이 온 어린 골분을 묻을 때면 마음이 아팠다. 나는 이곳에 와서 가족이라는 존재는 마음을 아프게 하는 존재인지도 모른다는 생각을 하게 되었다. 한 가지 더 깨달은 게 있다면 수목장에서 골분을 묻는 일이 내 적성에 잘 맞는다는 점이었다.

10

"……직접 오시면 확인하실 수 있습니다. 계약서를 분실하셔도 저희도 보관하니까 걱정하지 마세요. 네, 기억하죠. 오셔서 사무실에 캔 커피 한 박스 선물해주시고 가셨는데. 네, 오시면 뵙겠습니다."

소미가 전화기를 퉁명스럽게 내려놓았다.

"내가 나를 봐도 나 정말 많이 변했어. 반말 찍찍 하는 것들한테 웃지를 않나."

소미는 안치자 명단을 기록해놓은 엑셀 화면을 열었다.

"이름을 물어봤어야 하는데. 아, 정말 짜증 나네."

누군가 방문한다고 연락이 오면 유족들이 방문하기 전에

골분이 묻힌 나무 상태와 잔디 상태를 살폈다. 타들어가는 태양 때문에 텐트 설치를 의뢰하면 비용을 받고 텐트도 쳤다. 유족이 기억하고 있어서 나무 자리를 알려주면 금방 작업이 시작되지만 지금처럼 전화를 빨리 끊어버리면 정보를 놓쳤다. 소미는 아래위로 화면을 이동시키며 기억해내려고 애썼다.

"캔 커피 한 박스 들고 왔던 사람. 왜, 사망자 부인이 굉장히 키가 컸던 여자였는데 이름 기억 안 나?"

소미는 나와 도현을 쳐다보았다. 도현은 고개를 저었다.

"D열 36번이야. 김성수, 1960년 8월 8일 생, 2022년 7월 29일 졸. 가족은 아이들까지 포함해서 열한 명쯤 왔고 남자가 다섯에 여자가 여섯이었어. 명패를 자기들 마음대로 만들어다 붙여도 되냐고 그랬는데 소미 씨가 보건복지부 규정상 안 된다고 말했고. 김성수 씨가 마지막 남긴 말을 명패에 적어놓았잖아. '짧았지만 한 세상 잘 살다 가니 너무 슬퍼하지 말라'고."

소미는 입을 벌린 채 다물지 못했다. 도현은 그냥 고개를 끄덕거렸다.

"우중이 진짜 기억력 짱이네."

소미는 엑셀 화면에서 김성수를 찾아냈다. 그리고 내가

한 말을 일일이 확인했다.

"진짜네. 혹시 다른 사람들도 다 기억해?"

"기억하지. 현재 '너머'에 안치된 골분은 모두 122명, A열 1번은 정낙도라는 분으로 군인이었고, 1941년 12월 9일 생, 2013년 3월3일 졸. 선산이 도시 개발이 확정되면서 파묘해 화장한 후 우리한테 온 분으로……. E열 49번, 기록엔 없지만 그때 모였던 유족들이 그 친구가 하고 싶었던 걸 하지 못하게 했던 일들에 대해 무척 안타까워했지. 화가가 꿈이었는데 집에선 법대를 가라 했으니, 고시도 패스 못하고 내내 방황하다 결국……."

소미가 손을 저었다.

"어떻게 그런 걸 다 기억해?"

"그게, 여긴 너무 심심하니까."

도현과 소미가 짧게 웃었다. 하지만 금방 두 사람의 얼굴은 어두워졌다. 하루에 한 사람도 방문하지 않는 날도 있었다. 나는 밤에 잠이 오지 않을 땐, 좀 기이하지만 반송 아래 달라붙어 있는 명패들을 읽으며 시간을 보내기도 했다. 그런 후 숙직실로 돌아오면 거짓말처럼 잠이 왔다.

"그 좋은 머리로 다른 걸 하지……."

소미가 말끝을 흐렸다.

"머리가 좋은 게 아니라 정말 할 게 없어서……."

나는 가렵지도 않은 정수리를 긁적거렸다. 정작 기억해야 할 것들. 아버지나 엄마의 얼굴이 어떠했는지, 아버지 손을 잡고 같이 놀러 갔던 바닷가가 어디였는지, 엄마가 사준 몽글몽글한 모양의 과자 이름이 무엇이었는지, 동생의 전화번호, 내 생일 같은 것들은 신기하게도 기억해내려면 시간이 많이 걸렸다. 나는 소미와 도현을 지나 사무실 문을 열고 밖으로 나갔다. 후텁지근한 공기가 밀물처럼 내게 밀려와 숨을 막았다.

해를 피해 나무 그늘 아래에 앉아 스마트폰에 정오의 풍경을 담고 있는데 슬리퍼와 검정 운동화를 신었던 남녀의 빨간색 경차가 주차장으로 들어서는 게 보였다. 나는 서둘러 사무실로 들어갔다. 더운 날이니 방문객들에게 시원한 생수 한 병 챙겨주는 게 요즘 내가 하는 일 중 하나였다.

도현은 수목장 홍보를 위해 시내로 나갔고 소미는 모니터만 뚫어지게 쳐다보았다. 나는 생수병을 들고 그런 소미의 뒷모습에 눈길을 주었다. 쇼트커트에 일자 몸매를 가진 소미는 마른 편이었다. 많이 먹지 않았고 어쩌다 밀가루 음식을 먹으면 꼭 소화제를 먹어야 하는 여자였다. '너머'에 오기 전 어떤 시간을 보냈는지 말한 적이 없었다. 근방의 원룸에 산다는 정도만 알았다. 그러니까 우리는 서로의 지난날에 대해 알지 못했다. 그녀와 나이가 같다는 것, 범띠라는 현재만 알았다. 굳이 과거의 이야기를 알 필요가 없었다. 어쩌다 만장이 되는 데까지 시간이 길어진다면 그땐 지난 시간들에 대해 이야기할 수 있는 날들이 올까? 소미는 탕비실에서 커피를 들고나와 책상 앞에 앉았다.

"더울 땐 이열치열이야."

그녀는 다시 여러 영상을 불러와 자르기를 하거나 밝기와 명도 등을 조절하며 씨름했다. 블로그나 인스타그램에 올릴 사진들이었다.

슬리퍼와 검정 운동화의 남녀가 사무실에 앉아서도 보일 만큼 가까이 다가오자 소미는 그제야 영상을 띄워놓았던 창을 최소화했다.

"희한한 사람들만 온다니까. 그런데 아무리 생각해봐도 이상해. 여기도 사람들 매일 죽잖아. 홈페이지에 들어가서 확인해보니까 이 도에서만 하루에 죽는 사람들이 200명쯤 돼. 그런데 그 망자들이 다 어딜 가냐고. 인근에 갈 곳이라곤 뻔한데. 바다에다가 다 뿌리나? 그거 불법인데. 그렇다고 여기 봉안당이나 수목장이 많은 것도 아니고 말이야. 이건 우리가 영업을 못하거나 사람들이 아직은 수목장을 잘 모른다거나, 그것도 아니면 수목장을 싫어하는 거라고."

소미나 나나 1년 정도면 목돈 손에 쥐고 벗어날 수 있을 거라 생각했다. 도현도 그렇게 말했고. 그런데 이런 추세라면 몇 년이 걸릴지 알 수 없었다.

"팀장님이 백날 돌아다녀봐야 안 된대. 장지 영업자들한테 수수료 많이 줘야 한다던데."

"누가 그래?"

"검색해봐. 다들 그러니까. 양 사장은 여기 일에 전혀 신경 안 쓰는 거 같아."

"그러게. 보통 사람들 같았으면 뻰질나게 드나들면서 잔소리 해댔을 텐데."

"그렇게라도 잔소리해서 빨리 만장 채울 수 있으면 좋겠네. 우리가 잔소리 듣는다고 망자들이 여기에 오는 것도 아니고……."

나는 텅 빈 주차장을 내다보았다.

"갈 데 없으면 결국 오겠지."

"그게 언젠데?"

나는 아직도 자신을 청춘이라고 말하는 소미가 부러웠다.

"주변에 봉안당이랑 다른 수목장이랑 거의 다 찼으니까 사람들 올 거야."

"맨날 팀장이 하는 소리."

소미는 투덜거림을 멈추고 다시 모니터에 시선을 박았다. 날은 여전히 뜨거웠고 마른 먼지조차 날리지 않았다. 오늘 수목장을 찾아온 손님은 그들이 유일했다. 나는 그들을 맞이하기 위해 의자에서 일어났다. 찬물 한잔 들이켠 후 사무실 문을 열고 후끈 달아오른 세상으로 나갔다. 손에 든 생수병 겉에 물이 맺혀 있어 조금은 시원했다. 하지만 후텁지근한 바람 때문에 입을 벌릴 수 없을 정도로 좀 습했다. 나는 두 사람에게 고개 까닥거리는 것으로 알은체를 했다.

11

나는 여자의 요구에 지난번에도 설명했던 장사에 관한 일반적인 법률에 대해 다시 말해주었다.

"……장사법에 따라 한 번 계약하면 30년이 보장됩니다. 1회에 한해서 다시 연장됩니다. 연 관리비만 꾸준히 내시면 30년이 연장되는 겁니다. 그래서 법이 보장하는 동안 60년은 이곳에 있을 수 있는 거죠."

여자는 나를 빤히 쳐다보았다.

"그럼 그 후에는요?"

지금까지 60년 후를 물어본 경우는 없었다. 장사법에 관해 묻는 사람들 대부분은 60년 후에는 자신들이 존재할 수 없다는 걸 알고 있기 때문인 듯했다. 나 역시 그 이후에 대해선 알지 못했다. 그런데 처음으로 여자가 물었다.

"거기까진 저도 잘 모릅니다."

나는 소미에게 전화를 걸어 60년 후의 관리에 대해 알아봐달라 부탁했다. 곧장 메시지가 왔다.

"60년 지나서도 관리비만 내시면 사실상 평생 나무 아래 있을 수 있다는군요."

남자가 빠르게 마른세수했다.

"그러니까 만약에 우리가 죽으면, 다시 말하면 우리 뒤를 봐줄 사람이 아무도 없어도, 우리가 계약만 하면 여기 계신 분이 우리가 묻힌 나무를 확실히 관리해주시는 거다, 이거죠? 60년 후에도."

남자는 여자를 빤히 쳐다보았다. 남자의 눈이 충혈되어 있었지만 그리 피곤해 보이진 않았다.

"그런 셈이죠……."

나는 자신 있게 대답하진 못했다. 60년이라는 세월이 가늠되지 않았고 그 이후는 더 실감 나지 않았다. 이제 내게 남은 세월이 얼마쯤인지 가늠할 수도 없는데. 60년 후의 나는 어떤 늙은이가 되어 있을까. 아니, 살아 있기는 할까.

"우리가 나중에 유서를 써놓으면 그렇게 되겠지."

여자는 통로 쪽 반송에 눈길을 주었다. 유독 쓰다듬던 것으로, 가지가 넓게 펼쳐져 있고 허리가 가는 반송이었다.

"만약 우리가 여든까지 산다면, 그래서 그때 죽는다면 적어도 100년 뒤까지 여기 나무를 보살펴준다는 말인데……."

장사에 관한 법률에 따르면 여자의 말이 맞았다. 하지만 그 법도 여자의 말도 얼른 와닿지 않았다. 도현도 소미도 이곳의 나무들이 얼른 주인을 만나기를 바랐다. 어떻게 해야 하는지 구체적으로 나눈 이야기는 없었다. 도현이 여기저기 장례식장에 팸플릿을 돌리고 소미가 블로그와 인스타그램 관리하는 게 전부였다. 도현은 장지를 관리하는 영업자들에게 수당을 주어야 한다고 말했다. 하지만 줄 돈이 없었다. 지지부진하지만 도현은 낙관적으로 생각했다. 소미는 그런 도현의 생각이 불만이어서 사진을 SNS에 올리기 시작했던 것이다. 그러니 '너머'의 미래에 대해선 아무도 확실히 말하지 못했다. 나무들이 모두 팔린 뒤 누구에게 어떻게 넘길 것인지에 대한 미래의 계획 같은 것도 없었다. 그건 그 순간의 일이라고 말했다. 60년 뒤건 100년 뒤건 나는 물론 남녀의 계산 속에도 없는 숫자였다. 그 시간이 오긴 오는 건지, 온다면 우리는 어떤 모습으로 남아 있을지 누구도 상상해보지 않았다. 눈앞의 여자만 빼고. 여자는 100년 후에도 분명하게 나무로 남아 있을 것 같았다.

"이 나무 연 관리비가 5만 원이라고 하셨죠? 60년이면 300만 원이고요."

"관리비만 그런 겁니다. 나무 분양금은 따로고요."

"네, 알아요."

여자는 뜨거운 하늘을 쳐다보았고 남자는 여자를 쳐다보았다. 나는 둘을 쳐다보았다. 오늘도 어김없이 두 사람의 등 뒤에서 빛의 무리를 보았다. 아무래도 밤에 스마트폰으로 영화 보는 일은 중단해야 할 것만 같다. 그런 생각을 하느라 남자와 여자가 뭐라 중얼거렸는데 금방 알아듣지 못했다. 다시 말하지 않은 걸 보면 내게 한 말은 아닌 듯했다.

여자는 남자의 허리에 팔을 둘렀고 남자는 여자의 어깨에 팔을 얹었다.

"60년 후면 자기가 아흔다섯 살이네."

"그렇네. 아흔다섯!"

"저기요. 그런데 이 반송은 수명이 어떻게 되죠?"

여자의 질문은 한 번도 생각해보지 못했던 것이었다. 지금껏 반송의 수명에 대해 고민해본 적이 없었다. 뭐라도 답을 해야 할 것 같아 문득 떠오른 영화 〈아바타〉의 '생명의 나무' 이야기를 즉흥적으로 조합해 답을 내놓았다.

"나무는 천재지변이 일어나지 않는 한, 그리고 일부러 죽이지 않는 한 수백 년에서 수천 년은 생존해 있을 겁니다. 아주 오랜 세월이 지나면 엄청 큰 나무가 되어 있겠죠."

내 말이 끝나자 여자의 둥근 눈이 반짝거렸다. 그녀는 이어 환하게 미소를 지었다. 반면 나는 삐질삐질 땀을 흘려 얼굴이 반들거리는 게 느껴졌다.

"오빠, 우리 나무는 수천 년은 살아 있겠다."

"그래야지. 우리 나무니까."

여자와 남자의 손이 거친 녹색의 잎을 쓰다듬었다. 잘 길든 강아지처럼 반송의 잎들이 부드럽게 넘어갔다가 제자리로 돌아왔다.

12

남녀는 빨간색 경차를 타고 돌아갔다. 나는 오랫동안 차 뒤꽁무니를 따르는 먼지를 쳐다보았다. 남자는 여자가 하는 대로 조용히 따라다니기만 했다. 여자는 마음의 결정을 하자 곧장 계약까지 했다.

“사람은 진짜 알다가도 모르겠어.”

소미는 구릉 아래로 사라지는 경차를 내려다보며 호들갑을 떨었다. 두 사람은 계약금인 나무 사용료의 10퍼센트와 관리비 60년 치를 한꺼번에 냈다.

“관리비 60년 치 낸 사람 있었어?”

소미는 고개를 저었다. 이곳을 찾아오는 사람들의 방식은 아니었다. 나무 사용료를 내고 나중에 관리비를 내는 게 일반적인데 그들은 관리비를 먼저 내고 나무 사용료는 남겨두었다. 무엇보다 '너머'를 찾아오는 대부분의 사람들은 60년 후에 관해 생각하지 않았다. 대부분의 사람들이 밀물처럼 밀려 들어왔다가 썰물처럼 빠져나갔다.

"우중 씨는 죽을 날이 멀었는데 묻힐 자리 계약할 거야?"

이번엔 내가 고개를 저었다. 나무를 팔아먹긴 했는데 그 나무가 언제 쓰일지에 관한 생각 같은 건 하지 않았다. 바로 내일의 일도 알 수가 없는데 60년 후라니.

'여기 오는 인간들은 죽은 뒤에 뭔가 있다고 믿는 거지. 어쩌면 인간들 모두 그렇게 믿는지도 몰라. 그러니까 우리가 나무도 팔아먹을 수 있고 그러는 거거든. 아마 양 사장도 그렇게 생각하지 않았을까. 본 적이 없어서 잘 모르겠지만 아마 그럴 거야. 양 사장은 여기를 수목장으로만 생각했던 건 아닌 것 같아. 여긴 허브 같은 거라고 여긴 것 같아. 나무는 어디론가 연결시켜줄 수 있는 다리고. 다른 수목장에 가보면 알겠지만 여긴 정말 정성을 다해 가꿔놓은 정원 같은 곳이거든.'

도현이 입사 교육이랍시고 해주었던 말 중 그 말이 불쑥 기억났다. 나는 죽은 뒤에 정체불명의 무언가가 있다는 건

믿지 않았다. 극락이나 천국이나 중음 같은 공간들이 있을 거라 생각하지 않았다. 죽고 나면 가루가 된 몸이 가는 곳으로 해질 무렵의 노을을 내려다볼 수 있는 '너머'의 구릉 정상 정도면 좋겠다는 생각은 해보았다. 도현이나 소미도 죽음 이후의 세상에 대해선 믿음이 없는 듯했다. 죽었을 때 억울하지 않으려면 죽지 않은 현재의 시간과 공간이 내게 있어야 한다고 믿었다.

"그 사람들 좀 이상하지 않았어?"

소미가 물었다.

"뭐가?"

"일단 60년 치 관리비를 다 낸 것부터 그래. 보통 보면 길어야 5년 치 내잖아."

"사람마다 다른 거니까. 그건 한편으론 60년 동안 서로 변하지 말자는 의미도 담겨 있는지도 몰라."

나는 나의 해석이 마음에 들었다.

"적어도 60년 동안 변하지 말자고 다짐하는 건 대단한 일인 거 같아. 그런데 평범하게 사는 사람들은 그 60년을 대수롭게 생각하지 않는 거 같고."

"내일 일을 알 수 없는데 60년 후를 어떻게 알겠어. 난 그냥 오늘에 충실하며 살 거야."

소미는 내게 커피 맛 사탕 하나를 내밀었다. 나는 사탕 껍질을 까 입에 넣고 사무실을 빠져나와 200년 넘게 살았다는 느티나무 아래 섰다. 담배를 꺼내 물고 구릉 끝으로 눈길을 주었다. 입안에 커피 맛과 담배 맛과 단맛이 함께 맴돌았다. 횡으로 도로가 보였고 도로 너머엔 방파제가, 그 너머엔 뜨거운 수증기를 피워 올리는 바다가 보였다. 바다의 수평선 너머엔 망자들의 세상이 펼쳐져 있을까. 그곳엔 이 세상에서 볼 수 없었던 존재들이 바람을 타고 흐느적대고 있을 거란 상상이 들었다. 무지개를 타고 이 세계와 저 세계를 건너다니고, 죽어도 죽지 않으니 억울할 일도 없는 그런 세상이면 좋겠다는 생각이 들었다. 누군가를 보고 싶다는 미련 같은 걸 가지지 않아도 되는 세상, 언제나 나의 고향에 대해 같이 나눌 수 있는 기억을 가진 사람들이 죽지 않고 살아 있는 그런 세상, 때론 나무 아래 망자들의 골분을 묻고 그래도 조금은 행복하다고 생각할 수 있는 그런 세상이 펼쳐져 있을 거라 상상했다. 천국이나 극락 같은 게 아닌 불멸이 이루어지는 세상. 그렇게 부질없는 생각들만 머릿속에 차올라 혼자 키득거렸다.

"왜 웃어?"

사무실을 나와 내 곁으로 다가온 소미가 물었다.

"그냥."

소미가 슬쩍 내 눈치를 봤다.

"그런데 소미 씬 여기 오기 전에 뭐 했어?"

"나? 그냥 이것저것."

소미가 얼른 눈길을 피하더니 나무 그늘에서 벗어났다. 그녀는 손차양을 만들어 햇빛을 가린 후 사무실로 종종걸음을 쳤다.

13

남녀가 또 왔다. 소미는 계약을 취소하러 온 거라고 지레 짐작했고 나는 아무 생각도 하지 않았다. 도현은 천천히 들이켜던 박카스를 단숨에 마셨다. 사무실 문이 열렸고 남녀가 들어왔다. 남자는 커다란 백을 메고 있었다.

"저희가 계약한 나무 말이에요."

나도 모르게 침을 삼켰다. 남자는 테이블 위에 가방을 올려놓고 지퍼를 열었다.

"본래 나무 하나에 최대 네 사람까지 안치할 수 있다고 했잖아요."

도현과 내가 머리를 끄덕거렸다. 소미는 물컵을 든 채 두 사람에게서 눈길을 떼지 않았다. 남자와 여자는 우리와 번갈아 눈을 맞추었다.

"그래서 여기……."

가방에서 나온 건 흰 보자기에 싸인 나무함이었다. 그는 가방을 뒤져 검은 띠를 두른 사진 액자 하나를 더 꺼냈다.

"오늘 좀 안치해주실 수 있나요?"

도현이 나를 쳐다보았다. 나는 소미를 쳐다보았고.

"물론이죠. 돈도 다 내셨는데요."

도현이 의자에서 벌떡 일어났다.

'사람이 별별이듯, 별별 경우가 다 있어. 죽는 건 똑같지만 죽음에 이르는 길은 모든 인간이 다른 것처럼 다 달라. 그때그때 잘 대응해줘. 섭섭하지 않게. 산 사람도 죽은 사람도, 서로 다시는 만날 수 없는 관계니까.'

안치구를 팔 때마다 도현이 내게 해주었던 말이었다. 도현은 세상을 바라보거나 대하는 방식이 나나 소미완 다른 듯했다. 앞을 보지 않고 옆을 보았고 깊이보다는 넓이를 보았다. 그냥 그런 느낌이 들었다. 하지만 우리 서로가 어떻게 살아왔는지 알지 못하듯 우리는 눈앞에 서 있는 남자와 여자가 어떻게 살아왔는지 알지 못했다. 그들과 우리를 연결하는 건 죽음이었다. 해의 길이가 좀 짧아졌고 노을의 농도도 좀 옅어졌으며 바람에 섞인 습도도 낮아진 듯했다. 골분을 안치시키기에 좋은 날이라는 생각이 들었다.

소미가 사무실 문을 열어주었다. 여자가 사진 액자를 들고 남자가 나무함을 들었다. 도현이 앞서고 나는 손수레에 장비를 담아 싣고 그들의 뒤를 따랐다. 조촐한 안치였다.

14

그들이 정한 나무는 언덕 정상 가까운 곳에 자리를 잡은 반송이었다. 죽은 사람의 뜻은 모르겠으나 죽은 사람들을 들고 오는 산 사람들은 한결같이 바다가 훤히 내려다보이는 자리를 선택했다. 그건 일찍 이곳을 찾은 죽은 자들의 특혜였다. 일찍 이곳에 온 유족들의 특혜이기도 했다. 너머의 모든 반송이 바다를 바라보고 있지만 좀 더 잘 보이는 자리가 있고 약간 잘 보이는 자리가 있고 수평선만 보이는 자리가 있었다. 사람들은 죽은 누군가가 죽은 뒤라도 전망이 좋은 땅에 묻히기를 바랐다. 죽은 뒤에라도 아주 멀리 나갈 수 있기를 바라는 것일 테지. 어디로 가게 될진 알 순 없지만. 그런데 가끔 의문이 들었다. 죽은 사람들이 나무 아래 묻히기를 원했을까? 더 이상 갇히는 걸 바라지 않아 세상을 먼지로 떠돌고 싶어 하진 않았을까. 아니면 바닷물을 타고 세상을 누비고 싶진 않았을까. 그러니까 사람들이 원하는 자리는 산 사람들만 원하는 자리이지 죽은 사람이 원하는 자리가 아닐 수도 있었다.

유족들이 피하는 자리도 있었다. 그들은 맨 앞줄인 '하' 열의 나무들이 수목장의 울타리가 되고 혹여 해일이라도 밀려오면 버팀목이 될 것이며 태풍이 오면 방풍림이 되어줄 나무라는 걸 직감적으로 알았다. 도현 역시 그 자리는 추천하지 않았다. 외에도 좌우와 정상 부근의 바깥 자리는 울타리처럼 여겨졌는데 그곳에 자리 잡은 나무들도 선호하지 않았다. 그 자리의 나무들은 60년이 지나도 울타리로 남을 나무들이었다. 하지만 구석진 자리를 좋아하고 바람을 정면으로 맞이하는 자리를 좋아하며 화장이 아니라 매장을 원했던 망자들도 있을 터였다. 조용히 다음 생을 맞이하고 싶었던 망자들도 있겠지. 암장하는 사람은 그런 소망쯤은 알고 있는 듯했다. 그러니 '하' 열에 암장을 하는 거겠지.

나는 손 삽으로 땅을 파고 들어갔다. 등골은 물론 가슴팍에서도 땀이 비 오듯 흘러내렸다. 도현과 남녀는 말없이 내가 땅 파는 걸 구경했다. 한 팔 길이쯤 땅을 파 내려가자 도현이 구덩이 안을 한지로 둘렀다. 나는 나무함에서 나온 유골을 구덩이에 쏟아붓고 모래와 섞었다. 한지를 올리고, 파낸 흙으로 덮어준 후 떼어놓았던 잔디를 얹고 마무리를 지었다. 한 인간의 시간이 사라지고 변하지 않을 영원만 동그랗게 남았다. 나는 무릎을 펴고 일어나 손을 털었다. 아이의 일부가 먼지처럼 가볍게 날렸다.

"잘 가."

전에 봤을 때와 달리 여자는 울지 않았다. 그동안 여자가 했던 말이 떠올랐다. 나는 남자가 들고 있는 액자를 힐끔 쳐다보았다. 아이의 사진이었다. 아이는 연필을 들고 있었고 빈손은 주먹을 꽉 쥐고 있었다. 포동포동한 얼굴이었다.

"설명 들으셨겠지만 여긴 1년 365일 개방되어 있습니다. 사무실 문이 닫혀 있더라도 여긴 열려 있습니다."

도현이 남자와 여자에게 말했다. 남자와 여자가 가볍게 고개를 끄덕거렸다. 여자는 나무 앞에 돗자리를 깔고 그 위에 뽀로로가 그려진 상을 펼쳤다. 상 위에 흰 밥과 소고기뭇국과 우유와 마카롱 세 개를 올려놓았다. 밥과 국에선 김이 모락모락 피어올랐다. 조금 전까지 땀을 비 오듯 흘렸음에도 밥과 국을 보자 더위가 가셨다. 여자는 잠깐 잊어버린 일을 기억해냈다는 듯 흠칫 몸을 떨더니 가방에서 숟가락과 포크를 꺼내 밥과 국 사이에 놓았다.

"여긴 정말 경치가 좋네요. 아이에게 이곳을 선물할 수 있어서 그나마 위로가 됩니다."

남자는 바다로 향해 흘러내려 간 반송의 둥글둥글한 머리들을 내려다보았다. 수목장의 방벽 너머는 백사장이었다. 모래밭에서 반라의 사람들이 바다에 뛰어들거나 튜브를 타고 떠다니거나 비치발리볼을 하는 게 보였다. 2016년 5월 3일 생, 2023년 7월 22일 졸. 원숭이띠였다. 아이가 남긴 말은 없었다. 대신 그들이 말을 남겼다. 곧 보자.

15

수목장은 3000평 크기였다. 반송의 군락지를 벗어나면 사무실로 올라오는 길은 개여뀌 밭이었다. 여름이 가면 곧 푸르게 죽겠지만, 보라색의 물결은 노을 질 때 핏빛을 연상시켰다.

구릉으로 올라오는 개여뀌 아래 주차장 쪽으로는 드문드문 무덤도 있고 억새와 잡초들이 정한 곳 없이 펼쳐져 있지만 마치 태초의 모양이 그랬던 것처럼 질서 잡힌 모습이었다. 곳곳에 삐죽 솟은 바위며 고목들도 한몫했다. '너머' 구릉 정상을 넘기 전까지 유족들은 그저 그런 꽃밭을 보다가 정상에 선 후 바다로 향한 수목장을 보며 죽음도 잊고 신분도 잊은 채 넋 놓고 서 있기 일쑤였다. 망자들에게 물려주기엔 아까운 땅이라고들 말했다. 도현은 그런 말을 하는 사람들에겐 꼭, 사람들이 좋아하는 풍경을 망자들도 좋아한다고 대답해주곤 했다. 그건 사장이 전달한 말이라고도 덧붙였다.

남자와 여자는 사진 액자를 챙긴 후 보자기에 쌌다. 안치구를 덮은 잔디를 쓸어보기도 했다. 여자는 반송의 머리를 한참 쓰다듬어주었다. 남자가 불러도 여자는 반송의 머리만 쓰다듬으며 물러서지 못하고 머뭇거렸다.

입구에서부터 구릉을 타고 밀려온 짠바람은 흩어지지 못하고 수목장 안에서 맴돌았다. 그 덕에 이곳의 나무와 흙은 부패되지 않았다. 바람도 사람도 빛도 부패되지 않을 곳. 사람들은 무의식적으로 그걸 알고 찾아오는 듯했다. 죽어서라도 영원하기를 바라는 뜻이 숨겨져 있겠지.

남자와 여자는 '너머'의 섬처럼 떠 있는 분양 사무실과 숙소까지 둘러보았다. 그리고 마지막엔 용왕각으로 들어가 절을 했다. 양지량은 불자인 모양이었다. 그냥 수목장만 운영할 요량이었다면 용왕각 같은 당우는 짓지 않았을 테니. 그러나 용왕각은 불가의 당우는 아니었다. 바다를 지척에 둔 사람들의 믿음을 지켜주는 그런 사당이었을 뿐.

용왕각은 '너머'를 찾아오는 사람들에게 제를 지낼 장소를 제공했다. 용왕각은 사무실 곁에 바짝 붙어 있어서 역시 한눈에 구릉과 수목들과 바다까지 내려다볼 수 있었다. 소미는 망자들의 이름 한 자 한 자 적어 천장에서 내려온 꽃등에 붙여주었다.

"유괴당했다가 살해당한 거래. 여유가 많은 집 같진……."

소미는 몰라도 될 정보를 알려주었다. 말을 끝까지 하진 않았다.

"꼭 그래서 유괴하나 뭐. 여기 살던 사람 중에 많은 사람이 아무 이유 없이 죽기도 했잖아."

소미가 도현을 쳐다보았다. 소미의 이야기를 듣다가 입을 연 그의 얼굴이 급작스레 어두워졌다.

"인간 중엔 우리의 상식으로는 이해할 수 없는 인간들도 더러 있어. 우리 할머니도 당신이 왜 죽어야 하는지 모르고 돌아가셨을 거야."

도현이 주머니를 뒤지다 담배가 없자 내게 손을 내밀었다. 나는 멘솔 담배 한 개비를 그에게 건넸다.

"시간이 멈춰버렸으면 좋겠지. 좋은 기억을 간직하고 있을 그 순간에 말이야."

도현이 누구에게랄 것도 없이 말했다.

"뭐라고요?"

소미가 물었다.

"요즘 자주 뭐라고 하시는데 못 알아듣겠어요."

도현은 내 말을 듣지 못한 것인지 밖을 내다보며 입을 달싹였다.

"좋은 기억만 간직하라고 할게. 그래야 버티지 않을까?"

도현은 여전히 알 수 없는 말을 지껄였다. 소미가 나와 도현을 번갈아 보았다. 나는 도현에게 다가가 그의 팔꿈치를 슬쩍 잡았다. 도현이 움찔하더니 나를 발견했다.

"뭐라고 하셨어요? 무슨 이야기 하셨는데 저희가 못 알아들은 거 같아서요."

그제야 나의 이야기가 그에게 들린 모양이었다.

"아, 별거 아냐. 나 혼자 뭐가 생각이 좀 나서. 그냥 혼잣말한 거야."

그는 슬쩍 걸음을 옮기더니 사무실을 빠져나갔다.

"아, 진짜 뭐야?"

소미가 내 눈치를 한번 살피더니 서랍 속에서 담배를 꺼내 물었다.

"사무실에선 담배 안 피우려고 했는데."

나도 괜히 담배를 꺼내 물고 불을 붙였다.

"찾아오는 손님도 없는데 뭐."

가끔 무더운 날, 비가 몹시 퍼붓는 날 우린 사무실에서도 담배를 피웠다. 그런 날 '너머'를 찾아오는 사람이 거의 없기 때문이었다. 내가 '너머'에서 떠나지 못하는 이유 중 하나도 안치할 때를 제외하곤 특별히 지켜야 할 일이 없기 때문이었다.

사무실 안은 금방 담배 연기로 가득했다. 연기에서는 솔잎 냄새가 났다. 소미가 환풍기를 돌리자 연기가 금방 빨려 나갔다. 나는 환풍기로 연기가 빨려 나가는 걸 보다 자연스럽게 소미 책상 위에 놓인 모니터에 눈길을 주었다. 별다른 생각 없이 흘려 보다 낯설면서도 낯익은 뒷모습 때문에 소미의 모니터 앞으로 다가갔다. 응접용 소파에 앉아 있던 소미도 얼결에 일어섰다. 나는 소미 모니터 앞으로 다가가 화면에 나타난 것을 보았다. 동영상 캡처 사진이었다. 한 사내의 뒷모습이 왼편에 나타나 있고 남자와 여자의 옆모습이 등장했다. 그들은 아이를 묻고 돌아간 부부였고, 옆에 팔꿈치를 덮는 6부 반팔 회색 개량 한복에 바지 역시 회색의 개량 한복을 입은 남자가 보였다. 그 남자는 나였다. 두어 발 떨어진 거리에 도현이 서 있었다.

"이런 건 뭐 하러 찍어?"

소미는 눈을 피한 채 모니터를 껐다.

"이런 거라도 하지 않으면 너무 심심해서……."

더 따져 묻지 않았다. 나도 한 명도 찾아오지 않는 날엔 기억이나 뒤지며 혼자 키득거리니까.

나는 소미에게서 멀어진 후 허리를 등받이에 기대고 앉아 밖을 내다보았다. 주차장도 텅 비었고 개여뀌도 여전히 보라색 물결을 만들어낼 뿐. 나비 몇 마리가 까불며 날고 있는 게 움직이는 모습들 전부였다. 200살 먹은 느티나무는 저 혼자 따가운 햇살에 빛나고 있었으며 그 아래 그늘에 도현이 느티나무 허리에 손을 대고 위를 올려다보고 있었다. 뭐라 중얼거리는 듯한데 사무실에선 알 수 없었다. 오늘에서야 새삼 그가 혼잣말을 중얼거리는 모습이 눈에 띄었다. 예전부터 그래왔던 사람이었을 텐데.

16

여름이 지나가려는지 '너머'의 색들이 더 진해졌다. 남녀는 오늘도 왔다. 그들이 타고 온 빨간색의 경차도 색을 더 선명하게 드러냈다. 두 사람은 비타 500 한 박스를 사 들고 왔다. 사무실 한구석에 박카스, 비타 500, 구론산 박스가 잔뜩 쌓여 있었다. 소미는 여자에게서 비타 500을 받아 그것들 위에 올려놓았다.

남자는 흰 운동화를 신고 있었고 여자는 샌들을 신었다. 남자는 검은색의 7부 반바지 차림이었고 여자는 베이지색 민소매 원피스 차림이었다. 우린 연한 연두색의 개량 한복 차림이었고. 그들은 국화를 들고 왔다. 나무 아래 꽃을 내려놓고 두런두런 몇 마디를 나누다 돌아갔다. 도현이 먼저 사무실을 나섰고 나도 나무를 살펴보려 그의 뒤를 따라갔다. 도현이 나무 아래를 뚫어지게 쳐다보았다. 얼마나 집중해서 보는지 내가 다가가는 것도 알아차리지 못했다. 나무 아래엔 국화 곁에 사탕 두 개와 젤리 일곱 개가 놓여 있었다.

"일곱 살이라 한참 이런 거 좋아할 나이겠구나. 처음 보는 젤리네. 원하던 거였니?"

도현이 중얼거렸다.

"곰 젤린데 처음 봐요?"

도현이 뒤늦게 내가 다가온 걸 눈치챈 모양이었다.

"소리도 없이 다가오냐."

"팀장님 나올 때부터 따라 나왔는데요."

"그랬나?"

"요즘 애들이 이런 젤리는 먹는 모양이네."

"그러게요. 수입 젤린데 그냥 먹을 만해요."

도현은 쪼그려 앉아 각기 색이 다른 젤리들을 살펴보았다. 그가 짧은 신음 소리를 내며 일어섰다.

"살다 보면 어이없고 불가항력적인 순간을 만나게 되는 거 같아. 난 그걸 나이 먹어서 느끼게 됐는데, 애는 일곱 살이 되기도 전에 만났으니, 참……."

그 말 역시 내게 들려주는 말이 아니라 그가 혼자 중얼거린 말 같았다. 그가 바다에서 시선을 떼어 주차장 뒤의 구릉들 너머로 눈길을 주었다. 멀리 섬의 가장 높은 산이 보였다. 저곳에 작은 못이 있다는데 나는 가본 적이 없었다.

"저기 가본 적 있어?"

그가 '너머'에서 먼 거리에 솟아오른 산을 가리켰다.

"힘들게 뭐 하러 산엘 올라가냐니까요. 난 여기 올라오는 것도 힘들어 죽겠는데요. 난 산이든 언덕이든 구릉이든 오름이든 지긋지긋해요. 아무튼 뭐든 올라가는 건."

"그러게, 사는 것도 만만치 않은데 굳이 산을 오를 필요가 없겠지."

그가 말했다.

"팀장님은 가보셨어요?"

"몇 번."

"저기 올라가면 섬 전체가 다 보이겠네요."

"다 보이지. 수평선도 여기서 보는 수평선보다 더 선명하게 보이고."

문득 그동안 그에게 궁금했던 것들이 떠올랐다. 언젠간 물어보려던 참이었는데, 마침 소미도 궁금해했고, 지금이 적기라는 생각이 들어 그에게 물었다.

"소미가 왜 맨날 혼자 중얼거리고 그러시냐고……."

나는 소미를 팔았다.

"내가?"

도현이 내 얼굴을 쳐다보았다.

"그러시잖아요. 우리 들으라고 하는 말도 아닌 것 같은 말을 가끔 혼자 하시잖아요."

"그랬던가……."

그가 다시 산 쪽으로 고개를 돌리며 머리를 긁적였다. 나도 더 묻지 않았다. 그건 그의 버릇인 듯했다. 어쩌면…….

오늘도 다른 사람들은 방문하지 않았다. 도현이 먼저 나가고 뒤이어 소미도 퇴근했다.

17

꿈속인가? 아득하게 먼 곳에서 누군가 흐느끼며 중얼거리는 소리를 들었다. 나는 꿈이어서 누군가의 흐느낌이 어서 흘러가버리길 바라며 몸을 뒤척였다. 아침이 되려면 멀었고 서너 시간은 더 잘 수 있을 거라며 자꾸 깨어나는 몸을 다독였다. 망자들이 사는 곳이니 구천을 떠도는 귀신 하나가 울 수도 있을 터였다. 곧 새벽이 오니 그만 울고 갈 길 가라고 속엣말을 중얼거리다 기어이 잠에서 깨고 말았다.

눈을 떴는데 사방이 캄캄했다. 얼른 휴대폰을 가져다 화면을 두드리자 현재 시각이 나타났다. 새벽 3시 7분이었다. 깊은 밤이었다. 소미나 도현이 출근하려면 다섯 시간이나 남았다. 이 시각에 '너머'에 올 만한 존재들은 몸이 없는 존재들뿐일 터였다. 흐느낌은 희미하지만 다른 소리들과 다르게 선명하게 들렸다. '너머'여서인지도 몰랐다.

한편으로 그 소리들마저도 그저 망상일 뿐이라고도 생각해봤다. 그게 아니라면 죽은 사람을 떠나보내고 살아남은 자들이 애통해하며 흘리는 눈물의 소리들이 나무에 배어 들리는 소리일 수도 있었다.

나는 베개를 목 가까이 끌어다 붙이고 모로 누웠다. 이불 삼은 대형 타월로 배를 덮고 다시 잠으로 빠져들 자세를 취했지만 흐느낌은 사라지지 않았다. 순간 '하' 열에 암장하던 흔적이 떠올랐다. 미진하게 남아 있던 잠이 순식간에 달아났다. 나는 조용히 일어나 앉았다.

희미한 흐느낌에 중얼거림까지. 내가 만들어낸 망상의 소리가 아니었다. 나는 침상에서 내려섰다. 모기를 쫓느라 켜두었던 퇴치기 불빛이 꺼진 모양이었다. 여명이 오긴 멀어 눈앞을 확인하려면 다른 빛을 찾아야만 했다. 나는 더듬더듬 신발을 꿰어 신고 창가로 다가섰다. 달도 지고 별도 진 모양인지 사위가 칠흑이었다. 한두 번 보고 느낀 어둠이 아닌데도 오늘의 어둠은 더 깊다는 생각이 들었다. 벽을 더듬어 손전등을 쥐고 조용히 숙직실 문을 열고 밖으로 나왔다.

낮 내내 '너머'를 달구던 기운은 사라졌다. 그 자리를 바다에서 불어온 서늘함이 메워주었는데 그 바람 속에 흐느낌과 중얼거림이 묻어 있었다. 나도 모르게 볼을 꼬집어보았다. 볼은 아팠고 소리들은 생생했다. 잠은 깨끗하게 달아났고 허벅지와 어깨가 긴장으로 바짝 경직되었다. 앞으로 나갈까 말까 망설였다. 왜 은밀하게 다가가야 하는지 이유를 알지 못하면서 손전등 불을 켜지도 않은 채 구릉으로 올라갔다. 느티나무도 개여뀌도 잠들었고 땅도 반송도 잠든 시각의 흐느낌은 관자놀이 신경줄을 바짝 조여주었다. 구릉의 정상에 서자 수평선이라 짐작되는, 하늘의 밤과 바다의 밤 사이의 선 위에 불빛 몇 개가 어른거렸다. 고기잡이를 나온 배들의 불빛이었다. 그 먼 빛들에 '너머'의 선이 조금씩 드러났다. 반송들, 울타리가 되어준 노송들, 나무들 사이를 비집고 올라오는 바람들. 나는 발소리를 죽여 걸었다. 소리의 주인공을 만나면 어떻게 대처를 해야겠다는 계산 같은 건 없었다. 그렇다고 쫓아내야 한다는 생각도 아니었다. 어쩌자는 것인지 아무런 계획도 없이 천천히 구릉 아래로 내려갔다.

"……그래, 그래. 꼭 가져오라 할게. 그래, 줄무늬 세 개가 있는 그 비행기 가져오라고 전해줄게. 보고 싶어 했다고도 전해줄게……."

낮고 희미한 중얼거림이 바람을 타고 내 귀에 빠르게 전달되었다. 말들이 선명하게 들린 후 아무런 예고도 없이 손전등의 불을 밝혔다. 딱히 이유를 알 순 없지만 중얼대는 존재와 캄캄한 어둠 속에서 마주해선 안 될 것 같다는 생각이 들었던 듯했다.

손전등 불빛은 삽시간에 반송 몇 개를 깨웠고 잔디도 일으켜 세웠다. 거의 동시에 중얼거림도 멈췄고 잰걸음의 발소리가 들렸다. 나는 소리가 들린 쪽으로 손전등을 비췄다. 반송들 사이에 거뭇한 물체가 빠르게 지나갔다. 아래로 내려가며 불빛으로 물체를 쫓았다. 물체는 어느새 울타리인 노송들 뒤로 빠져나간 뒤 해변으로 달려 내려갔다.

'하' 열이 아닌데……. 분명 중간에서.'

나는 검은 물체를 더 이상 쫓지 않았다. 잡을 수도 없고 잡아서도 안 된다는 생각이 들었다.

18

"오늘은 혼자 왔네?"

소미가 창밖을 내다보고 있다가 말했다. 아이를 나무 밑에 묻은 부부 중 여자 혼자였다. 한참 밖을 내다보았지만 남자는 나타나지 않았다. 여자는 손에 비행기 모양의 장난감을 들고 있었다. 보통은 누군가 찾아오면 알은체를 했는데 소미는 물론 나도 밖으로 나갈 엄두가 나지 않았다. 우리와 달리 도현은 느닷없이 벌떡 일어났다. 그 바람에 의자가 뒤로 자빠졌다. 그런 도현 때문에 나와 소미가 놀랐다. 바다는 끓어올라 쉼 없이 수증기를 피워 올렸고 그 때문에 습도까지 높은 날이었다. 불쾌지수가 높아서였을까? 도현은 출입

문 앞으로 다가가 비행기를 들고 오는 여자를 쳐다보았다.

가만히 서 있기만 해도 손바닥에 땀이 차오르는 날씨임에도 여자는 바람이 등을 떠미는 것처럼 사뿐사뿐 걸어왔다. 그녀는 나무 밑에 딸랑이를 한 차례 흔들어보더니 아이를 묻은 잔디 위에 내려놓았다. 여자는 입을 오물거리더니 가볍게 몸을 좌우로 느리게 흔들며 춤을 췄다. 나는 약간 놀라 그녀를 뚫어지게 바라보았다.

그녀는 지금 손과 어깨, 발을 놀리며 노래를 불렀다. 길고 커다란 마루 위 시계는 우리 할아버지 시계…… 언제나 정답게 흔들어주던 시계…… 이젠 더 가질 않네, 가지를 않네……. 아이가 좋아했을지도 모를 동요를 노래하고 춤을 췄다. 어느 순간 노래와 춤을 멈추더니 여자는 한동안 밑을 내려다보았다. 그녀는 몇 마디 더 중얼거리더니 돌아섰다. 그녀는 고개를 숙인 채 사무실 앞까지 걸어 내려왔다. 여자는 사무실 앞에 멈춰서서 사무실 안에 있는 사람들을 바라보았다. 그녀가 누굴 본 건지 알 수 없지만 누군가와 눈길을 마주하고 사무실로 다가왔다.

나는 냉장고에서 500ml짜리 물병 하나를 꺼내 들었다. 사무실로 오는 사람들 대부분 물을 찾았기 때문이었다. 여자가 사무실을 문을 열었지만 안으로 들어오진 않았다. 도현이 맨 앞에 내가 그 뒤에 그리고 책상 앞에 소미가 서 있었다. 여자는 도현의 얼굴을 살피더니 가볍게 입을 열었다.

"……비행기……."

"아, 네."

도현이 서둘러 답했다.

"전화 주셔서 감사합니다. 정말로 좋아했던 장난감이었습니다. 정말 감사합니다."

여자가 허리를 90도 정도 굽혀 인사를 했다. 도현도 그녀에게 인사를 했다.

"슬펐지만 기뻤습니다. 감사했습니다."

여자는 한 차례 더 인사를 했고 도현도 한 차례 더 그녀의 인사를 받았다. 여자가 사무실에서 멀어졌다. 비칠거리지 않고 반듯하게 걸어갔다.

"팀장님, 저 분한테 전화드렸어요?"

소미가 물었다. 나 역시 궁금했다. 전화를 할 수는 있지만 특별히 나무에 문제가 있지 않은 다음에야 잘 전화하지 않았다.

"어, 그게 그럴 일이 좀 있어서."

"비행기는 뭐예요?"

이번에 내가 물었다. 나와 소미 모르게 여자와 전화를 주고받았던 게 분명했다. 하지만 그 연유가 짐작되지 않았다. 여자의 말투만 놓고 보면 두 사람은 제법 친근하게 대화를 나누었다는 생각이 들었다.

"애들이 비행기 좋아하고 그러지 않겠냐고 한 거지, 뭐."

도현은 말끝을 흐리며 사무실 밖으로 스르르 빠져나갔다. 나는 새치 가득한 그의 뒤통수를 쳐다보았다. 여자의 인사가 낯설었고 그의 응대는 좀 기이했지만 좀 친절하게 대응했던 것이겠지 하고 짐작했다. 아이를 잃은 여자니까.

19

거의 100년을 산 노인이 수십 명의 가족을 몰고 들어왔다. 노인을 따라온 사람들이 45인승 버스 두 대에서 쏟아져 나왔다. 삽시간에 수목장이 시끌벅적해졌다. 노인의 안치는 소미가 맡았다. 희한하게도 유족들이 반대하지 않았다. 그들은 노인이 생전에 여자에게 특히 친절했다며 반겼다.

100년이란 참 많은 흔적을 남기는 시간인 듯했다. 유족의 수도 여느 안치 때와 달리 많았다. 몇이 조촐하게 안치를 지키는 경우도 있었지만 그런 이들도 유족은 80년이나 90년 가까이 살아낸 사람들이었다. 누군가에게 슬픔이나 기쁨을 주었을 시간이 100년 가까이 된다는 건 그가 남긴 흔적이

100년 치라는 말이었다. 가늠이 되질 않았다. 어머닌 겨우 환갑을 좀 넘긴 나이에 췌장암으로 삶을 마감했다. 말기라는 진단을 받고 치료받기를 거부했다. 어차피 가는 거 좀 일찍 간다고 탈 날 거 읎다. 내가 버티면 외려 너희가 힘들지. 그때 어머닌 누구보다 이성적이었다. 당신의 한 가지 소원은 아버지가 나타나주기를 바란 것이었는데 연락할 곳이 없어 부르진 못했다. 어머니가 그를 기다리는 눈치였지만 나나 동생이 해줄 수 있는 일이 아니었다. 학회에 연락해본 게 전부였다. 남극까지 설령 연락이 닿는다 해도 오는 데만 일주일 이상 걸릴 겁니다. 나도 동생도 아버지 기다리는 일을 포기한 이유가 그 때문이었다.

유족들은 어항 속의 열대어처럼 우르르 몰려다녔다. 그들은 소미의 뒤를 따라다니며 나무들에 대한 이야기와 장사법에 대한 내용들을 진지하게 들었다. 소미는 천천히 걸었다. 덩달아 유족들도 천천히 걸었다. 유족들이 지목한 나무에 구멍을 파는 건 내 몫이었다. 해를 피할 텐트를 쳐주는 것도 나의 몫이고 500ml짜리 물병 스무 개쯤 아이스박스에 담아 나무 곁에 가져다주는 것도 나의 몫이었다. 내가 유족을 맞이하면 그런 일들을 소미가 했다.

소미는 나나 도현과는 여러 가지가 달랐다. 도현과 나는 우리끼리 어울릴 때면 흥겨워하고 부드러웠지만 유족들에겐 무겁고 딱딱하게 대하는 반면 그녀는 우리끼리 어울릴 때는 딱딱하고 싸늘하지만 유족들을 제법 잘 이끌었고 위로의 말도 그럴듯하게 늘어놓았다. 묘한 일이지만 우린 사람들과의 관계에 있어서 정반대였다.

반송 아래 장비를 늘어놓고 소미가 노인의 가족을 맞이했다. 머리카락을 뒤로 한 길로 묶었으며 얼굴에 BB크림을 발라 좀 창백해 보였는데 그게 경건해 보이게 했다.

"안치를 시작하도록 하겠습니다."

왜 그런지 알 수 없지만 여자가 안치를 맡자 가족들이 더 숙연해했다. 아무렇게나 서 있던 유족들이 텐트 그늘 아래로 모여들었다. 그렇다고 태양까지 순해진 건 아니었다. 소미의 이마에 맺힌 땀이 흘러내렸고 구멍을 판 나는 피부까지 땀으로 푹 젖었다. 검은색 상복을 입은 유족들도 겨드랑이가 땀에 젖어 그 부근이 더 검었으며 너나 할 것 없이 쉬어버린 음식물 냄새를 풍겼다. 그래도 누구 하나 투덜거리지 않았다. 며칠 전까지 살아 있던 존재를 떠나보내는 마지막 자리니까.

노인이 나무 밑에 묻힌 뒤 그들은 과자 봉지들과 수십 개의 플라스틱 컵, 제사 음식들 그리고 꽃과 망자가 입었을 법한 한 벌의 옷과 신발까지 버려둔 채 순식간에 빠져나갔다. 버스가 떠나기 전 소미가 달려갔지만 버스는 멈추지 않았다. 가끔은 안경과 책 따위를 두고 가는 치들도 있었다. 봄에는 이미 죽은 반려견의 유골을 같이 묻어달랬던 사람도 있었다.

"여기가 쓰레기장도 아니고. 사람 죽으면 끝이긴 하지만 그래도 올 때 가져왔던 것들은 가져가야 할 거 아냐."

안치를 시작하기 전에 주의를 주지만 그때뿐이었다. 곳곳에 가져온 물건들을 도로 가져가라는 안내문을 적어두었지만 무의미했다. 산 자들은 죽은 자들과 인연이 있는 물건들은 가능한 한 버리고 떠났다. 그런 물건들이 사무실 뒤편에 잔뜩 쌓여 있었다.

"참 아둔한 인간들이야."

소미는 골분이 묻은 장갑을 벗으며 허공에 대고 탈탈 털었다. 100년을 산 인간의 뼛가루가 허공에 자유롭게 날렸다.

"뭐가 아둔해."

소미와 말씨름을 벌일 의도는 없었다. 더위 때문일 터였다. 소미도 나도 배회만 하던 도현도 땀에 흠뻑 젖은 채 사무실로 기어들어갔다.

"뭐가 아둔하다는 거야?"

의자에 앉은 뒤 물 한 잔 들이켠 후 소미에게 다시 물었다.

"귀신이 물건에 붙어 쫓아간다고 믿는다는 거."

"미신이긴 하지만 그럴 법하잖아."

소미가 피식 웃었다.

"죽어서 수십 년 만에 모든 속박에서 벗어났는데 다시 물건에 갇힌다고? 내가 귀신이어도 지긋지긋해서 안 쫓아가겠네."

"물건에 갇히는 게 아니라 그냥 따라간다고 믿는 거잖아."

소미가 나를 힐금거렸다.

"물건에는 정이 없어. 우리가 말하는 인정, 그런 정 말고 정수로서의 정. 그딴 걸 따라갈 만큼 인간이 비천하진 않아. 아무리 못난 인간이라도."

그녀의 말을 듣는 순간 물을 한 잔 더 따라 마시려다 사레가 들렸다.

"맨날 그런 걸 생각했던 사람 같은데."

도현이 내 생각을 대신 말해주었다.

"미쳤어요. 그런 걸 맨날 생각하게. 날씨가 미치더니 나도 미친 모양이에요. 생각해본 적도 없는 말이 막 튀어나오네."

소미는 책상 위에 놓여 있던 빈 잔들을 들고 탕비실로 들어갔다. 탕비실에서 설거지하는 소리가 들렸다.

"여기에도 소각장을 좀 짓든가 해야 하지 않을까요? 시에다 쓰레기차 보내달라고 말할 수도 없고. 땅에 묻는 것도 한계가 있고요."

도현이 마른세수를 했다.

"그러게. 짓긴 지어야 하는데, 소각장 지으려면 따로 허가받아야 해. 그 허가도 쉽게 안 나고……."

"맨날 유족들하고 씨름할 수도 없잖아요."

"뭔가 방법을 찾아야겠지. 우리가 모았다가 직접 쓰레기처리장에 가져가든가, 아니면 가끔 쓰레기 치우는 차를 부르든가 해야겠지. 두 사람 오기 전에도 쓰레기차를 한번 불렀었지. 그 뒤론 좀 비싸서 못 불렀는데, 여름 가기 전에 한번 불러야겠다."

도현이 한숨을 내쉬었다. 그는 에어컨 앞에 서서 옷깃을 들썩였다.

"……다행이네. 여긴 엄청 덥단다……."

나는 창밖으로 두었던 고개를 돌려 그를 쳐다보았다. 누구에게 한 말인지 알 수 없었지만 이젠 크게 관심을 기울이지 않았다. 어쩌면 그가 사람들 사이에서 특별한 어울림이 필요하지 않은 이곳에 있는 게 당연하다는 생각이 들었다. 아무래도 쉴 새 없이 혼잣말을 중얼거리는 사람을 다수의 사람이 불편해할 듯했다. 이유가 궁금하긴 했지만 이젠 내겐 익숙했고 소미도 크게 신경 쓰지 않았다. 그는 잠깐 나를 힐금거린 후 출입문 쪽으로 바짝 다가가 서며 등을 보였다.

"……아버지라는 건 말이지……. 곁에 가까이 없어도 뿌리 같은 게 아닐까. 누군가 반기지 않고 누군가 원망해도 말이야."

도현은 창밖을 내다보며 또 한번 중얼거렸다.

20

늦은 오후 평화재단 사무국장이 왔다. 그녀는 두 개의 나무함을 들고 있었다.

"죄송해요. 이 애들도 아주 오래전에 죽은 아이들인데 다른 데선 받아줄 수 없다고 해서……. 양 대표님께서 만장 될 때까진 언제든 받아주겠다고 약속도 하셨고요……."

국장이 책상 위에 나무함을 내려놓고 수건을 꺼내 이마에 맺힌 땀을 닦느라 팔을 들어 올렸다. 흰 블라우스를 입고 있었는데 겨드랑이가 땀에 젖어 연한 회색빛을 띠었다. 시에서 무연고자 처리 비용이 나왔지만 국장에게 전달된 뒤 사라져버렸다. 도현은 알면서도 그냥 모른 척했다. 박봉 중의

박봉인 직업이었다. 나라에선 겨우 운영비나 주었고, 후원이라도 제대로 이루어져야 하는데 후원을 받기도 힘들었다. 선거철에나 잠깐 정치인들이 금일봉이라고 내놓고 가는 게 그나마 가욋돈이었다.

'무연고이며 어린아이라면 이유 불문하고 받아줄 것. 이름도 없는 아이들 신경 써서 여기까지 데리고 오는 게 순리일지도 모르니. 다음 생에는 복받게 태어날 수 있도록 좋은 자리에 잘 묻어줄 것.'

좀 어이없는 전달 사항이었지만 도현은 나와 소미에게 충실하게 양지량의 말을 전달했다. 처음엔 좀 우스웠는데 '너머'에서 지내면 양지량의 말이 그가 말할 수 있는 최선의 말이었다는 걸 느꼈다. 그건 소미도 그런 듯했다.

사무국장은 일일이 우리들의 눈치를 봤다. 나와 소미는 의자에 앉아 모니터에 얼굴을 박고 있는 도현에게 눈길을 주었다.

"이번에 포도 동굴 근처에서 유골 열 구가 발견됐어요. 여덟 구는 단서를 찾아서 가족들에게 인계했는데 두 구는 기록에도 없는 유골들이고 검시하신 분이 아이들이라고……."

그녀는 콧등에 맺힌 땀을 손수건으로 가볍게 찍어냈다.

"얼마나 오래된 유골인가요?"

도현이 그제야 몸을 돌려 그녀에게 눈길을 주었다.

"유골 감식 센터에서 공문이 왔는데 70년은 넘었을 거라고 하시대요. 어른들은 어찌어찌 단서를 찾아낼 수 있는데 아이들은 좀 힘든 모양이에요……."

"거기서 더 나올 것 같은가요?"

사무국장은 수건을 접어 주머니에 넣은 후 자세를 바로잡고 앉았다.

"잘 모르겠다고 하더라고요. 역사에 기록되어 있는 곳도 아니라서요. 향토 사료에도 없고 증언해주실 만한 분들도 모두 돌아가시고 그래서 근거가 없다고 더더욱 시립 납골당에서도 안 받아준다고…… 그냥 산골하라고 하는데. 그럴 수가 없잖아요. 살아 있었을 때에도……."

국장은 도현의 눈치를 본 후 말을 맺지 못했다. 도현의 눈길이 나무함에 머물렀다. 그는 함을 쳐다보면서 입을 씰룩거렸다. 뭔가 말하고 있는 듯한데 들리지 않았다.

"네? 뭐라고 말씀하셨는지?"

사무국장이 도현에게 물었다.

"아무것도 아닙니다. 우리 사장님 뜻이니 주저하지 마시고 데려오세요. 다만 사장님께서 주의하라고 한 것이 있습니다. 행여 어른을 아이로 속여서 안치하는 일은 없도록 하라 그러셨죠."

사무국장이 재빨리 손을 저었다.

"그런 일이 생기면 안 되죠. 의미가 퇴색되는데."

"국장님이 그러신다는 게 아니라 다른 사람들이 그럴 수도 있다는 말이죠."

"그래서 제가 철저하게 DNA 분석 자료며 치아 분석 자료며 꼼꼼하게 들여다보고 자문도 구한 후에 여기로 오고 있습니다."

"그럼 다행이죠."

도현의 말투는 딱딱했다. 원래 말은 느리지만 딱히 차가운 말투는 아니었는데 지금은 건조하고 냉기가 돌았다. 한 계절이 지나는 동안 어쩌다 의례적인 말만 나누었을 뿐이니 그가 어떤 사람인지 알 수는 없었다. 하지만 지금처럼 다른 느낌의 말투를 구사하는 모습은 처음 접했다. 새삼 가까워질 수 없는 사람이라는 생각이 들었다. 도현은 국장의 말에 대강 대응한 후 주차장 쪽으로 눈길을 주었다. 세상 모든 일이 익숙해서 지루하다는 눈빛이었다. 심지어 국장이 직접 나무함을 들고 온 일까지도.

그는 수목장을 찾아오는 무수한 유골들 그리고 유족들의 오열이나 그들의 사연에 놀라거나 동요하지 않았다. 죽음과

행방불명 혹은 실종이 일상이 되면 무감해질 것 같았다. 나 역시 적어도 70년 전에 죽었을 아이들 이야기를 들으며 이제는 마음이 아프거나 저리지 않은 것처럼. 하지만 그건 착각이었다는 걸 곧 깨달았다. 애써 입 밖으로 내지 않았다. 죽음과는 친근해지려고 해도 친근해지지 않았다. 그도 실은 더 이상 친근해지지 않으려는 것인지도 몰랐다.

"대표님이 하신 약속이니 안치해줘야죠. 불쌍한 아이들인데……."

도현은 여전히 건조하게 말했다. 그들이 살아 있었다면 지금 팔순의 노인들일 터였다. 비록 지금은 죽었지만, 그들을 계속 아이들이라 불러야 할까 싶었다. 사람이 시간을 거스를 수 없듯이 망자들도 시간의 법칙을 따라 흘러 나이를 먹게 되는 게 아닐까. 늙은 귀신이라는 단어가 떠올랐다. 괜히 마음이 씁쓸했다. 국장이 의자에서 일어났다.

"팀장님, 그럼 잘 부탁드리겠습니다. 전에 우중 씨한테는 말씀드렸는데, 조만간 저희 직원들이랑 밥 한번 하시죠. 제가 사겠습니다."

도현도 의자에서 일어나 그녀에게 가볍게 고개를 까닥거렸다. 사무국장은 우리 모두에게 허리를 깊이 숙여 인사를 했다. 그녀는 두 아이의 유골을 책상 위에 올려놓고 돌아갔다.

"……이 아이들 가족은 어떻게 됐을까?"

도현의 말이 혼잣말인지 우리에게 묻는 말인지 헷갈렸다. 하지만 소미나 나나 특별히 대꾸하지 않았다.

21

도현과 소미가 퇴근한 뒤, 라면 두 개를 끓여 먹고 커피 믹스를 한 잔 타서 들고 책상 앞에 앉았다. 'e 하늘 정보 시스템'에 접속하는 일 외에는 컴퓨터 앞에 앉아 시간을 보내지 않았다. '너머'에 내려오며 데스크톱 컴퓨터와 노트북, 냉장고를 헐값에 팔았다. 짐을 들고 다닐 수도 없는 데다 낡은 것들이라 '너머'로 내려오는 여비 정도의 값을 받고 팔았다. 화면 검색란에 단어 몇 가지를 적어 넣고 내용들을 살폈다. 시간을 죽이는 나만의 방법이었다.

'혼잣말하는 사람, 정신병, 자기애, 장도현, 창성 U-18 FC 축구부, 강우중, 강우주…….'

'너머' 아래 바닷가 쪽에서 희미하게 울음소리가 들렸지만 잠시 놀랐을 뿐, 감시 카메라가 닿는 영역의 CCTV 화면만 살펴본 후 일어나지 않았다. 간혹 밤늦게 찾아오는 유족들이 있고 그들의 울음소리일 거라 생각하기로 했다. 그들이 아니라 설령 또 암장하러 나타난 사람이라 하더라도 지금은 일어날 마음이 없었다. 평화재단 사무국장이 놓고 간 아이들을 안치하느라 더위에 쓸쓸함과 우울함까지 겹쳐 오늘 하루 치의 진이 모두 빠진 탓이기도 했다. 나는 직원일 뿐이라는 이기심도 한몫했다. 그래도 멀리서 들려오는 소리엔 귀 기울이지 않을 수 없었다. 울음소리 끝에 아버지라는 단어를 들은 듯했다. 누군가의 아버지가 이 '너머'에 있는 모양이었다. 나는 별다른 생각 없이 검색란에 '남극 기지'라고 적어 넣었다. '남극 세종과학기지 월동 연구대 모집'이라는 블로그 구인 광고 글이 먼저 눈에 들어왔다. 연구자들 외에 일반 관리자들도 모집하는 공고였다. 중장비를 다루거나 설비, 조리 등 여러 분야에서 사람을 필요로 했다. 연구자들도 전공 학과 학사 학위만 있으면 지원할 수 있는 공고라는 걸 처음으로 알게 되었다. 특별한 기술이나 학위가 없어도 남극엔 갈 수 있다는 말이었다. 그러니까 아버지는 물론 어머니나 나나 동생도 남극 기지에 갈 수 있다는 말이었다. 지원서를 다운로드받았다. '너머'에서의 일이 끝나면 남극에라도 가보면 좋겠다는 생각이 들었다. 만약 아버지가 그곳에 아직도 있다면 왜 그곳으로 도망갔느냐고 묻고 싶기도 했다. 남극이라……. 어머니의 죽음을 알았어도 올 수 없는 먼 거리였다.

의자를 뒤로 젖히자 바다에서 밀려오는 바람 속에 사람의 말이 묻어 있었다. 의자에서 일어날까 말까 망설이다 주저앉았다. 내가 수목장에 나타나면 그 정체불명의 존재는 도망갈 터였다. 쫓아가서 잡을 것도 아니고 설령 잡으면 어떻게 처신해야 할지 알 수 없었다.

컴퓨터를 끄고 책꽂이에 꽂혀 있는《불의 기억》을 꺼내 들었다. 이야기 하나하나가 낯설고 흥미로운 책이었다. 의미는 헤아리지 않고 이야기만 읽었다. '너머'로 내려올 때 가져온 책 세 권이 있는데《불의 기억》1권과 2권, 3권이 그것이었다. 어쩌다 흥이 나면 잡지 들춰보듯 보는 책이기도 했다. 헌책방을 뒤적이다 '죽음은 거짓이다'라는 문장에 홀려 들고 온 책이었다. 담배를 꺼내 물고 책 속의 '담배' 부분을 다시 읽었다. 담배를 피우는 게 호랑이가 담배 피우던 시절 살았던 선조와 이야기를 나누는 행위라고 말하는 듯했다. 그럼 담배를 피우면 나는 어머니와 말하고 있는 것이라고도 할 수 있겠지. 소미는 환풍기를 켜지 않고 담배 피우는 걸 질색했는데. 나는 환풍기를 켜기 위해 의자에서 일어났다. 마침 기다렸다는 듯 전화벨이 울렸다.

"너머 수목장입니다."

저편에 말이 없었다. 전화기 액정 화면에 나온 수신 번호는 처음 보는 번호였다.

"너머 수목장입니다. 말씀하세요."

여전히 말이 없었다. 수목장을 찾는 사람 중엔 반응이 더딘 경우가 많았다. 시간이 천천히 흘러가기를 바라는 사람일 거라는 생각을 하곤 했다. 나는 담배를 두어 모금 빨고 저편에 말을 하거나 끊기를 기다렸다. 사무실로 걸려 온 전화를 우리가 먼저 끊는 경우는 없었다.

담배 한 모금을 더 피웠을 때 저편에서 말했다.

"혹시 거기가 너머 수목장인가요?"

여자였고 목소리가 차분했다. 사람들은 '너머'로 전화를 걸고도 '너머'냐고 물었다.

"네."

"죄송한데 장소미 씨라고 계신가요?"

장소미 씨? 나는 이름을 듣고 한참 머릿속을 뒤졌다. 담배를 재떨이에 비벼 끄면서 상대가 말한 장소미 씨가 소미라는 걸 깨달았다.

"그게 말입니다……."

이전에 사무실로 소미를 찾는 전화가 왔었던가? 소미를 찾는 전화라면 휴대폰으로 할 일이지 사무실로 전화를 걸진 않았을 터였다. 그러니 소미가 이곳에 있다는 걸 말해주기가 껄끄러웠다.

"무슨 일로 그러시죠?"

"거기 너머 수목장 맞죠?"

"네, 맞습니다."

"장소미라고 거기서 일하지 않나요?"

여자는 천천히 물었다.

"누구신데요?"

"거기에 소미가 있는지만 알면 되거든요."

"저, 죄송한데 그건 말씀드릴 수가 없습니다. 그분 휴대폰 번호로 전화해보세요."

나는 소미를 '그분'이라고 말했다. 대응을 잘했다는 생각이 들었다. 잠시 침묵이 또 흘렀다.

"거듭 죄송한데 소미 번호 좀 알려주실 수 있나요?"

소미의 휴대폰 번호를 모르는 사람이라면 더욱 알려줄 필요가 없겠다는 판단이 섰다.

"장소미라는 분이 여기에 근무하지도 않고, 그러니 알려드릴 방법이 없네요."

"아, 네."

다시 침묵.

"잘 알았습니다."

통화가 끝났다. 마지막 대꾸 속엔 내 말을 믿을 수 없다는 뉘앙스가 담겨 있었다. 내가 우리 가족이나 지인, 친구 등에 대해 말하지 않았듯이 소미도 그녀 주변인에 대해 말하지 않았다. 그건 도현도 마찬가지였다. 우린 어차피 '너머'가 만장 차면 헤어지고 말 사이이니까. 세상을 떠돌다 다시 만날 확률이 희박할 테니까. 그리고 가족들을 화제 속에 꺼내 이야기할 만큼 가깝지 않다는 생각도 했다. 그런데 막상 누군가 같이 일하는 사람에 대해 질문을 해오고 시침을 떼는 순간 갑자기 동료와 가까워진 기분이 들었다. 나는 소미에게 전화를 걸어 방금 전 상황을 알리려다 말았다. 아침에 말해주면 될 터였다.

22

남자가 왔다. 남자는 회색빛 도는 여름 양복에 넥타이까지 매고 있었다. 처음엔 최근에 아이를 안치한 부부의 남편이라는 걸 알아차리지 못했다. 머리도 단정하게 커트했고 턱 밑에 거뭇하던 수염도 보이지 않았다. 소미와 도현은 여자가 왔을 때처럼 사무실 안에서 남자에게 눈인사했다. 남자는 장난감 비행기를 들어 보였다. KAL기였다.

"비행기를 들고 왔네."

도현의 혼잣말에 여자도 비행기를 들고 왔었다는 사실을 깨달았다. 나는 남자를 눈으로 좇았다. 남자는 아이의 나무 아래에 서서 비행기를 내려놓았다. 여자가 가져다놓은 비행기는 만화 캐릭터 비행기였는데, 남자가 가져온 비행기는 실제 비행기의 미니어처였다. 남자는 여자가 두고 간 딸랑이를 들어 한 차례 흔들어보았다. 여자처럼 춤을 추진 않았지만 한동안 아이 자리를 쳐다보며 뭐라 중얼거렸다. 어느 순간 그의 등 뒤에서 반짝이는 빛들이 보였다. 나는 소미에게 그 빛이 보이느냐고 물어보려다 말았다. 그 빛은 내게만 보이는 빛인 듯했다. 귀신이거나 영혼 같은 건 아닐 터였다. 그 빛은 밝으면서 차가운 느낌이었고 유족 주변을 맴돌다 어느새 사라졌다. 그건 그저 해를 등지고 선 사람들이 입은 옷이나 액세서리가 햇빛을 받아 반짝거린 일에 지나지 않은 현상이라고도 생각해봤다. 우중충한 날에 간혹 그런 빛이 보이긴 하는데 그건 반송에 맺힌 물방울이나 산까치의 흰 꼬리 깃털이 반짝인 것일 수도 있겠다는 생각이 들었다. 가루가 되어 땅속에 묻힌 주검의 영혼이거나 이미 안치된 다른 사람들의 영혼 같은 건 아니겠지.

한 시간 남짓 서 있던 남자가 돌아섰다. 그도 사무실 앞에 이르러 허리를 절반 정도 꺾으며 인사를 했다. 소미가 그를 따라다니다가 돌아왔다. 나는 소미의 손을 한번 살핀 후 그에게 똑같이 허리를 숙였다.

23

바람이 흔들렸다. 뭍을 훑고 올라와 구릉을 타고 넘어가던 바람이 새 길을 튼 모양이었다. 잠결에 바람의 방향이 바뀐 게 느껴졌다. 바람이니까……. 바람은 밤이 오면 구릉을 찾아 올라왔다가 새벽이 깊어지면 구릉의 언덕 끝에 서서 맴돌다 서둘러 해변으로 내려가 바다로 빠졌다. 보통은 그랬다. 그래도 바람의 방향이 바뀐 일은 없었는데……. 오늘은 유독 땅이 뜨겁더니, 지금 바람은 굵고 거친 느낌이었다. 수목장 전체를 쓸어내리는 게 아니라 정상에서 바다로 내려가는 중심 길에만 가득 차 굴러가고 있는 느낌이 들었다.

굵은 그 바람 소리 안에 문 여닫는 소리와 조심스러운 발소리가 들렸다. 문득 서로 번갈아 참배를 왔던 부부가 떠올랐다. 열흘이 지났지만, 그들은 이제 오질 않았다. 남자와 여자는 사뿐사뿐 걸었다. 죽은 사람들이 깰 수도 있어서 천천히 걷는다고 했다. '너머'에 안치를 끝낸 뒤 사람들은 자주 나타나지 않았다. 그건 산 자와 망자의 명확한 구분이기도 했다. 여긴 망자들의 공간이니 산 자들은 자주 발 들이지 않았다. 그들이 특이한 경우였다. 아이를 안치한 다른 부부들도 있었지만, 그들처럼 자주 오진 않았다. 그런데 거의 2주가 지나도록 그들의 모습이 보이지 않았다. 궁금하고 한편으론 걱정도 됐다.

부부가 계약한 나무를 둘러보며 아이의 이름이 '로로'라는 걸 알았다. 손바닥만 한 명패에 그렇게 적혀 있었다. 나는 잠결에 '로로'라는 단어를 여러 차례 입에서 굴려보기도 했다. 입에 잘 붙었다.

"우중, 강우중. 뭐 해!"

'꿈인가?'

"강우중."

목소리가 귀에 익었다. 눈을 떠보니 어떤 형체가 보였다. 그 형체는 여자였으며 실루엣이 익숙했다. 속삭이는 그의 목소리에는 긴장이 가득했다. 목소리의 주인은 소미인 것 같았다. 그녀가 왔다. 이른 새벽이어서 그녀의 등장이 여전히 꿈 같았다. 게다가 그녀가 새벽에 '너머'에 온 일은 처음이었다. 그녀가 눈앞에 가까이 있었다. 나는 벌떡 일어나 앉으며 귀에서 이어폰을 뺐다. 그런데 여전히 그녀가 소미라는 게 믿어지지 않았다.

"로로 엄마?"

꿈의 연장선이라면 눈앞의 여자는 로로의 엄마여야 했다. 어둠을 먹은 사물들과 소미의 어깨가 눈에 들어왔다. 그녀가 눈살을 찌푸렸는데 어둠 속에서도 그의 눈매가 보였다. 밤마다 뒤척이더니 지금 그의 흰자위에 붉게 충혈된 선들이 검게 도드라졌다.

"헛소리 그만하고 얼른 폰 챙겨!"

소미의 목소리는 은밀했다.

"도대체 이 시간에 왜 여기에 있는 거야?"

나는 폰의 전원을 넣고 시간을 확인했다. 새벽 4시.

"잠도 안 오고 여기 귀신들이 떠들어대는 거 같기도 하고 해서."

"귀신들?"

"아, 그냥 하는 말이야. 불면증 때문에 잠 못 자서 그냥 나와본 거야."

나는 바지를 추스르고 숙직실을 빠져나가는 그녀의 뒤에 바짝 따라붙었다. 발뒤꿈치를 들고 숨소리마저 죽였다. 요즘 누군가 로로의 아빠와 엄마처럼 '너머'를 자주 다녀갔다. 로로의 부모와 달리 은밀하고 야심한 밤에. 나는 소미의 좁고 가냘픈 어깨 뒤를 졸졸 따라갔다.

"지금 새벽 4시야."

나는 낮은 목소리로 소미에게 물었다.

"그래서?"

"그게 네가 여기 올 시간이 아니라는 거지."

"올 수도 있지."

그래, 그녀가 올 수도 있는 일이었다. 불면의 밤을 보내다 이른 새벽 출근해버릴 수도 있었다. 도현도 한두 차례 그런 적이 있었다. 일찍 출근해선 숙직실에서 해가 중천에 뜰 때까지 잔 적도 있으니. 소미라고 그러지 말란 법이 없었다.

"이번엔 진짜 고라니인지도 몰라. 마늘 다 캐간 후 가끔 출몰하니까."

나도 소미의 귀 가까이 입을 대고 속삭이듯 말했다. 말간 비누 냄새가 났다.

"고라닌 아냐. 분명 사람들 발소리야."

숙소와 사무실로 쓰는 건물을 끼고 왼쪽으로 돌면 돌계단이 나왔다. 계단 세 개를 올라가면 바다로 내려가는 구릉이 나타났다. 나와 소미는 구릉의 정상에 서 있는 느티나무 뒤에 몸을 숨기고 서서 아래를 내려다보았다. 둥글게 다듬은 반송들 위로 은하수의 옅은 빛이 쏟아져 내리고 있었다. 소미는 귀가 밝고 나는 눈이 밝았다. 그녀는 해변이 시작되는 곳을 향해 귀를 기울였고 나는 눈을 크게 떴다. 밀도가 높은 어둠의 덩어리들이 이리저리 뒤치는 게 어렴풋이 보였다.

"흙 묻는 소린데."

소미는 삽이 흙 사이를 비집고 들어가는 소리를 들은 모양이었다. 거친 바람이 반송의 머리채를 잡고 흔들어대는 소음 속에서도 그 소리가 분명하게 들렸다.

나는 눈을 더 크게 떴다. 바람결을 따라 잎새를 흔들어대는 반송들과 다른 움직임들이 보였다. 빠르고 강한 움직임. 소미가 해변 쪽을 향해 달리기 시작했다. 나도 덩달아 내달렸다. 숲에 숨어 잠들어 있던 산까치들이 놀라 해변 쪽으로 튀어 나갔다. 나와 소미가 모래사장까지 달려갔지만 정체 모를 그 덩어리는 뭉개진 흔적만 남기고 사라졌다. 휴대전화의 플래시를 켜고 모래 위를 샅샅이 훑어봤지만 남겨진 자국들이 사람의 발자국인지 짐승의 발자국인지 구별이 되지 않았다.

"사람인 거 확실하지?"

나는 그녀를 멍하니 바라보기만 했다. 눈앞에서 급히 사라진 형체가 사람인지 귀신인지 솔직히 확언할 수 없어서였다.

"잘 모르겠어."

내 말이 끝나자 소미는 맥없이 주저앉았다. '너머'에 오겠다고 작정하고 나선 발걸음이 아닌 듯했다. 야행을 나왔다가 우연히 눈앞에 '너머'가 보였고 들렸을 뿐인 듯했다. 그제야 낮에 전달해주지 못했던 말이 떠올랐다.

"저기, 너 찾는 전화 왔었어."

소미가 뒤에 서 있는 나를 천천히 쳐다보았다. 멀리 해변도로에서 달려온 빛이 그녀의 뒤를 비추어서 그녀가 어떤 표정을 짓는지 볼 순 없었다. 하지만 난 당황해서 고개를 외로 꼬았다.

24

보통은 원의 지름 30cm가량의 잔디를 떼어내고 땅속으로 한쪽 팔 길이까지 파 내려간 다음 벽을 다듬는다. 원기둥의 꼴이 갖추어지면 한지를 넣어 흙과 벽을 가린다. 그 안에 유골을 붓고 모래와 섞은 후 한지를 덮는다. 파낸 흙으로 공간을 채우고 잔디를 덮으면 특별한 절차랄 것도 없는 수목장 절차가 끝난다. 힘 좋고 요령이 좋다고 해도 족히 30분 이상은 걸리는 일이었다.

나는 어둠 속에서도 희미하게 드러나는 둥근 원의 형태를 내려다보며 도현이 내게 가르쳐준 것들에 대해 떠올려봤다. 근본으로 가장 빨리 돌아가는 길이지 않겠느냐는 자신의 견

해도 덧붙여 말해주었다. 흙은 세상에서 가장 큰 위로를 안겨주는 물질이라고도 말했다. 물이나 불, 공기와 달리 흙은 받아들이고 분해하고 오랜 시간 기억하며 결국에 용서하고 위로하는 물질이라는 말도 했다.

나는 힐끔 소미를 쳐다보았다. 누군가 파낸 흔적 앞에 앉아서 담배를 나눠 피웠다.

"왜 그 말을 이제 해?"

화를 낼 줄 알았는데, 그녀의 푸념처럼 말했다.

"오후 늦게 전화 온 거야. 오늘 출근하면 말해주려고 했지."

"남자였어? 여자였어?"

"여자."

소미는 담배를 바닥에 짓이겨 껐다. 그녀는 어둠이 채 가시지 않아 거무스름한 흙더미 위에 담배꽁초를 버렸다. 우리는 잔디를 뜬 흔적들, 둥글게 마무리 지은 모양새들, 주변에 널린 붉은 흙의 잔해를 바라보며 잠시 검은 바다만 바라보았다.

"왜 꼭 여기여야 하는 거지?"

그녀가 내 쪽으로 살짝 고개를 돌렸다. 그녀의 마음을 종잡을 수 없었다. 낯선 이를 추모하면서 암장은 용서하지 않는 듯하다가 지금은 또 오죽하면 암장을 하겠느냐는 그런 뉘앙스가 그녀의 목소리에 잔뜩 묻어 있었다.

"여긴 꽁꽁 맺혀 있던 걸 풀 수 있는 그런 느낌이 들어서 그런 거 같기도 하고……."

내가 언제 그런 생각을 했던 것인지 모르겠다. 그건 어쩌면 내가 이곳을 떠나지 않고 머물고 있는 이유일 것도 같았다. 하지만 풀지 못한 게 뭐지? 이곳은 그냥 월급 많이 주고 숙식이 해결되는 데다 도시에서 멀리 벗어나 있다는 것밖에 없는데.

"죽은 사람이 풀긴 뭘 풀어!"

소미가 발끈했다.

"나한테 화를 낼 건 아니잖아. 그냥 그런 기분이지 않을까 싶은 거지."

소미가 발딱 일어섰다. 그녀가 모래 묻은 손바닥을 탈탈 털었다.

"팀장이 알면 뭐라 그러겠지. 감쪽같이 묻어놓을까?"

소미에게 물었다.

"실이라도 묶어서 표시라도 해놔. 누가 이 나무 달라고 하면 일 터지는 거니까."

암장한 골분을 파내던 그녀치곤 대응이 싱거웠다.

"기원전이든 지금이든 인간은 달라진 거 없어. 게다가 유골이 이미 흙하고 섞여버렸을 텐데. 내가 미쳤지. 그런 걸 파내겠다고…….”

“굿이라도 해야겠다.”

나는 좀 부드러워진 그녀의 말투에 대응해주었다.

“뭐? 굿? 너도 미신 같은 거 믿어?”

소미는 이번에도 발끈했다.

“그게 아니라……. 말이 그렇다고. 굿이라도 하고 싶은 심정이라는 거지.”

“미신 같은 거 믿지 마. 그게 사람을 얼마나 바보로 만드는 건 줄 모르지?”

그녀가 휑 등을 보이며 돌아서서 구릉 쪽으로 걸음을 떼었다. 그녀 몸을 감싼 헐렁한 바지와 푸르뎅뎅한 셔츠가 바다에서 밀려온 바람에 펄럭거렸다. 바구니를 들고 언덕길 꼭대기에 있던 집으로 돌아가던 어머니의 뒷모습과 닮았다는 생각이 들었다. 어머닌 징크스를 따지기도 했고 미신도 믿었다. 가족이 화목하지 못한 것도 미신을 지키지 못해서라며 가게나 식당, 사무실 같은 곳에 드나들 때 문지방을 밟으면 진행 중인 일에 마가 낀다고 신신당부했다. 기분 나쁘거나 부당한 일을 당하거나 재수 없는 일이 일어나면 그게 모두 미신을 어긴 탓이라고 여겼다. 오랫동안 잊고 있었던 어머니의 말이 오늘 밤 생생하게 떠올랐다.

숙직실 앞에서 멈춘 소미가 뒤를 돌아다보았다.

"혹시 말이야. 나 찾는 전화 오면 그만뒀다고 말해줘."

나는 고개를 끄덕거렸다.

"사실 내가 여기 있는 게 잘하는 건지 모르겠어."

그녀의 하얀 얼굴 위로 여명이 스며들어 더 하얗게 빛났다. 그녀가 자신의 속내를 이야기했던 적이 있었나? 이런 말을 했던 건 기억에 없었다.

"그냥 어찌저찌 여기까지 흘러왔는데……."

점퍼 주머니에서 담배를 꺼내는 그녀의 손이 가늘게 떨리고 있었다.

"모든 게 평등해지는 순간이 있어."

그녀가 내게 담배를 한 대 더 주며 말했다.

"그런 순간이 있어?"

"꽃도 나무도 비도 바람도 태양도 사람들도 모두 평등해지는 순간."

"그런 게 어디 있어."

"죽으면 모든 게 평등해져."

나는 침을 삼켰다. 그녀가 한 번도 감상적으로 느껴지는 말을 꺼낸 적이 없어서 좀 당황스러웠다.

"그거야 그렇지만……."

"그런데 난 그걸 받아들일 수가 없어. 그래서 여기에 있는지도 몰라."

오늘 그녀의 행동이나 말은 좀체 이해할 수가 없었다. 앞뒤 맥락이 모두 잘린 이야기라 더욱 그런 듯했다.

"나도 그렇지 뭐. 내가 살면서 이런 일 하게 될 줄 꿈에도 생각 못했으니까."

"넌 이 일 잘 맞아?"

"맞고 안 맞고가 어디 있어. 그냥 하는 거지. 다만……."

"다만 뭐?"

"두렵거나 어렵진 않아. 그래서 젊은 애들이 여기 취직하려고 왔다가 도망갔다는 말이 이해되지 않는 거지."

소미가 짧게 웃었다.

"그러게. 골분 만지는 게 뭐 무섭고 두려운 일이라고."

"난 처음엔 좀 신기했어. 살면서 흔히 겪어볼 수 없는 일이라 낯설기도 했고. 암장하는 사람들이 있다는 사실도 난 좀 기이하게 느껴질 뿐 그 이하나 그 이상도 아냐. 그리고 내가 뭐 자선사업가도 아니고 여기 책임자도 아니지만, 여기에 묻히는 다른 사람들도 어렵고 사정이 있을 텐데 암장하는 인간들을 이해하고 배려해주어야 한다는 생각이 드는데 왜 그런 생각이 드는지 잘 모르겠어."

"가까운 사람 중에 떠난 사람 있지?"

나는 소미를 슬쩍 쳐다보았다.

"다들 있겠지."

"그런 게 아니라 생사를 모르는 사람……."

나는 그녀의 말에 얼른 대꾸를 하지 못했다. 그녀의 말이 끝나기 무섭게 아버지 얼굴이 떠올랐기 때문이었다. 그는 살아 있을까, 죽었을까? 아무런 소식이 전달되지 않은 걸 보면 살아 있을 가능성이 더 크지 않을까.

나는 대답 대신 우리가 걸어 올라온 길을 내려다보았다. 수평선에서부터 여명이 물러나고 서서히 해가 고개를 내밀고 있었다. 소미도 수평선 쪽으로 눈길을 주었다. 등 뒤에서 바람이 불어왔다. 해가 뜨면 이곳의 바람은 방향을 틀었다. 순간 향냄새가 났다. 용왕각에 누군가 향을 피워놓은 걸까? 이른 새벽이라 그럴 리 없는데. 소미가 다시 숙직실을 향해 돌아설 때 바람 속에 향냄새가 진하게 배어 있다는 걸 느꼈다. 소미에게서 향냄새가 난다?

25

해가 떨어지기 시작하자 구릉의 표면을 게딱지처럼 덮고 있던 반송들이 해변으로 우르르 달려 내려갔다. 드문드문 귀신들이 깃든 반송이 앞서고 빈 반송들이 그 뒤를 따랐다. 이곳에서 일을 시작한 지 190일째, 나는 200살이 넘었다는 느티나무 아래에 서서 그들을 구경했다. 바다는 남쪽에 펼쳐져 있었고 노파, 군모를 쓴 상이군인, 만화를 그리던 화가, 이제 겨우 일곱 살을 넘긴 로로의 나무가 보였다. 그들은 남쪽으로 달려갔다. 그들의 질주를 애써 믿으려 하지 않았다. 그냥 보이는 것이니. 그들은 모래사장 앞에서 달리기를 멈추었다. 귀신들은 바다로 뛰어들 수 없는 모양이었다. 눈앞의 작은 섬들이 귀신들을 맞이하러 무리 지어 해안가로 달려왔다.

그랬는데 언제부턴가 달려나가는 반송 대신 사람들의 뒤를 쫓는 빛들이 보였다. 보이지 않는 일도 있었지만 대부분 희미하게 빛이 따라다녔다. 어느 영화에 나온 것처럼 죽은 몸에서 빠져나갔을 21g의 영혼일지도 모르겠다는 생각을 해봤다. 2003년도에 만들어진 영화지만 대단했다. 내가 무의식적으로 영혼의 무게를 그 숫자로 기억하는 걸 보면. 하지만 그건 죽은 사람들의 몸에서 나오는 빛이니 영혼 따위는 아닐 것이다.

나는 오늘 192번째 안치를 진행했다. 이틀 동안 집에 두었다가 가져온 유골이라는데 나무 밑에 묻을 때까지도 유골은 따뜻했다. 그 온기가 손가락 끝에 남아 진저리를 쳤다.

"오래 기다리셨어요. 저 이제 돌아왔으니 자주 찾아올게요. 미안해요. 말할 수 없이 미안해요. 당신이 이렇게 일찍 갈 거라 생각하지 못했어요. 내 곁에 그냥 두려고 했는데 당신이 나무를 좋아했다는 게 기억이 나서 나무에 보내주기로 했어요. 그동안 내 욕심만 부려서 미안해요. 자주 올게요. 너무 늦게 와서 미안해요."

여자는 유골이 들어 있는 나무함의 뚜껑을 열고 그렇게

마지막 인사를 했다. 그들이 떠난 후 어김없이 소미가 추모의 묵념을 올리고 내려갔다. 그녀는 로로의 나무도 슬쩍 살펴보았다. '너머'의 정상에서 바다 쪽으로 세 번째 열. 희한한 일이지만 '너머'를 찾아오는 사람들은 위에서 아래로 내려가는 세 번째 열을 가장 선호했다. 다른 열에 비해 빈자리가 없었다.

나는 담배를 물고 오늘 묻은 남자의 반송을 쳐다보았다. 반송 아래로 바람이 부는지 나무마다 붙은 둥근 번호표가 일제히 귀걸이처럼 찰랑거렸다.

나는 서서히 옅어지고 있는 흔적에 다시 눈길을 주었다. 비라도 한바탕 쏟아지면 모래는 땅속으로 사라지고 둥근 흔적마저도 희미해진다는 걸 알았다. 그 자리를 잔디와 잡초가 덮으면 희미한 흔적마저 영영 사라졌다.

'우중아, 느티 아래에 있지? 위로 좀 올라와봐. 용왕각 쪽으로.'

톡이 왔다. 나는 담배를 도로 곽에 집어넣고 구름을 헤치고 위로 올라갔다.

26

도현은 사당 안을 눈으로 가리켰다. 그의 곁에 소미가 팔짱을 끼고 서 있었다. 나는 부리부리한 눈매의 용왕에게 눈길을 돌렸다. 탱화는 늘 낯설었다. 색이 화려하고 선이 굵으며 무리 지어 웅성거리는 모습 때문인지 인물들은 좀 희극적이었다. 바닷가 마을에는 용왕각이 흔했다. 바닷가 마을 사람들을 지배했던 존재는 용왕이었다. 그는 아마 거대한 귀신일 터였다. 그런 그가 '너머'의 수호신이 되었다. 나무에 깃든 귀신들이 무사히 바다에 이르기를 기원하면 그리된다고 했다. 나는 수십 차례 보았던 용왕임에도 오랫동안 지켜보았다. 희극적이면서도 무섭고 자애로운 듯하면서도 폭력

적인 기이한 모습. 멋있는 캐릭터였다.

탱화가 낯설었지만 그걸 그리는 화가들은 존경스러웠다. 습작 시절 불화를 배우고 익힌다지만 근본적으로 신들에 대한 상상력이 부족하면 나오지 않는 그림이기 때문이었다.

"용왕이 왜?"

도현이 내 팔을 잡아 끌어당긴 후 사당 오른편을 손가락으로 가리켰다. 그가 가리킨 곳에 로로의 사진이 있었다. 살 오른 볼로 웃고 있는 로로. 부부가 로로의 사진을 두고 갔다는 게 믿어지지 않았다.

"로로?"

"그 젊은 부부 아이지?"

나는 고개를 끄덕거렸다.

"저 사진을 언제 두고 간 거지?"

어제까지만 해도 용왕각에 영정 사진이라곤 없었다. 간혹 '너머'에 골분을 안치한 유족들이 삼우제를 지낸다며 두고 가긴 했지만 사흘 후에 대부분 찾아갔고 어느 땐 해변에서 사진을 태운 후 떠나곤 했다. 그렇게 연을 마무리 짓고 그나마 남아 있던 미련을 끝내버린다. 대부분 그랬다. 나는 소미를 쳐다보았다. 소미는 어깨를 으쓱거렸다.

"저 애 들어온 지 한 달도 더 넘었잖아. 그런데 사진은 어제 가져다 놨거나 오늘 아침에 가져다 놨다는 건데……. 좀 이상하잖아. 우리 여기 들어온 뒤로 안치하고 한참 지나서 사진 가져다 놓은 사람들도 없었잖아. 우리가 사십구재를 지내주는 것도 아니고. 설령 사십구재를 지내려고 했다면 우리한테 말했겠지."

아이는 밖을 내다보며 웃고 있었다. 문밖의 아빠와 엄마를 보고 웃는 얼굴.

"저 부부한테 연락해봐야 하지 않을까?"

소미가 말했다. 몇몇 장면들이 유독 선명하게 기억에 남았다. 소리 없이 울던 여자의 눈물, 삼선 슬리퍼, 후줄근하던 뒷모습. 어느 날 말끔한 모습으로 번갈아 나타나던 두 사람. 장난감 비행기와 딸랑이. 도현과 나는 사무실로 들어가 계약서를 뒤졌다. 전화는 소미가 걸었다.

"전화 안 받는데?"

이런저런 사정으로 전화 통화가 어려울 수도 있는 일이었다. 소미가 이번엔 여자에게 전화를 걸었다. 역시 전화를 받지 않았다. 소미는 계약서에서 남녀의 집 주소를 확인한 후 내게 톡으로 보냈다.

"깜빡 잊고 안 가져갔을 수도 있겠지. 네가 가져다줘. 비망동이니까 변두리 근처일 거야."

"내가?"

나는 손가락으로 나를 가리켰다.

"그럼 누가 가?"

도현은 이미 사무실을 빠져나가 수목장으로 올라가고 있었다.

"오늘내일 안치도 없고 다른 특별한 일도 없잖아. 마침 제초기 오일도 떨어졌거든. 2W도 좀 사 오고. 그리고 코팅 장갑, 등 부분이 얇은 것 좀 더 사다놓고."

소미는 내게 카드와 도현의 자동차 키를 내밀었다. 그녀는 도현이 올라간 수목장 쪽을 한 차례 쳐다본 후 다시 입을 열었다.

"사진을 두고 간 게 기분 나빠."

그녀의 말을 듣는데 괜히 등골에 소름이 돋았다.

"아기 사진인데 기분 나쁠 건 뭐야?"

"그냥 기분이 그래. 사진을 보는데……. 꿈자리도 뒤숭숭한 게 찜찜하기도 하고……."

그녀는 말끝에 이상한 소리를 남겼다.

"앞이 보이지 않네."

"앞?"

내가 되묻자 그녀가 나를 쳐다보았다.

"미래가 느껴지지 않는다고."

"그걸 알면 점쟁이게."

"그래. 인간이 미래를 알 순 없지. 하지만 최소한의 준비 같은 건 할 수 있는 거야. 뭔가를 하는 거. 적금을 붓거나 내일 일정을 메모해두거나 전화로 주말에 약속을 잡거나 아니면 휴일에 영화를 보기로 계획을 세우거나……. 그런 거 말이야."

그녀는 쉽게 말했지만 나는 그녀의 말을 이해하기가 어려웠다.

"사진 보고 그런 게 느껴진다고?"

"그냥 예민해지는 날엔 그래."

그녀가 말을 얼버무리며 내 얼굴에 머물렀던 시선을 다른 곳으로 돌렸다.

"묻으면 끝 아냐?"

"끝이지. 그런데 그 끝이 정말 끝일까?"

그녀가 등을 보인 채 말했다. 지금 말은 더 알아들을 수가 없었다.

"그 사람들은 도대체 사진을 왜 갖다 놓은 거야?"

"버린 걸지도 몰라."

소미는 내가 뭐라 말을 보태기도 전에 돌아섰다.

27

'비망동 신조주택 401호…….'

나는 주소를 들고 건물을 뱅글뱅글 돌았다.

'로로의 집이라…….'

로로가 잠시나마 살았던 집이면 알록달록하고 아기자기할 거라는 나의 상상은 여지없이 깨졌다. 건물은 오래되어서 본래의 색을 잃은 지 오래되어 예전의 색이 무엇인지 짐작조차 가지 않았다. 골목은 좁았고 전봇대나 가로등 밑에는 어김없이 쓰레기가 쌓여 있었고 악취를 풍겼다. 쓰레기 더미들 위는 파리들과 날벌레들로 들끓었다. 나는 그만 피식 웃고 말았다. 내겐 이런 집조차 없었다. 나는 벽에 달라붙은 짧은 그늘만 원망하며 하늘을 올려다보았다.

머리를 내리쬐는 태양은 뜨거웠다. 셔츠는 물론 속옷도 땀으로 흠씬 젖었다. 건물이 다닥다닥 붙어 있어서 이 동네엔 바람도 돌지 않았다.

한 차례 더 돌아봤지만, 신조주택이라는 이름을 찾을 수가 없었다. 웹 주소창에도 신조주택은 기록되어 있지 않았다. 주변만 표시될 뿐이었다. 나는 여러 사람에게 신조주택에 관해 물었다. 대부분 반응이 시큰둥했다. 다들 그런 주택에 대해 모른다고 했다.

나는 영정 사진을 들고 세 차례쯤 빙글빙글 건물을 돈 후 건물과 건물 사이에 난 좁은 골목을 발견했다. 여러 차례 골목 앞을 지나갔을 땐 보지 못했던 길이었다. 딱히 설명할 순 없지만, 골목은 갑자기 나타났다. 골목은 두 사람이 겨우 드나들 정도의 넓이였다. 골목 안으로 들어서자 담벼락에 붙어 웅크리고 있던 까만 고양이 두 마리가 나를 빤히 쳐다보았다. 나는 골목의 끝에서 '신조주택'이라는 건물 패를 발견했다. 녹이 흘러내려 글자 대부분이 지워져 있었다. 건물 입구 좌측엔 모두 여덟 개의 우편함이 악착같이 달라붙은 온갖 우편물을 삐죽 내밀고 있었다. 광고 스티커는 덕지덕지였고, 뚜껑이 제대로 붙어 있는 우편함이 없었다. 나는

401호 우편함을 살폈다. 우편물이 빼곡했다. 계단을 올라가려고 발을 떼다가 놀라 뒤로 주춤거리며 물러났다. 계단에도 까만 고양이 한 마리가 앉아 내가 움직이는 모습을 지켜보았다. 이 동네 고양이들은 겁이 없는 모양이었다. 나는 고양이를 피해 계단을 올라갔다. 골목보다 더 좁은 계단, 끝에 올라가면 점에 이를 것만 같은 계단을 올라가 401호 앞에 섰다.

로로의 집에 왔다.

28

누리끼리한 회색 문엔 우편물을 찾아가라는 우체국 스티커와 음식점 스티커 그리고 메모가 적힌 여러 장의 포스트잇이, 손잡이에는 열쇠를 수리한다는 광고 스티커가 여러 장이 어지럽게 붙어 있었다. 문 잠금쇠가 자주 고장 나는 집인가 보다 하는 생각이 들었다.

'8월 7일까지 보관하오니 우체국을 방문해 우편물을 찾아가시길 바랍니다. 방문하실 때는 신분증을…….'

'광주야, 너 정말 이럴래. 전화기도 꺼져 있고. 좋은 말로 할 때 연락해라.'

'연희 언니, 그 돈 얼마 되지도 않잖아. 빨리 해결해줬으면

좋겠어. 그 돈 때문에 신랑이랑 나 지금 안 좋아.'

'한빛자산대부입니다. 계속 이렇게 연락이 안 될 경우 법적 조치에 들어가게 되고, 제반 비용도 모두…….'

나는 문짝에 붙은 내용들을 하나둘 살피다 보니 로로의 부모, '너머'를 찾아왔던 부부의 이름을 알게 되었다. 남자는 광주고 여자는 연희였다.

문짝을 살피다 정강이 부근쯤이 움푹 들어간 걸 발견했다. 누군가 걷어찬 흔적 같았다.

'로로가 이런 집에서 살았을 리 없을 텐데…….'

무슨 근거인지 모르겠지만 그런 생각이 들었다. 한편으론 영정 사진을 건네주는 일이 힘들겠다는 생각이 들었다. 그래도 지금은 부부가 집에 있을지도 모른다는 생각이 들어 초인종을 눌렀다. 초인종이 울리지 않아 노크했다. 문을 두드리는 소리가 큰 강당에서 울려 퍼지는 메아리처럼 되돌아왔다. 한 차례 더 노크했다. 역시 집에선 어떤 소리도 흘러나오지 않았다. 나는 흰 보자기로 싼 영정 사진을 벽에 기대놓고 계단에 걸터앉았다. 서 있을 땐 몰랐는데 바닥에서 지린내 같은 게 스멀스멀 피어올랐다. 속이 메스꺼워 담배를 한 개비 꺼내 물었다. 나는 불을 붙이기 전에 위를 올려다보았다. 4층이 건물의 마지막 층으로 한 집만 있었다. 옥탑처럼.

'그래서? 영정 사진을 다시 들고 오겠다고? 좀 기다려봐. 그리고…… 꼭 전해주고 와.'

소미의 답은 의외로 강경했다. 나는 잠깐 갈등했다. 로로의 집은 여기가 아닐지도 모르겠다는 생각이 계속 들었다. 영정 사진을 들고 돌아가기로 한 후 사진을 드느라 허리를 숙였을 때 계단을 올라오는 사람이 보였다. 401호에 사는 사람일지도 몰라 나는 문 앞에서 머뭇거렸다. 계단을 올라오는 사람은 남자였고 그는 멈추지 않고 4층까지 올라왔다.

29

그는 두껍고 짧은 곱슬머리에 두꺼운 팔을 가진 남자였다. 보라색의 반소매 라운드 셔츠 밖으로 짐승의 꼬리 같은 문신이 삐죽 삐져나와 몸부림쳤다. 후덥지근한 공기가 남자와 나 사이를 맴돌았다. 남자의 이마엔 땀이 맺혀 흘러내리기 일보 직전이었다. 남자는 오른손으로 장난감 소방차를 들고 있었다. 그는 이마를 훔친 후 내게 누구냐고 물었다. 내가 답하고 나도 그에게 물었다.

"……나? 김광식이오. 이 집 사는 인간이 내 형 김광주고."

그럼 로로는 '김로로'인 것일까. 뭔가 석연치 않았지만, 사진을 건네줄 수 있어 다행이었다. 자초지종을 들은 김광식은 들고 있던 소방차를 떨어트렸다.

"……뭐? 애가 죽었어? 당신 지금 헛소리하는 거지?"

나는 고개를 저었다.

"진짜 죽었다고?"

광식의 눈이 점점 커졌다.

"아, 니미, 어른이 애 하나를 건사하지 못해서 죽여? 진짜 병신 같은 것들이네!"

내가 영정 사진을 들고 여기까지 올 수밖에 없었던 이유에 관해 설명했더니 광식은 화를 내며 문을 발로 걷어찼다.

"이 인간이 정말!"

광식은 문손잡이를 잡고 거칠게 이리저리 비틀었다.

"야! 문 열어! 니들은 죽었어!"

조카의 죽음에 보이는 반응치고는 좀 지나치다는 생각이 들었다. 광식이 문손잡이를 비틀다 앞으로 홱 잡아당기자 문이 맥없이 열렸고, 그 힘의 반작용으로 그는 뒤로 나가떨어지며 엉덩방아를 찧고 말았다. 광식이 놀란 눈으로 나를 쳐다보았다.

"당신이 열었어?"

광식은 나를 빤히 쳐다보았다. 나는 고개를 저으며 사진을 내밀었다. 그가 한 발 뒤로 물러나며 집 안으로 쑤욱 들어갔다.

"이 인간한테 받을 돈 있는 거야? 나 이제 막 출소해서 돈 없다고."

광식은 나를 등지고 집 안으로 발을 더 들여놓다가 멈춘 후 뒷걸음질 쳤다. 어떡하든 그에게 사진을 맡겨야만 했다.

"아, 니미, 이게 무슨 냄새야!"

나는 코를 깊이 찌르는 냄새 때문에 영정 사진을 떨어트릴 뻔했다. 부부가 사진을 가지러 오지 않았던 건, 가지러 올 수 없었기 때문이었다. 나는 코를 쥐고 안방이라고 짐작되는 방을 들여다보았다. 부부는 침대 위에 손을 잡고 나란히 누워 있었다. 얼굴이 허물어졌고 피부의 살갗은 물러버렸다. 희미하게 부부는 부패되어가고 있었다. 선명한 건, 벽에 잔뜩 붙어 있는 브로마이드였다. 뽀로로와 그의 친구들의 모습이 그려진.

30

나는 버스에서 내려 백팩을 메고 걸었다. 혼자 살기 시작하면서 거처가 없어 이리저리 떠돌았다. 대학 동아리방에서 살고 선배나 후배들 자취방에서 몇 달씩 기생했다. 취직을 못해 편의점과 노동판을 돌며 살아왔다. 아무리 열심히 입사 원서를 넣어도 단 한 군데에서도 연락이 오지 않았고 나는 조금씩 살림을 줄이다 백만 원 주고 산 중고차에서 생활을 시작했다. 그게 '너머'로 내려오기 전 나의 전 재산이었다. 그것마저 '너머'로 내려오면서 팔아버렸다. 움직일 돈이 없어서였다. 먹여주고 재워주는 곳을 찾아 떠돌다 나는 결국 '너머'까지 왔다.

나는 여러 차례 휘어진 길을 쳐다보았다. 길은 반듯하지 않았다. 도현은 차들이 속도를 낼 수 없도록 길을 구불구불하게 만들어놓은 길이라고 설명했다. 자가용 몇 대가 휙 지나갔다. 몇 번 얻어 타기는 했지만, 한국에서 히치하이크는 드물었다. 수목장까지는 마을버스가 들어가지 않아 지나가는 차를 얻어 타곤 했는데, 차를 기다리고 기대를 하고 손을 들고 운전자가 나를 살피고 나 역시 운전자를 살피는 일이 피곤하다고 느낀 뒤로는 차를 세우지 않았다.

4차선 도로에서 2차선 도로로 좁아지는 삼거리에서 버스는 해안도로로 꺾어졌다. 삼거리에서 수목장에 가려면 빠른 걸음으로 20분 남짓 걸어야만 했다. 신호등도 없고 횡단보도도 없었다. 심지어 갓길도 없는 도로였다. 차가 달려올 땐 도로에서 멀찌감치 벗어나 있다가 차가 보이지 않으면 빠른 걸음으로 도로 위를 걸어야만 했다.

앞뒤를 살피며 발을 재게 놀렸다. 등 뒤에서 소음기를 뗀 스포츠카가 규정 속도 시속 50km인 도로를 거의 두 배가 넘는 속도로 달려왔다. 멀리서부터 발작적으로 클랙슨을 눌러댔다. 무슨 오기 때문인지 나는 백팩 어깨끈을 단단히 쥐고 뛰듯 걸었다. 차는 더 속도를 올리는 듯했고 나도 보폭을 더 줄여 거의 뛰었다. 차는 순식간에 뒤쫓아 오더니 중앙선을 넘었다가 제 차선으로 올라탔다. 길게 클랙슨을 누른 후 운전석 쪽에서 창문이 열리더니 가운뎃손가락이 툭 튀어나왔다. 나는 잠깐 멈춰 섰다가 눈에 들어온 돌을 들었다. 차를 향해 냅다 돌을 던졌다. 다행히 돌이 차에 맞진 않았지만 차가 갑자기 브레이크를 밟으며 멈춰 섰다. 나는 놀라서 길을 벗어나 구릉으로 기어 올라가 느티나무 뒤에 몸을 숨겼다. 새로운 차가 한 대 나타난 후 소음기를 뗀 차가 요란을 떨며 다시 달렸다. 다시 구릉을 내려오는데 이번에는 여러 대의 소방차가 사이렌을 울리며 소음기를 뗀 차가 달린 방향으로 달려갔다.

도로가 굽이진 길 너머를 바라보니 구릉의 숲 뒤편에서 무럭무럭 검은 연기가 피어오르는 게 보였다. 한여름인데도 불이 자주 나는 모양이었다.

31

도현과 소미가 땀 범벅인 나를 쳐다보았다.

"처음부터 그런 줄 알긴 했는데, 보면 융통성이라곤 겨자씨만큼도 없어요."

소미가 혀를 찼다.

"잠깐 나와달라고 하면 되잖아."

도현이 말했다.

"그러게……."

나는 머리를 긁적거렸다.

"경찰은 뭐래?"

소미가 나를 힐금거리며 물었다.

"뭘 뭐래? 자살이라고 그러지. 수면제 먹고 번개탄까지 피웠는데."

도현의 눈가가 찌그러졌다.

"그래도 평등해졌겠다."

나와 소미가 도현을 동시에 쳐다보았다.

"평등해지다니?"

소미는 고개를 갸웃거리며 물었다. 평등해진다는 말, 며칠 전 그녀가 내게 했던 말이었다. 두 사람이 비슷한 생각을 지니고 있었다. 그건 단순한 진리이기도 했으니 나 역시 그런 생각을 지니고 있었던 것인지도 몰랐다. 하지만 죽음 이후의 순간들이 정말 평등한지에 대해서는 누구도 알지 못할 터였다. 우리 중 누구도 죽어본 적이 없으니.

"죽었으니까."

"죽으면 평등해지는 건가?"

이번엔 내가 물었다.

"죽으면 모든 게 평등해지잖아. 꽃이며 나무, 동물들, 사람들. 심지어 바람이나 햇빛도 죽으면 평등해지는 거잖아. 지금 우리처럼 출발점이 다른 게 아니라 출발점이 똑같은 거 아닌가? 그럼 평등해진 거지……."

출발점이 똑같아진다는 말에는 공감이 갔다. 그래서인지

궤변인데 궤변처럼 여겨지기보단 진실처럼 느껴졌다.

“팀장님도 참…….”

소미의 목소리가 처졌다. 그녀는 도현도 비슷한 생각을 한다는 사실에 공감을 하는 듯했다. 딱히 반대 의견을 낼 내용도 아니었다. 모두가 평등해지는 그 순간이라는 말만큼은 매력적이었으니까.

“그렇게 생각하면 맘이 좀 편해져.”

이번에도 소미와 나는 도현의 얼굴을 쳐다보았다. ‘너머’에 오기 전에 어떻게 살았는지 말하지 않아 그의 사정을 알진 못하지만 남들에게 이야기하기 불편한 사연 하나쯤은 가슴에 묻어두고 있는 듯했다. 그건 소미도 그런 듯했고 나 역시 그랬으니 뭐, 이상할 것도 없었다. 소미가 긴 머리를 어깨 뒤로 넘긴 후 나를 힐금거렸다.

“그 사람들 진짜 자살한 거 맞아?”

신문 사회 면에 로로 부모에 관한 이야기가 실렸다. 기사 두 줄이 전부인 인생이었다.

“빚도 많고 애도 죽고 그래서 그런 거겠지.”

“참, 스스로 죽는다는 게 쉬운 일이 아닌데…….”

로로의 부모는 부패되고 있었다. 여름이라 부패 속도도 빨랐고 냄새도 진했다. 두 사람은 반듯하게 누워 손을 잡고 있었는데 두 손도 썩고 녹아 흘러내려서 뼈가 보일 정도였다. 남자의 동생이자 여자의 도련님은 화장실에 토사물을 잔뜩 토했다. 깡패라는 게 우스울 정도로 부부를 보며 부들부들 떨었다. 경찰에 신고도 내가 했을 정도였다.

"유서에 뭐라고 써 있었다고?"

"로로 곁에 묻어달라고."

영영 입을 다물고 있을 수 없어서 말했다.

"그러려고 네 명 안치되는 자리를 고른 거였네……."

"수사도 끝나고 부검도 마무리되어야 올 수 있을 거야."

"이럴 줄 알고 60년이 어쩌고저쩌고했던 거구나. 잘한 짓이라고 하기도 그렇고 못난 짓이라고 말하기도 그렇고……. 사람이라는 게 그런 구석이 있는 거야."

도현이 입맛을 다시며 창밖의 나무들을 내려다보았다. 그는 말끝에 나로서는 해석이 불가능한 말을 달았다. 이젠 나나 소미는 그의 맥락이 사라진 혼잣말에 익숙해 더 관심을 보이진 않았다. 소미는 넋 놓고 앉아 있다가 갑자기 자판을 두드려대기 시작했다. 내가 백팩을 내려놓고 개량 한복으로 갈아입는 사이 사무실 전화벨이 울렸다.

"감사합니다. 너머 수목장입니다."

소미가 전화를 받았다. 나는 그녀의 말에 귀를 기울였다.

"우중 씨 지금 여기 있는데요."

탈의실에 나오는 나를 도현과 소미가 쳐다보았다.

32

나는 수목장으로 들어가는 입구 한쪽에 서서 경찰이 오기를 기다렸다. 젊은 부부에 대해 생각하고 로로에 대해서도 생각해보았다. 문득 로로의 부모는 지금 이 순간 행복할지도 모르겠다는 생각이 들었다. 소미나 도현은 죽음이 가장 평등한 일이라 말했다. 살아생전 분명한 차이도 죽는 순간 사라졌다. 그들은 평등해지기 위해 스스로 죽음을 택한 것인지도 모르겠다.

한편으로 그들은 행복을 선택한 건 아닐지도 모른다는 생각도 들었다. 로로가 홀로 외로우니 자신들도 그 길을 걸어야 한다고 믿었던 건 아니었을까. 행복해지고자 스스로 죽음을 택한 게 아니라 죽음보다 더 지독한 외로움이나 고독 속으로 뛰어든 게 아니었을까. 그런 부질없는 생각들을 하면서 담배를 피웠다. 발아래 담배꽁초가 세 개쯤 쌓였을 때, 주차장으로 경광등을 밝힌 경찰차가 들어왔다. 신형 소나타였다.

차에서 남자 경찰관 한 명과 여자 경찰관 한 명이 내렸다.

"강우중 씨?"

나는 고개를 끄덕거렸다.

"전화로 말씀드린 대로 그냥 참고인 조사만 하는 겁니다."

여자 경찰관이 말했다. 나는 경찰차의 뒷좌석에 몸을 실었다. 경찰차를 타보는 건 처음이었다. 앞과 뒤를 나누어두어 그런지 아늑했다. 차 안의 방향제 냄새인지 아니면 여자 경찰관의 샴푸 냄새인지 달콤한 냄새가 났다. 기분이 나쁘지 않았다. 나는 로로의 영정 사진을 떠올렸다. 남자와 여자가 찾아왔던 순간들도 선명하게 기억났다. 부부가 죽은 일은 안타깝지만, 그들이 로로를 만났을 것만 같았다. 막연하지만 죽음은 헤아릴 수 없이 넓은 우주이고 헤아릴 수 없이 깊은 바다라는 생각을 했었다. 하지만 그들 부부와 로로는 그 안에서 먼지로 떠돌더라도 만났을 것 같았다. 나는 휙휙 지나가는 메타세쿼이아를 쳐다보았다. 오랫동안.

33

경찰관은 조사실 문을 열고 내 등을 떠밀었다.

"……맞습니다. 바로 저 새끼라니까요."

신조주택 401호에서 만난 김광식이 나를 손가락으로 가리키며 느닷없이 목청을 높였다. 그럴 필요가 없는데도 나는 약간 겁이 났다. 김광식은 나를 쳐다보며 눈을 부라렸다.

"저 인간이 뭐든 아는 게 분명하다니까요. 날 조질 게 아니라 저 인간을 조져야 한다고! 내가 빵에서 나온 지 얼마 안 됐다고 무시하는 거야? 썅! 가뜩이나 형이라는 새끼도 죽고 형수도 죽고 조카도 죽어서 뒈지고 싶은 심정인데……."

조사관이 김광식을 끌어냈다.

"야, 이 개새끼야! 그 인간 뒈질 줄 알았으면서 왜 안 말린 거야!"

김광식이 문밖으로 끌려 나가며 내게 소리를 질렀다. 나는 입맛만 쩍쩍 다셨다. 조사관은 나를 그가 앉았던 자리에 앉혔다.

"저 지금 참고인으로 온 거 아닌가요?"

조사관은 아무 말 없이 조사실을 나갔다. 두 시간이 지날 때까지 조사실엔 아무도 들어오지 않았다. 몹시 기분이 나빴지만, 의자에서 일어나지 않았다. 한 가지 다행이라면 여긴 시원하다는 점이었다.

조사관은 M자 대머리였다. 자꾸 반짝이는 이마에 눈길이 갔다.

"제 대답은 똑같습니다. 저희 수목장에 영정 사진을 두고 갔고 그걸 찾아가지 않아 유족에게 돌려주기 위해 가져갔을 뿐입니다."

"우린 그게 이해가 안 된다는 겁니다. 보통은, 아니, 정상적인 사람이라면 영정 사진을 찾으러 오잖아요."

"죽었으니까 찾으러 못 온 거죠."

"죽기 전에 찾아다 놓을 수도 있잖아요."

"죽는 마당에 영정 사진을 찾으러 오겠습니까?"

조사관이 반들거리는 이마를 긁적였다.

"좋아. 다시 한번 정리해봅시다."

조사관이 여러 장의 서류들을 가지런하게 맞추느라 삐죽삐죽 나온 종이 끝을 책상 바닥에 두드려댔다.

"다시 하긴 뭘 합니까? 참고인 진술 거부할 수도 있었습니다. 그런데 여기 와서 몇 시간째입니까? 정말!"

"아직 김광주 씨에 대한 사인 결과가 나오지 않았잖아요."

"사인이 나오지 않아도 동네 개들도 다 아는 일이잖아요. 그리고 왜 나를 자꾸 용의자 취급합니까?"

조사관이 나를 빤히 쳐다보았다. 그는 입맛을 한 차례 다신 후 서류들을 챙겨 결재판 안에 밀어 넣었다.

"사실 이게 다 형식적인 거라…… 이게 마지막입니다……. 그런데 말이오."

조사관이 방에 들어온 뒤 여러 차례 마른세수를 했다.

*

냄새는 아팠다. 콧속을 아프게 만들더니 관자놀이에 통증을 일으켰고 마지막엔 숨을 쉴 수 없을 정도로 가슴에 강한 통증을 유발했다. 신조주택 401호로 들어가는 문을 열었을 때, 연탄가스 냄새와 오래된 고기가 썩는 냄새가 금방이라도 폭발할 듯 가득했다. 김광식은 문밖으로 도망간 뒤 다시 집 안으로 들어갈 엄두를 내지 못했다. 나는 수건으로 코를 막고 안으로 들어가 창문을 열었다. 바람이 불지 않아서인지, 건물들이 너무 다닥다닥 붙어서인지 냄새는 집 안을 떠돌기만 할 뿐 빠져나가지 못했던 것 같았다. 나는 그날 냄새도 문신처럼 피부에 남는다는 걸 알았다.

조사관이 눈앞에 있었지만 나는 오른쪽 팔을 들어 여러 차례 냄새를 맡았다.

"댁도 이미 알고 있을 거 같은데? 그 냄새는 쉽게 지워지지 않아요."

조사관의 말이 끝나자마자 순간 맥없이 긴장이 풀어지고 말았다.

"이제 저 가도 됩니까? 오늘 오후 늦게 안치가 두 건이나 있다고요."

"다른 직원들도 있잖아요."

"세 명이 전부이기도 하고. 안치는 주로 내가 해서요."

조사관은 한 차례 더 마른세수를 한 뒤 나를 쳐다보았다.

"보내드려야죠. 그런데 죽은 부부가 유언으로 수목장 안치를 부탁했던데…….”

조사관이 느닷없이 부부의 유언에 관해 물었다.

“맞습니다. 계약까지 다 했고 관리비까지 60년 치를 다 냈어요.”

“60년 치라?”

조사관도 60년이라는 세월이 느껴지지 않는 눈치였다. 60년 뒤라면 나도 그도 이 땅에 존재하지 않을 테니까.

“남은 보증금으로 죽을 나무를 택할 게 아니라 살 궁리를 해야 했던 게 아닌가.”

조사관이 혼잣말처럼 말했다. 나는 그들이 로로를 만나기 위해 선택한 방법일 거라고 말하려다 말았다. 도현은 저마다 죽어야 할 이유가 있기 마련이라고 말했다. 나는 그들 부부에 대해 알지 못했다. 건너 듣기론 남자와 여자가 쓴 이력서만 거의 천장에 닿을 정도로 쌓여 있었다고 했다. 로로의 병원비도 영수증도 수십 장 나왔으며 독촉장도 수십 장. 조사관이 손가락을 꺾은 후 내 얼굴을 빤히 쳐다보았다.

“그런데 수목장을 하면 유골함을 묻는 거요?”

조사관이 느닷없이 수목장에 관해 물었다. 당혹스럽진 않았다. 죽음은 어디든 널려 있는 거니까. 70년 넘는 세월 동안 사라졌던 그의 작은 할아버지 유골이 나타났다고 말했다.

그에겐 후손이 없다는 말도 보탰다. 나무로라도 기억하고 싶다는 말도.

"납골당이나 묘지를 찾아가는 게 아니라 나무를 본다는 건 살아 있는 걸 본다는 생각도 들고……."

그렇게 나무를 받아들이는 사람도 있었다. 나는 그에게 그다지 별스럽지 않은 수목장에 관해 설명했다.

나무 하나에 귀신 하나일 수도 있고, 나무 하나에 귀신 둘일 수도 있었다. 나무 하나에 귀신 넷이 깃들 수도 있었다. 묻힐 자리가 결정되면 지름 30cm 정도 크기로 잔디를 떼어 낸 후 땅속으로 50cm 정도 파고들어 간다. 그 안에 화장한 골분을 붓고 흙과 섞은 후 파낸 흙으로 덮는다. 그런 후 다시 잔디를 입히면 마무리되는 것이었다.

"별다른 건 없군요."

그렇게 대답하는 수사관의 눈빛이 반짝거렸다.

"죽는 데 뭐 별다른 게 있겠습니까?"

"그럼 모르는 사람들끼리 한 나무 아래 묻히는 거요?"

조사관은 진지한 표정으로 물었다.

"한 나무에 네 분을 안치하든 한 분을 안치하든 상관은 없지만 '너머'는 가족 위주입니다."

"그럼, 나무 분양받고 나서 한 명 묻은 후에 몇 명을 더 묻을 수도 있다는 말이네요."

참고인 조사의 자리가 아니라 수목장 영업의 자리가 되어버렸다.

"할인도 되나요?"

"저는 직원이라 할인해드릴 수가 없습니다만 제 수당을 포기하고 5퍼센트 정도는 할인해드릴 수 있을 것 같습니다."

나도 모르게 미소 짓고 있었다. 전에는 늘어놓아본 적이 없는 말들을 능청스럽게 내뱉는 게 신기했다. 어색하지도 않았고 낯설지도 않았다. 조사관은 내 눈치를 살폈다. 심문 서류는 아예 덮어놓았다.

"기억해줄 사람도 없는데……."

조사관이 얼굴을 문질렀다.

"나무가 기억하겠죠."

"나무?"

처음엔 어리둥절해하던 조사관이 희미하게 웃었다.

"수목장에 오래 있었나요?"

"한 반년 정도."

"보통 그렇게 나무를 분양받으면 몇 년 쓰는 건가요?"

건성으로 하는 질문이 아니었다. 나도 건성으로 대답하지 않았다.

"법적으로는 최대 60년을 쓸 수 있고 후에 관리비만 잘 내면 사실상 영구히 쓸 수 있다고 보시면 됩니다."

"영구히……. 그렇게까지 작은할아버지를 기억해줄 사람이 남아 있을까 싶은데."

조사관은 한 차례 더 혼잣말을 하고 사소한 것들에 대해 몇 가지를 더 물었다. 어떤 자리가 좋은지 어떤 나무가 좋은지. 귀신들도 바다가 훤히 내려다보이는 자리를 좋아할 것 같아 그렇게 대답했다. 도현도 그런 말을 했고 평화재단 사무국장도 그런 말을 했다. 산 사람이나 죽은 인간이나 별반 다르지 않다고. 산 사람이 좋아하면 죽은 사람도 좋아하고 산 사람이 싫어하면 죽은 사람도 싫어한다고.

"참고인 조사가 너무 길어져서 미안하게 됐습니다."

그가 의자에서 일어났다. 나도 덩달아 일어났다.

"무연고 사망자들도 가끔 안치시켜준다면서요?"

"아이들만……."

"평화재단 사무국장님이 가끔 여기 들르십니다. 무연고 시신들이라는 게 본디 사연이 많은 시신이잖아요. 수사를 해야 하는 시신들도 더러 있고 그러다 보니."

그 사이 그의 폰에 문자가 온 모양이었다. 그의 눈이 커지고 얼굴색이 창백해졌다. 그가 폰을 주머니에 넣고 코끝을 만지작거렸다. 그는 앞서서 나를 조사실 밖으로 안내해주었다.

"아까 그 동생분은 왜 끌고 나간 건가요?"

"하도 소리 지르고 발광을 해서요."

조사관은 조만간에 들르겠다는 말을 남기며 끝까지 나를 배웅해주었다. 나는 경찰서 정문으로 향하다 잠깐 뒤를 돌아다보았다. 조사관은 두 다리를 벌리고 서서 폰을 들여다보고 있었다.

34

그가 왔다. 로로의 삼촌이 왔다. 머리카락을 잔디처럼 바짝 자른 헤어스타일이었다. 햇살이 짧은 머리카락을 뒤지며 피부를 훤히 비추었다. 그는 양손에 각각 유골함을 하나씩 들고 있었다.

도현과 내가 그를 맞이했다. 소미는 뒤에 서서 그를 살폈다. 그는 김광주보다 큰 몸집을 지녔는데, 그가 사무실로 들어서자 사무실이 숨 쉴 수 없을 정도로 좁게 여겨졌다.

"……그게 말이 안 된다 이거여. 네 사람 묻을 수 있는 곳에 한 사람만 묻으면 나머지 세 사람분의 돈은 돌려줘야 할 거 아냐!"

김광식이 테이블을 내려쳤다. 도현은 미동도 하지 않는데 뒤에 서 있는 나는 가슴이 철렁 내려앉았다.

"나무 밑에 한 사람을 묻는 거랑 네 명을 묻는 거랑 어떻게 가격이 같냐고!"

김광식이 도현을 꼬나보았다. 도현은 그저 김광식을 지켜보기만 했다. 소미마저도 놀라거나 당황하지 않았다. 숨이 막히는 건 나뿐이었다. 김광식의 눈썹이 수시로 일그러졌다가 펴졌다.

"니미 씨발, 뭐라고 말을 하라고! 말을!"

나는 그 순간 좀 기이한 걸 보았다. 좀 다른 현상이었다. 도현은 아무런 대응도 하지 않았다. 그런데 이 무반응이 손끝이 시릴 정도로 차가운 느낌이 들었다. 테이블 유리 위에 올려놓은 도현의 손 주변으로 하얗게 김이 서리는 모습도 눈에 들어왔다. 그는 눈조차 깜박거리지 않았고 김광식의 눈을 외면하지도 않았다. 시간이 지나면서 도현의 얼굴은 점점 창백해졌고 그의 어깨 주변으로 깊은 겨울의 한기가 맴돌았다. 나는 당황해서 소미를 쳐다보았다. 하지만 소미는 모니터에 눈길을 준 채 이편엔 신경도 쓰지 않았다. 다시 그들을 보았을 때 김광식의 이마에 송골송골 땀이 맺히는 게 보였다.

"아, 진짜 말 좀 하라고!"

눈알을 불안하게 굴리던 김광식은 유골함 곁에 올려놓았던 양손을 테이블 아래로 내려놓았다.

"아, 이게 뭐냐고. 이제 왔는데, 이제 좀 사람답게 살아보려고 왔는데. 제기랄!"

김광식이 느닷없이 응접 테이블을 주먹으로 내려쳤다. 그 바람에 테이블 위에 놓인 유리가 금이 갔다. 나는 심장이 몸 밖으로 떨어져나가는 느낌이었다. 순간 도현이 조용히 자리에서 일어나더니 김광식이 들어온 문으로 조용히 걸음을 옮겼다.

"말도 안 해주고 피하시겠다."

그가 도현의 팔을 잡았다. 그 순간 도현이 김광식을 쳐다보았다.

"니미, 피하면 다냐……."

김광식도 도현을 쳐다보았다. 도현의 손이 그의 손을 잡았다.

"뭐야? 어쭈, 해보겠다고?"

내가 놀란 건 도현이 뒤로 물러나거나 그에게 대거리를 하지 않았다는 점이었다. 오히려 그에게 바짝 다가갔다. 더 놀란 건 김광식이 도현에게 손을 잡힌 채 얼굴이 일그러졌고 급기야 도현의 눈을 외면했다는 사실이었다.

"뭐 씨발, 아니, 그게 아니고……."

놀랍고 믿어지지 않지만 김광식의 말에서 독기가 순식간에 빠져나가버리고 말랑말랑해졌다. 나는 등지고 앉은 소미를 살피고 김광식과 도현을 살피느라 분주했다. 나는 한 차례 더 놀랐다. 김광식의 손을 잡은 도현의 손은 그의 손이 덮일 정도로 컸으며 푸른 핏줄이 지렁이처럼 굵게 도드라져 있었다. 그의 손등을 절반쯤 덮고 있던 소맷자락이 위로 슬쩍 올라가며 손목 부근이 드러났는데 어떤 형체인지 알 수 없는 파란색 꼬리가 드러났다. 김광식은 손은 물론 팔과 몸 전체가 도현의 손에 매달린 채 대롱거리고 있다는 느낌을 받았다. 김광식은 도현의 시선을 외면한 채 땀을 뻘뻘 흘렸다.

"제가 실은…… 이러려고 그런 게 아니라……."

김광식은 도현의 힘에 의해 무릎을 꿇고 말았다.

"저기 혹시…… 내가 갑자기, 아니, 제가 갑자기 형이 자살하고 조카도 죽고……."

김광식은 얼굴이 일그러진 채 주절거렸다. 그러자 도현은 그의 손을 잡고 질질 끌다시피 끌면서 사무실을 빠져나갔다. 나는 소미를 쳐다보았지만 여전히 두 남자의 힘겨루기 따위엔 전혀 관심이 없는 듯했다. 그게 아니라면 이미 도현에 대해 속속 알고 있었으며 둘의 결말도 알고 있을지도 모르겠다는 생각이 들었다. 도현은 김광식을 내동댕이치듯 손을 놓았다. 비틀거리던 김광식이 겨우 몸을 가눈 후 비틀거리며 뒷걸음질 쳤다.

35

나는 느티나무 아래 벤치에 앉아 있는 도현의 얼굴을 살폈다. 그는 로로 부모의 유골함 위에 왼손을 얹고 오른손으로는 묵묵히 담배만 빨았다. 그는 김광식을 간단하게 제압한 자신에 대해 설명하지 않을 것 같았다. 말할 기미도 보이지 않았다. 그는 내가 자신을 쳐다보고 있는 줄 알면서도 내게 눈길조차 주지 않았다. 나는 힐금거리며 그를 살폈다. 넓은 이마, 절반쯤 흰 털이 난 눈썹, 각이 진 턱과 굵은 목선. 처음엔 주름인 줄 알았던, 턱선을 따라 자리 잡은 긴 상처. 늘 보았던 모습이라 특별할 건 없었다. 다만 이제야 좀 생경하게 느껴진 건 그는 늘 헐렁한 바지에 거의 손등까지 덮는 긴 셔츠를 입고 다닌다는 점이었다. 게다가 그는 주로 어두운 색의 셔츠를 입었는데 그동안 나는 반팔 셔츠나 라운드 티를 입고 다니면서도 그가 어두운 색조의 긴팔 셔츠를 입고 다녔던 걸 이상하게 생각하지 않았다. 팔에 흉터가 있을 거라 짐작한 정도였는데, 그래도 이해하기 어려웠다. 느티나무 그늘 아래 앉아 있지만 지금 체감 온도는 40도를 넘었다. 나는 가만히 앉아 있어도 이마에 땀이 맺히는데 그는 희한하게도 셔츠 소매를 걷지 않았는데도 땀 한 방울 흘리지 않았다. 오늘에서야 지금껏 그를 유심히 살핀 적이 없었다는 사실을 깨달았다. 그러나 뭔가를 묻기에 도현과 나는 아직까진 가깝지 않다는 생각이 들었다. 딱히 무슨 말을 꺼내야 할지도 몰랐다.

"……제 동생이 축구를 해요."

마땅한 말이 떠오르지 않아 휴가 나올 거라는 동생의 문자를 핑계로 입을 열었다.

"동생이 축구 한다고?"

도현이 관심을 보였다. 의외였다. 시큰둥하게 반응할 줄 알았는데 적잖이 놀라는 뉘앙스였다. 처음엔 그가 놀란 이유를 알지 못했다.

"네. 축구요. 그런데……."

"그런데 뭐?"

"기숙사에 있다 이번 여름에 휴가 나오는데 갈 데가 없어서요. 실은 따로 집이 없거든요."

남극으로 가버렸다는 아버지에 대한 이야기나 시장에서 악다구니를 질러대며 장사를 했던 어머니에 대해선 이야기 꺼내기가 꺼려졌다. 그런 사정까지 말하기엔 아직 그가 좀 멀었다.

"며칠 여기서 좀 지내도 되나 해서……."

"동생만 여기 수목장인 거 거슬리지 않으면 상관없어. 방도 넓고, 밤마다 너도 적적했을 텐데 잘됐지 뭐."

그가 로로 아빠의 유골함을 들고 일어섰다. 나는 자연스럽게 로로 엄마의 유골함을 들었다.

그는 언덕길을 내려가 로로의 나무 아래 섰다. 땀을 삐질삐질 흘리는 나와 달리 그는 땀을 흘리지 않았다. 도현이 땅을 파고 내가 흙을 걷어냈다.

"동생이 축구 오래 했냐?"

도현이 삽질을 멈추며 물었다.

"초등학교 입학하자마자 시작했으니까 12년째네요."

그가 셔츠 주머니에서 담배를 꺼내 물었다.

"13년이면 많이 했네. 축구 선수로 성공하는 거 쉽지 않을 텐데 어려운 길 간다."

"그러게요."

나는 구덩이 안을 다듬은 후 잔디 위에 주저앉았다.

"나도 잠깐 공 찼었지."

"언제요?"

"다 지난 일이야."

도현이 잠깐 나를 쳐다보았다가 다시 삽을 잡았다.

"동생한테 잘해줘야겠다. 그 판도 돈이 없으면 힘들다고 하던데. 실력이 뛰어나면 그만이긴 하지만……. 그래서 네가 남들은 다 싫다는 여길 망설이지 않고 온 거겠네."

"뭐, 그렇긴 하지만 꼭 돈이 필요해서만은 아니고요. 팀장님은 왜?"

"나도 딱히 돈이 필요해서만은 아냐."

그가 희미하게 미소를 지어 보였다.

"그럼 소미도 돈이 필요해서 여기 온 게 아닐 수도 있을까요?"

"그럴지도 모르지."

도현이 이번엔 좀 크게 미소를 지었다. 나는 망설이다가 며칠 전 소미 찾는 전화가 왔었다는 말을 전해주었다. 삽질을 하던 그가 멈췄다.

"그래?"

도현이 내 얼굴을 바라보았다. 그의 말 속엔 긴 한숨이 배어 있었다.

"소미 여기 오기 전에 뭘 했대요?"

"나도 잘 몰라. 그래도 찾는 사람이 있어서 좋겠네."

그의 목소리가 가늘게 떨렸다. 나는 괜한 말을 꺼냈다는 기분이 들어 안치구 위에 잔디를 얹으며 마무리 지었다. 로로를 가운데 두고 왼쪽엔 로로의 아빠를, 오른쪽엔 로로의 엄마를 안치했다. 그나마 그들을 지켜볼 유일한 가족이 부리나케 도망가는 바람에 우리가 이승의 마지막 손님이 되어버렸다. 술을 따르고 두 번씩 절을 했다.

"애랑 부모랑 만났겠지요?"

나는 장비를 손수레에 챙겨 넣었다.

"만나야겠지. 안 그럼 죽은 게 억울하잖아."

도현이 내게 눈길을 주었다 바다 쪽으로 고개를 돌렸다.

36

여름이 지루하게 흘러갔다. 소미는 여러 가지 일로 바빴다. 수목장 소개하는 블로그를 만드느라 끙끙거렸고 도현과 나는 잔디 깎고 반송 다듬고 수로를 내느라 뙤약볕에 몸을 달구었다. 여전히 우리의 기대완 달리 방문객들이 적었고, 방문하더라도 실제 안치로 이어지는 경우도 드물었다. 그렇다고 월급이 나오지 않는 건 아니었다. 도현과 소미가 퇴근하면 나는 하릴없이 반송 사이를 배회했다. 위에서 아래로 아래에서 위로. 그 길을 오가며 까만 어둠을 노려보곤 했다. 미래가 어둠 속보다 더 불안하다는 생각이 들었다. 사람들이 끝없이 죽어서 주변의 납골당이나 수목장이 만장을 치면 결국 여기로 올 수밖에 없을 터였다. 도현과 소미 그리고 나도 그날을 기다리고 있었다. 그렇게 '너머'도 만장이 되면 그땐 어디로 가야 할까? 남극 기지에서 근로자를 뽑는다는데 지원할까? 자꾸 그 생각이 머릿속을 맴돌았다.

방문객이 다녀가지 않은 지 사흘째. 우리는 뜨거워진 날씨를 탓했다. 죽은 사람이야 덥든 춥든 무관하겠지만 남겨진 유족들에게는 더위가 죽음보다 견디기 힘든 일일 터였다. 도현과 소미가 퇴근한 후 나는 사무실에 앉아 구직난을 뒤적이며 몸을 식히고 있었다. 그러다 인기척에 놀라 자리에서 벌떡 일어났다. 의자가 쓰러졌고 테이블 끝에 걸려 있던 플라스틱 물컵이 떨어지며 깨졌다.

사무실 안을 들여다보던 사람은 로로 부모의 자살 때문에 참고인 진술을 받았던 조사관이었다.

"사람 놀라게 하고 그러십니까."

"무슨 소리요. 사무실 앞에서 얼쩡거리고 문도 두드렸는데 반응이 없어서 돌아가려던 참이었는데."

그는 희미하게 웃었다.

"아니, 지금은 밤이잖아요. 밤에 무슨……. 혹시 뭐 더 조사할 거라도 남은 건가요? 이제 다 안치해서 뭐 볼 것도 없는데."

나는 벽시계를 쳐다보았다. 저녁 8시가 넘어가고 있었다.

"김광식이 왔었죠?"

나는 고개를 끄덕거렸다. 김광식이 세 명분의 나무 사용료와 안치 비용을 되돌려달라고 했다는 말은 하지 않았다. 짐작해보면 자신의 형과 형수는 어딘가에 산골을 하려던 모양이었다.

"김광주 씨랑 김연희 씨가 여기 묻혔군요……."

그는 까매지기 시작하는 밤하늘을 한 차례 올려다보고 밤빛에 희미하게 드러난 수목장 반송들을 내려다보았다. 희고 검은 구름이 흘러가는 것도 구경하고 사무실 안을 들여다보기도 했다. 그는 이마에 맺힌 땀을 훔친 후 담뱃갑을 꺼내 만지작거리다 도로 주머니에 집어넣었다. 대신 왼쪽 어깨에 메고 있던 가방을 내려놓더니 나무함을 하나 꺼내 들었다.

"전에 말했던 작은할아버지요. 옛날 사건 일어났을 때 장가도 못 가고 그런 분이라……. 아버지도 외동이고 나도 외동이다 보니 나 혼자 이렇게 모시고 왔습니다. 어디 적당한 나무 하나 골라줘요."

조사관은 더 이상 말하지 않았다. 그가 내게 나무함을 내미는 바람에 얼결에 그것을 받아 들었다.

언제부터였을까? 죽은 사람의 골분을 만지면 그들이 살

아온 내력이 얼마쯤 느껴지고는 했다. 그게 나의 환상인지, 아니면 그들이 진짜 내게 전하려는 말들인지 알 수 없지만. 조사관이 건넨 나무함에서 오래된 외로움 같은 걸 느꼈다. 조사관의 작은할아버지는 공부를 많이 한 할아버지 대신 바다에 나가고 논에 나가 일만 하며 살았고 어느 골짜기에서 이유도 모른 채 죽어갔다. 이쪽과 저쪽으로 분명하게 나뉘어 서로를 증오하던 그 시절에. 조사관이 건넨 그의 작은 할아버지는 사건이 나던 날도 공부하러 서울 올라간 형을 대신해 밭에 고추 모종이랑 고구마 모종을 심고 있었다고 했다. 그의 할아버지는 서울에 있었기에 사건의 소용돌이에서 벗어날 수 있었지만, 그의 작은할아버지는 마을 전체가 쑥대밭이 되며 살아남지 못했다고 말했다. 산 사람들은 그들이 어디로 끌려가 어떻게 죽었는지도 몰랐다. 고맙네! 나무함이 불쑥 내게 말을 건넸다. 나는 놀라 하마터면 나무함을 떨어트릴 뻔했다. 상상이 지나쳐 환상을 지나 망상으로까지 발전했다. 나는 서둘러 그에게 나무를 추천하고 나무 아래 섰다.

"여기에 묻기만 하면 됩니다. 화장 증명서 주시고요."

나는 그가 지켜보는 가운데 가로등 불빛이 구덩이 안으로 들어가 사라질 깊이까지 땅을 팠다. 그의 작은할아버지 골분을 부어 모래와 섞고 위에 잔디를 얹었다. 그는 별 가득해지기 시작하는 밤하늘을 올려다보았다. 그는 안치가 끝난 후에도 어둠에 잠긴 나무들 사이를 배회하다가 돌아갔다.

37

밤마다 순찰을 돌았지만 나무 아래를 파낸 흔적은 더 이상 나타나지 않았다. 내가 밤마다 순찰 돈다는 사실을 눈치챘거나 아니면 더 이상 몰래 묻어야 할 사람이 없기 때문일 거였다. 그건 모두에게 다행이었다. 수목장에 대해 궁금해하는 전화도 없었다. 나모만 수일 내로 다녀간다는 연락이 왔다.

잔디를 잔뜩 실은 트럭이 들어왔다. 지난번 비에 쓸려 내려간 잔디를 보강해주기 위한 작업용 잔디였다. 서둘러 잔디를 앉히지 않으면 다른 비에 더 깊이 쓸려 내려갈 수도 있었다. 소미도 장갑을 끼고 삽을 들었다.

반송 군락 외곽으로 버짐처럼 잔디가 뜯긴 자리에 잔디를 옮겨놓고 그놈을 묻었다. 발로 밟고 물을 잔뜩 주었다. 도현은 여전히 긴팔 셔츠 차림으로 삽을 들었고 소미는 어깨까지 넓게 가리는 둥근 챙의 모자를 쓰고 일했다. 나는 잔디를 묻으며 소미 쪽을 힐금거렸다. 삽을 땅에 꽂아 밟는 폼이나 흙을 걷어내는 폼이 여느 막일꾼 못지않았다. 도무지 정체를 알 수 없는 여자였다. 지금은 그녀를 찾는 전화도 오지 않는 눈치였다. 요즘은 안치를 하는 일이 드무니 그녀가 누군가를 추모하는 일은 보지 못했다. 우린 서로에 딱히 말을 걸지 않았다. 그리 오랜 시간을 같이 보낸 건 아닌데 희한하게도 눈빛만으로도 해야 할 일과 하고 싶은 말을 알아차렸다. 그건 '너머'에 있는 산 인간이 우리 셋뿐이어서인지도 몰랐다.

아침 일찍부터 시작한 잔디 작업이 해질 무렵이 되어서 얼추 마무리가 지어졌다. 해가 수평선에 걸릴 즈음 나모의 트럭이 탈탈거리며 주차장으로 들어섰다.

*

나모는 들통에 닭 세 마리를 삶아왔다.

"모종 가게서 잔디 들어갔다는 말 들었지. 오늘 중복인 건 알고들 계시는가?"

그는 테이블 위에다 냉면 사발을 펼쳐놓고 닭 한 마리씩 담았다. 소금과 고추 그리고 김치까지 펼쳐놓았다. 마지막으로 어깨에 메고 온 숄더백에서 소주 세 병과 은박지에 싼 마늘을 꺼내놓았다.

"차 끌고 가야 하는데?"

나는 도현과 소미를 쳐다보았다.

"한잔씩들 하고 내 트럭 타고 가. 난 오늘 순전히 봉사하러 온 거야."

소미가 도현을 쳐다보았고 도현이 나를 봤다. 우리 셋은 뭐라 동조의 말을 꺼내진 않았다. 그냥 고개를 끄덕거렸다.

"양 사장한테 내가 너무 고마워서 그래."

나모가 잔에 소주를 따르며 입을 열었다.

"실은 오늘 양 사장하고 수목장 문 닫을 때까지 마늘 수확하기로 계약했거든."

우리가 동시에 나모를 쳐다보았다.

"양 사장을 봤어?"

그가 닭다리를 하나 들고 히죽 웃었다.

"변호사 만난 거야. 나도 양 사장 얼굴 좀 보자고 그랬지. 그랬더니……."

별다른 반응을 보이지 않을 것 같았던 도현과 소미의 눈이 커졌다.

"그러면 다른 사람 찾겠대."

그는 말을 끝낸 후 닭다리를 뜯어 먹었다.

"도대체 양지랑 그 사람 뭐야?"

나모의 질문에 서로를 바라보았지만 아무도 그에 대해 알지 못했다.

"어서들 먹어봐. 이놈 삶을 때 여기 마늘을 넣었거든. 다 똑같은 마늘인데 왜 여기 마늘은 다른지 모르겠어. 소미 씨, 그런 거 있잖아. 엄청 매운데 정말 맛있게 매운 거 말이야."

소미는 히죽 웃고 말았다. 나모가 이번에 생마늘을 손가락으로 집어 들었다. 그러더니 입안으로 쏙 집어넣었다.

"마늘을 빈속에 생으로 먹으면 엄청 속이 쓰리거든. 그런데 이놈은 안 그래. 그러면서도 자꾸 생각나는 맛이야. 여기 마늘은 마약 마늘이라니까."

나모 혼자 열심히 떠들었다. 우린 그가 고아온 닭을 먹었다. 나모는 시장 상인들이 어디서 마늘을 가져오느냐고 매일 물어본다고 했다. 다른 마늘보다 두 배쯤 비싸게 파는데 식당 주인들은 물론 장 보러 나온 사람들도 서슴지 않고 사간다는 말도 들려주었다.

"……여기가 특별히 토질이 좋은 것도 아냐. 지난번에 마늘 캘 때 흙 맛도 좀 보고 그랬거든. 다른 데랑 하나 다른 게 없거든. 약간 짠맛이 나긴 해. 그것도 아주 희미하게. 그런데 그게 마늘 맛을 이렇게 만들진 않을 거야. 우리 부인께선 이제 여기 마늘 없으면 밥을 안 먹을 정도야. 뭔가 특이한 게 있지 않은 다음에야 마늘에서 어떻게 이런 맛이 나는지 원."

그의 설명을 듣지 않아도 '너머'의 마늘은 맛있었다. 도현과 소미도 마늘 맛을 보고 적잖이 놀랐던 적이 있었다.

"내가 '너머' 식구들한테만 이야기하는 건데……."

그가 우리 잔에 술 한 배 더 돌린 후 말을 이어갔다.

"내가 양 사장 대리로 나온 변호사한테 마늘값을 더 쳐준다고 했거든. 그랬는데 '너머' 만장 찰 때까지 그냥 동일한 가격만 주라는 거야. 인생에 세 번 기회가 온다는데 이번이 내 마지막 기회인가 싶을 정도라니까."

"그런 게 어디 있어. 기회는 수도 없이 많이 와. 우리가 모르고 지나칠 뿐이지."

도현이 갑자기 입을 열었다.

"모든 기회가 그래. 느닷없이 왔다가 우리가 알아차리기도 전에 사라져버리는 거야."

소미가 도현의 말을 들으며 잔을 깨끗하게 비웠다. 지금 도현의 말은 혼자만의 중얼거림이 아니라 우리에게 전하는 말이었다.

"나도 그렇게 생각해."

소미가 말했다.

"그런가? 사람한테 본래 기회가 많은 거라면 좋지. 아무튼 나한텐 이게 거의 마지막 기회인 것 같네."

도현도 잔을 비우고 나모를 쳐다보았다.

"돈만 보지 마. 기회란 돈 벌 기회만 말하는 건 아니니까."

나모가 눈을 깜빡거렸다. 소미는 도현의 말을 알아들은 듯 고개를 끄덕거렸고.

"살면서 돈만 잘 벌믄 되지."

술을 마시지 않겠다는 나모가 내 잔에 담긴 소주를 단숨에 마셔버렸다. 한 잔을 더 따른 후 그 잔까지 비웠다.

"트럭 끌고 간다면서요?"

"대리 부르면 되잖아."

한 잔을 더 따르고 더 마시고. 도현은 피식 웃더니 자리에서 일어나 사무실 밖으로 나갔다. 그러자 나모도 벌떡 일어나더니 그의 뒤를 따라 나갔다. 소미는 그저 덤덤하게 둘을 바라보았다. 불안한 건 나뿐인 듯했다. 둘 사이에 불꽃이 튀기 전에 만류를 해야겠다는 생각이 들었다. 나도 들고 있던 잔을 내려놓고 사무실 밖으로 나갔다.

"……우주엔 기회가 널렸어. 우리가 모를 뿐이라고. 그중 기회 한 번이 나모 너한테 간 거고. 네가 우연히 그 기회를 잘 본 거고, 앞으로도 이런 기회는 얼마든지 더 올 수 있어. 돈 버는 기회뿐만 아니라 사람과의 관계의 기회, 가족과의 관계에서 회복할 수 있는 기회, 내가 앞으로 뻗어나갈 수 있는 기회 같은 것들도 와. 돈 벌 기회는 일부일 뿐이라고."

내가 걱정했던 일은 일어나지 않았다. 도현의 손이 나모의 어깨 위에 올라가 있었고 나모는 보라색으로 빛나는 하늘만 올려다보았다.

38

'너머'는 공동묘지와 옥수수밭 사이에 세워진 수목장이었다. 양지량이 수목장을 만들기 위해 터를 닦고 전국에서 나무를 사다 심기 시작한 게 20년 전의 일이었다. 수목장이 문을 연 건 3년 전이었다. 양지량은 수목장을 외도의 정원처럼 꾸미느라 17년이 지난 후에야 문을 열었다고 했다. 양지량을 직접 만난 적은 없지만 그는 세심하고 꼼꼼한 성격인 것 같았다. 잔디에 물을 주기 위해 수도관을 곳곳에 설치한 것도 그렇고 겨울을 대비해 수도관에 열선을 감아놓은 것, 곳곳에 놓인 벤치가 기대기 좋을 만큼 기울어져 있다는 것, 사무실 통창으로 '너머'의 전체가 내려다보인다는 것에서 그의 섬세함을 느낄 수 있었다. 게다가 그는 나무는 어디에서 사며, 비료와 농약은 어느 회사 걸 쓰고, 잔디는 누구에게서 사 오라는 메모에서부터 잔디 깎이나 살포기가 고장 나면 가야 할 농기계 수리점까지 매뉴얼로 정해놓았다.

나는 오늘도 양지량이 가꾸어놓은 길을 따라 걸으며 두 건의 안치를 끝냈다. 도현이 뒷정리를 하며 혼잣말을 중얼거렸고 소미는 안치가 끝난 나무 아래에 서서 묻힌 그들을 추모했다. '너머' 사람들이 아닌 자들이 보면 기이한 풍경이겠지만 이제 내겐 익숙했다. 도현의 중얼거림, 소미의 추모.

땀으로 가슴팍이 푹 젖었다. 도현이나 소미도 마찬가지였다. 우리는 사무실에 모여 앉았다. 소미의 손에선 스마트폰이 대롱거렸다.

"'마' 열 37번 자리에 꽃이 말랐길래 걷어왔어."

나는 딱딱하고 적막한 분위기가 싫어 곁에 선 소미에게 말을 붙였다.

"가수였던 분?"

기억력이 별로인 도현이었지만 직접 안치한 사람들만큼은 거의 기억하는 듯했다. 소미는 스마트폰을 꺼내며 컴퓨터 앞에 앉았고 도현과 나는 샤워실로 향했다.

"그 가수 여자친구가 꽃을 가져다 놓으면서 꽃을 싼 종이에 편지를 썼더라고.”

샤워기에서 물 떨어지는 소리가 멈추었다. 도현이 내 말에 귀를 기울였다.

“왜 그랬냐고, 왜 먼저 갔냐고, 자기 혼자 어떡하라고 그랬냐고…….”

나는 열 줄 안팎 되는 편지의 글귀 중 기억난 문장을 그들에게 들려주었다.

“……나중에 만나면 꼭 소주 한잔하자. 나는 그동안 버텨볼게.”

내 말이 끝난 후 도현이 다시 샤워실로 향했고 내가 그 뒤를 따랐다. 그 뒤로 벌거벗은 소미가 들어왔다. 그녀는 도현과 나를 동시에 살펴본 후 샤워 부스 안으로 쏙 들어갔다. 원래도 종종 같이 샤워를 해왔다. 그래도 예의상 가능하면 샤워하는 시간을 달리했는데 오늘은 도현과 내가 나오기까지 기다리기 힘들었던 모양이었다. 도현은 샤워실에서 부리나케 빠져나갔다.

“우중아, 동생 온다며?”

샤워 부스 너머에서 소미의 말이 넘어왔다.

“팀장님이 그랬어?”

“이름이 뭐야?”

"우주, 강우주."

"이름 좋네. 축구 선수라며?"

"응."

"몸으로 사는 일 쉽지 않은데. 힘들겠다."

소미의 말을 듣고 나서야 우주가 지금 몸으로 살고 있다는 사실을 자각했다. 나도 그러하고 소미나 도현 역시 몸으로 살고 있는 사람들이라는 사실도. 괜히 코끝이 찡했다.

"동생 오면 잘해줘. 내가 밑반찬 같은 거 좀 만들어다 줄게. 맨날 사 먹지 말고."

나는 소미의 말을 들으며 비누 거품을 씻어냈다. 내 몸에서 땀과 비누 거품을 흘려보냈다. 물은 흘러 수챗구멍으로 빨려 들어갔다. 소미 쪽 부스에서도 물이 흘러와 수챗구멍으로 모여들었다.

39

조사관이 샤스타데이지가 든 플라스틱 화분을 들고 다시 찾아 왔다. 지난해 도현이 '너머'로 오르는 길가 무덤 부근에 샤스타데이지 꽃씨를 뿌렸다고 말했다. 봄에는 공동묘지인지 꽃밭인지 모를 정도로 꽃이 피었다가 여름이 시작되기 전 모두 졌는데, 조사관은 아직 생생한 꽃을 들고 있었다.

"작은할아버지한테 나라도 꾸준히 기억하고 있다는 걸 알려주고 싶어서 말입니다."

그는 화분을 나무 아래 내려놓고 보온병에 담아온 커피까지 컵에 따라 놓아주었다.

"그 시절 우리 동네에 커피가 있었던 건지 모르겠지만 작은할아버지가 커피를 좋아하셨답니다. 추측해보자면 할아버지가 서울에서 가지고 내려온 것일 텐데……."

그는 다른 컵에 커피를 따라 자신도 마시고 내게도 주었다. 약간 시고 쓴맛은 강하지 않았다.

"우리나라 사람 한 사람이 1년에 600잔을 마신답니다. 우리 음료도 아니고 역사도 짧은데 참 신기한 일입니다. 일제강점기에 서울에 정동구락부라고 커피숍이 있었는데 할아버지가 거기 단골이셨다네요. 아마 거기서 커피 가루를 얻어다가 작은할아버지한테 내려드린 모양이더라고요. 혼자 고생하는 동생이 안쓰러웠겠죠. 그랬는데……."

그는 커피를 다 마신 후 나무 사이를 한참 돌아다니며 안치된 나무들을 구경하다 돌아갔다. 그가 사라진 후 나는 나무 앞으로 가서 화분을 살폈다. 자연장지라 인공물은 허락되지 않았다. 후에 꽃이 시들면 치워버려야겠다고 생각했다. 나는 쪼그려 앉아 커피가 담긴 종이컵을 주워들었다. 지금이야 컵에 잘 담겨 있지만, 행여 바람이 컵을 쓰러트려 커피가 쏟아지기라도 하면 나무는 시름시름 앓았다. 뿌리가 깊으면 살아남지만 그렇지 않으면 빨리 말라 죽었다. 커피 컵을 들어올리다 화분 뒤쪽에 돌돌 만 메모지를 발견했다. 나는 주차장과 사무실 쪽을 한 차례 살핀 후 메모지를 꺼내 들었다. 메모지는 낡고 낡아 접힌 부분이 닳아 너덜너덜했다.

'생각나냐? 나 경찰 시험 준비할 때 경성까지 올라와 응원한다고 찾아왔던 날. 콩 좋은 값에 팔았다고 고기 사준다고 그랬던 날. 아버지랑 어머니 대신해서 네가 올라왔었잖아. 그날 너한테 고기 얻어먹은 게 마지막일 줄이야. 청년단들이 마을 휩쓸고 간 뒤에 너도 마을 사람들이랑 같이 실종됐다는 말 듣고 경찰 시험 포기했다. 다시 곧 보게 되리라 믿으마. 어디에 있든 목숨 단디 챙기거라. 개똥밭에 굴러도 이승이 낫다고 하니 명심해라. 나도 그렇고 우리 집도 네가 기둥이니까. 어디에 있는지 모르겠지만 소식 같은 거 안 전해줘도 좋으니 살아만 있거라. 경성에서 형이.'

"뭐 해?"

나는 깜짝 놀라 엉덩방아를 찧었다. 도현이었다.

"갑자기 그렇게 와서 놀라게 하고 그래요."

"남의 메모지는 뭐 하러 읽어."

"그게 아니라……."

"읽어봐야 맨 후회의 글들뿐이지. 살아 있는 사람들에게 죽은 자들은 후회의 근원이기만 해."

나는 너덜너덜한 메모지를 도현에게 건넸다.

"로로 부모 수사 맡았던 수사관이 두고 간 메모예요. 읽어

보니까 그 수사관 할아버지가 지금 여기 묻은 자기 작은할아버지한테 쓴 메모지였던 거 같은데. 그걸 아직까지 간직하고 있는 걸 보면 가보쯤으로 남겨두었던 모양입니다."

도현이 메모지를 조심스럽게 펼친 후 읽어 내려갔다. 처음엔 웅얼거리더니 나중엔 침묵한 채 눈으로 읽어 내려갔다. 그는 읽기를 끝내고 다시 조심스럽게 접고 돌돌 말아 화분 뒤에 꽂아놓았다.

"이제 아셨소? 혹 서러운 일들 있었어도 그분의 마음이 그러하지 않았으니 위로가 되었을지도 모르겠네요. 늦게라도 해원 푸시고, 나무 의지하시고."

"네?"

혼잣말을 한 것인데 나도 모르게 되물었다. 당연히 그는 내 말에 대꾸를 하진 않았다. 나는 입맛만 다셨다.

"팀장님, 그런데 말이에요."

그는 여전히 소리를 낮춰 중얼거렸다. 무슨 말인지 알아들을 순 없지만 나무 아래 묻힌 누군가에게 전하는 말일 터였다.

"그런데 뭐?"

내 이야기를 다 듣고 있었던 모양이다.

"전부터 말씀드리고 싶었던 건데……. 혼자 하는 말인데 꼭 누구랑 이야기하는 사람처럼 들려요."

내 말을 듣고 도현은 양손으로 얼굴을 한번 문질렀다.

"그러게 말이야. 나도 내가 왜 그러는지 모르겠어."

그가 미소를 지었다.

"말을 하지 않으면 가슴이 답답해서 말이야."

"그게 다예요? 주고받는 대화 같다니까요."

"그렇게 들려? 뭐 그럴 수도 있겠네."

여전히 나는 그의 말을 종잡을 수 없었다.

"여기에 오래 있으면 영매 같은 거 되는 거 아니에요? 헛것도 보이고 죽은 사람들하고 말도 하고……."

이번에는 도현이 소리 내 웃었다.

"그럴지도 모르지."

도현이 가볍게 내 어깨를 쳤다.

"여기에선 남의 편지나 메모 훔쳐보지 마. 괜히 마음만 뒤숭숭해지니까."

도현은 나무들 사이로 걸어 내려갔다. 멀리서 해변 쪽으로 바닷물이 밀려오고 있는 게 보였다.

40

비가 왔다. 한번 오기 시작하더니 줄기차게 내렸다. 나는 도현, 소미와 함께 창가에 서서 쏟아지는 장대비를 구경했다.

"이번 장마는 시도 때도 없네."

"이젠 장마가 그렇대. 한겨울에도 폭포처럼 비가 올 때도 있는데 뭘."

장마철이든 겨울이든 아무때나 장대비가 내렸다. 처마를 때리는 비들의 소리가 점점 커졌다. 도현이 담배를 꺼내 물자 소미도 전자담배를 꺼내 물었다. 나는 주머니 속 담배를 꺼내려다 그만뒀다. 그 사이 도현이 사무실을 나가 처마 아래에 서서 담배를 피웠다.

"우중아, 나 없을 때 나 찾는 전화 온 거 없었어?"

소미는 처마 아래 서 있는 도현을 보면서 내게 물었다.

"그랬던 거 같은데."

소미가 고개를 끄덕거렸다.

"참, 여자 샤워실 샤워기 좀 교체해줘. 그래야 내가 너나 팀장님하고 따로 샤워하지. 뭐, 너랑 팀장님만 괜찮으면 난 상관없고."

나는 고개를 끄덕였다. 그녀의 말을 알아들었다는 뜻이었다. 소미는 여전히 처마 아래의 도현을 쳐다보았다.

"넌 여기 오기 전에 뭐 했어?"

소미가 느닷없이 물었다.

"뭐 그냥 이것저것. 알바 하며 살았지."

나도 도현에게 눈길을 주었다.

"너는?"

"나도 그냥저냥 살았지."

"그런데 왜 안치 끝나면 꼭 추모를 해주는 거야?"

나는 침을 삼켰다.

"그렇게 하지 않으면 내 마음이 편하지 않아서 그런 거야."

추모를 해주는 게 외려 마음이 불편할 것 같다는 말을 하려다 말았다. 사람은 다르니까. 살아온 세월도 인연 맺어온 관계도 살아갈 날들이나 미래에 대한 희망도 다 다르니까.

"그건 실은 나를 위로하고 용서하는 것이기도 하거든."

그녀가 일어났다. 나도 모르게 커진 눈을 주시하더니 그도 사무실을 빠져나갔다. 그녀는 사무실 처마 아래 서서 담배를 꺼내 물었다. 그녀는 던힐도 피우고 말보로도 피우고 전자담배도 피웠다. 딱히 좋아하는 담배가 있는 것 같진 않았고, 그 순간 자신에게 있는 담배를 피웠다. 소미가 사무실 문을 열자 빗방울이 날아 들어왔다.

"오늘도 손님 오기는 글렀네."

소미가 말했다. 나는 창가에 앉아 비에 젖는 주차장과 길을 하염없이 바라보았다.

"오늘 동생 온다고 했지? 열흘 정도 있어야 한다고 그랬나? 어디 안 가고 여기서 계속 있을 거면 다른 건 말고 야간 근무 좀 서라고 해봐. 알바비 챙겨줄게."

도현이 사무실로 들어서며 내게 말했다.

"팀장님도 참, 합숙소에서 나와서 쉬러 오는 건데……."

소미가 말했다. 도현이 소미를 힐끔거렸다.

"그리고 사장님이 알바 쓰는 거 이해할지 어떨지도 모르고."

"내 앞으로 판공비가 나와. 그걸로 해결할 수 있어. 그 돈

안 쓰면 돌려주는 거거든. 내가 융통성 있게 쓰면 돼. 용돈이라도 좀 있어야지. 그게 불편하면 뭐…….”

도현은 말을 끝맺지 않고 훌쩍 밖으로 나갔다. 그는 문밖에서 문 안쪽의 나를 바라보며 물었다.

“동생은 요즘 어떻대?”

“요즘 경기장에 관중이 없어서 다들 어려운 모양이던데요. 신명도 안 나고.”

“하긴 한국에서는 축구가 별로 인기가 없나봐.”

소미는 내 얼굴을 한 차례 훑어보았다.

“나라도 축구 팬이 되어야겠다. 내가 기억해둘게, 강우주. 오늘은 정신이 없어서 깜빡했는데 내일 밑반찬 만들어다 줄게.”

“그럼 고맙지.”

지난 시간을 되돌아보니 나는 동생에게 밥 한번 제대로 차려준 적이 없었다. 기숙사 밖에서 만나 고기 몇 번 먹어본 게 다였다. 내가 지은 밥에는 엄마도 없고 아빠도 없으니 무슨 의미가 있을까 싶은 심정도 있었다. 김치만 놓고 먹던 밥이었어도 내 앞에 엄마나 아빠가 있던 시절의 밥이 그 어느 밥보다 더 맛있었고 그리웠다. 우주 역시 그랬을지도 몰랐다.

도현이 나를 쳐다보며 주머니를 뒤졌다.

"몇 시쯤 와?"

도현이 물었다.

"출발할 때 전화한다고 했어요."

도현이 자동차 키를 문 안으로 던져주었다. 나는 그가 던진 자동차 키를 받았다.

"터미널에서 여기까지 대중교통으로 오는 거 쉽지 않을 거야. 난 퇴근할 때 소미 차 타고 나갈게."

도현은 이곳이 고향이라 부모님이 살던 아파트에서 지냈다. 나는 수목장 숙소가 넓고 고요한 것이 마음에 들어 다른 곳은 염두에 두지 않았다. 방을 구할 형편도 안 되고. 이곳은 흘러가는 대로 내버려둔 나를 한 번쯤 멈춰 서서 뒤돌아보게 만드는 곳이기도 했다. 그것이면 족했다.

41

빗줄기가 굵어 차창 밖으로 사람을 확인하는 게 쉽지 않았다. 게다가 마중 나온 자가용들이 쉴 새 없이 드나들고 사람들이 뒤엉켜 터미널 앞은 번잡했다. 나는 터미널에서 좀 떨어진 길가에 차를 주차해놓았다. 차에서 내려 우산을 펼쳐 들고 터미널 출구 쪽으로 걸어갔다. 택시와 버스가 오가고 우산이 없는 사람들은 없는 대로 바쁘게 뛰어다녔고 마중 나온 사람들은 마중 나온 사람들대로 분주했다. 물이 빠지는 속도보다 하늘에서 내리는 비의 속도가 빨라 곳곳에 웅덩이가 생겼다. 피해서 걸었지만 고인 빗물이 신발을 적셨다. 나는 광장을 가로지르며 큰 키에 스포츠백을 메고 서 있는 남자가 우주라는 걸 확인했다.

"많이 기다렸어?"

"아니, 나도 방금 왔어. 숙소에서 우리 옛날 자취방 가는 것보다 더 가깝네."

"외곽도로 타니까 서울 시내 가로질러 다니는 것보다 덜 걸릴 거야."

내가 수목장에 취직하기 1년 전쯤 마지막으로 만났으니 햇수로 근 2년 만이었다. 그 사이 우주는 키가 훌쩍 커져 버린 듯했다. 우주가 우산을 들고 내가 스포츠백을 어깨에 멨다. 백이 제법 무거웠다. 굳이 펼쳐보지 않아도 가방 안에 든 짐들이 짐작됐다. 집이 없으니 두고 다닐 수 없는 짐들이 가득 들어 있을 터였다.

"택시 타고 가?"

"우리 팀장님이 차 빌려주더라."

"팀장님?"

"그래. 너 온다니까 빌려준 거야."

"아는 사람이야?"

"몰라. 여기 와서 만난 사람들이야."

"몇이나 있는데?"

"나 포함해서 세 명. 여자 한 명, 남자 둘."

우주가 고개를 끄덕거렸다. 나는 우주를 차를 주차해놓은 길가 쪽으로 데려갔다. 빗줄기는 줄어들 기미가 보이지 않았다. 그래도 도로를 지나는 차들은 속도를 줄이지 않고 질주했다. 도로에 고인 물이 인도까지 튀었다. 나도 우주도 별달리 투덜거리지 않았다. 우리는 도현이 빌려준 차 앞에 섰다. 차 문을 열어주고 우주가 조수석에 타는 동안 우산을 받쳐주는데 그의 신발이 눈에 들어왔다. 2년 전에도 보았던 운동화였다. 색이 바래고 뒤꿈치 쪽 실밥이 터진 신발. 나는 얼른 고개를 들고 운전석으로 향했다.

"뒷좌석에 이게 다 뭐야?"

그제야 도현의 차 뒷좌석에 쌓인 짐들이 보였다. '너머' 홍보지들, 나무함, 전단지, 영정 사진 액자들……. 시동을 거는데 룸미러로 끈으로 묶인 전단지 한 뭉치가 보였다. 제각각의 방향으로 쓰러진 전단지 뭉치들.

"……특별법을 제정하라? 이 전단지들 다 뭐야?"

우주는 고개를 바짝 튼 채 뒷좌석을 살폈다. 도현의 차를 처음 타보았으니 그 전단지가 어떤 내용인지 알지 못했다.

"특별법?"

"응, 그렇게 적혀 있는데?"

"무슨 특별법?"

"형이 모르는데 내가 어떻게 알겠어."

우주가 손을 뻗어 뭉치들 속에서 전단지 한 장을 빼냈다.

"……진상 규명 특별법 제정하라. 아이들이 안식을 얻는 길은 특별법 제정이 유일……."

"더 읽지 마."

"왜?"

"좋은 일도 아닌 것 같으니까."

우주는 가볍게 고개를 끄덕거리더니 더 이상 읽지 않았다. 대신 전단지를 접어 주머니에 넣었다. 나는 우주를 말리는 대신 운전하는 데 집중했다. 와이퍼가 유리창에 퍼붓는 빗물을 걷어내느라 정신 없이 왕복을 하는데도 전방은 금방 뿌예졌다. 닦아내고 닦아내도 빗물 쌓이는 속도가 더 빨라 차선도 길가의 사람들도 흐릿했다. 더 집중을 해야 하는데 자꾸 우주가 읽어내린 말들이 떠올랐다. '너머'에 오기 전 도현이 어떤 사람이었는지 몹시 궁금했다. 그 이전까지 궁금해하지 않았다는 사실이 믿기지 않을 정도로.

"형, 소식 들었어?"

"누구?"

"선희 누나……."

나는 약간 더 깊이 액셀러레이터를 밟았다.

"선희하고 연락하냐?"

우주는 차창 쪽에 눈길을 둔 채 고개를 저었다.

"선희는 왜?"

"그게, 백화점으로 축구화 사러 갔다가……."

"축구화가 벌써 닳았어?"

"내 거 말고, 다른 선수. 난 백화점 가서 축구화 사본 적 없어."

비는 더 세차게 몰아쳤다. 가로수 나뭇잎이 정한 방향도 없이 제멋대로 가지를 날렸다.

"다음달 월급 받으면 하나 사줄게."

"아냐, 난 됐어. 지금 신는 것도 잘 신고 있고, 선배들이 물려주고 간 것도 있고……."

그동안 잊고 있었는데 우주에게서 선희의 이름을 듣는 순간 그녀의 안부가 몹시 궁금해졌다. 새삼 살면서 보고 싶어 했던 사람 중 한 사람이었다는 사실을 깨달았다.

"아무튼, 선희 누나 백화점에서 봤어."

우연히 마주치기를 바라서 같이 걸어다녔던 거리를 돌며 한동안 방황을 했던 일이 있었다. 부질없는 짓인 줄 알면서도 그땐 그랬다. 그게 언제 적인지 까마득했다. 나는 우주의 말에 별다른 대응을 하지 않았다.

"쇼핑하러 온 건 아닌 것 같았고, 어떤 의류 회사 옷을 입고 마네킹처럼 서 있는 걸 봤어. 내가 바로 앞으로 지나갔으니까 봤을 수도 있을 텐데. 알아도 알은척할 수 없는 입장이고, 실제로 나나 형을 잊었는지도 모르고."

우린 서로에게 상처만 줬다. 5년 넘도록 만나는 동안 나는 나 자신을 지켜내는 일에도 버거워했다. 같은 방향을 보고 걸어가는 게 아니라 각자 정반대의 방향으로 걸어갔다. 그 사실을 깨닫는 데 5년의 세월이 걸렸다. 헤어지면 미련 따위 남지 않을 것 같았는데, 우주의 입에서 선희 이름이 나오는 순간 그리움이 봇물 터지듯 터져 나와 머릿속을 메웠다.

나는 앞을 뚫어지게 쳐다보다 신호에 걸리면 잠깐씩 우주의 옆얼굴을 힐금거리며 그가 보냈던 문자 내용을 곱씹었다.

'우리 보름 휴가야. 시즌 마무리돼서 어쩔 수 없이 보름 휴가 가야 한대. 친하게 지내는 놈들은 다 가족들이랑 여행 간대. 그렇다고 숙소에 남아 있으려니까 기분도 좀 이상하고 그래서. 나 갈 데가 없잖아. 며칠 형 있는 곳에 가 있으면 안 돼?'

"선희 누나 일하는 백화점 알려줄까? 시간도."

우주가 물었다. 나는 담배를 꺼내 물다가 도로 곽에 집어넣었다.

"그냥 피워! 언제 내 눈치 봤다고."

우주는 손가락 두 마디쯤의 너비로 창문을 열어주었다. 나는 다시 담배를 꺼내 물었다.

"알려주지 마. 알게 되면 찾아가게 될 거 같으니까. 그럴지도 모르니까……."

우주가 나를 힐끔 쳐다보았다. 서로를 쳐다보며 웃고 울던 시간들, 상대를 있는 그대로 받아들이지 못하고 자신만이 옳다고 믿었던 시간들, 길고 긴 침묵과 서먹했던 시간들. 1년도 훨씬 전의 시간이 바로 어제 일처럼 여겨졌다. 입에서 흘러나온 담배 연기가 쉬이 빠지지 않았다. 외려 손가락 한 마디 너비로 열어놓은 창문 틈으로 비가 거세게 밀려들었다. 나는 꽁초를 창밖으로 내던졌다. 20분쯤 흐른 후에 폭우를 뚫고 우주와 함께 수목장으로 무사히 돌아왔다.

42

비와 함께 깊은 밤이 왔고 빗줄기는 약해졌다. 우주는 밤에 수목장을 보고 싶다고 졸랐다. 혼자 둘러보라 말했지만 무서워해서 결국 한밤에 우산을 들고 수목장으로 갔다. 반송의 무리 너머에 깔린 아스팔트 도로가 밤하늘보다 더 까맸다. 비가 오는데도 도로 건너 해변과 바다가 시작되는 경계가 분명하게 보였다. 진한 어둠과 옅은 어둠. 어둠을 구분지어 보게 될 줄이야. 허공의 어둠은 옅은 어둠보다 더 옅었다. 반송 위에 깔린 어둠은 진한 회색빛을 띠고 있었다. 가는 빗줄기가 떨어지며 반송들의 잎사귀를 흔들어댔다. 그러자 반송들이 빛을 털어내며 출렁거렸다. 다시 빗줄기가 좀 강해지자 모든 경계가 무너졌다. 해변으로 달려오는 파도의 모습은 사라졌다. 그럼에도 땅과 바다와 나무들의 경계에 걸쳐 있는 어둠은 희미하게나마 그것들을 구분 지었다.

우산 속 우주가 입맛을 다셨다. 비 오는 밤 수목장엔 딱히 볼 만한 풍경이란 게 없었다.

"여기 비싸?"

"좀."

"엄마 여기 모셨으면 좋았을걸."

"엄마가 싫어했을걸."

"왜?"

"엄마가 늘 그랬잖아. 어딜 가든 흔적 남기지 말라고. 그래야 미련이 남지 않는다고."

"난 또……. 엄마도 여기는 좋아했을지도 모르지."

"비싸기도 하고……. 아빠 소식 들으면 그때 그러자."

"아빠하고 연락해?"

나는 고개를 저었다. 우산살 끄트머리에 맺힌 빗방울이 쉼 없이 잔디 위로 떨어졌다.

"나는 나중에 어딜 가든 가족들 꼭 데리고 다닐 거야."

우주가 우산 밖으로 손을 내밀었다. 그의 손이 빗물에 젖었다.

"형, 여기 내려오면서 궁금한 게 하나 있었는데. 그러니까, 그것도 만지고 그래?"

"그거?"

"그걸 뭐라고 하더라. 화장하고 나면 뼈 부숴서 함에 담아 주잖아."

"골분."

"골분? 골분이 뭐야?"

"다들 유골이라고들 부르는데 정확하게는 골분이라고 불러야 해. 유골은 시신을 태우고 난 후의 뼈고, 그걸 갈아서 나온 가루를 골분이라고 해."

"그래? 그러니까 그 골분도 만져?"

빗줄기는 좀 가늘어졌다.

"그게 궁금해?"

"궁금하지. 형이 여기 있는데."

나는 주머니를 뒤져 담배를 꺼내 물었다. 불을 붙이고 연기를 내뿜었다. 비 오는 날 담배 연기는 뭉치거나 몰려다녔다. 쉬이 흩어지지 않고 서로를 의지한 채 굴러다녔다.

"만지지."

"뭐? 아니, 왜?"

우주는 적잖이 놀란 눈치였다.

"가루라지만 죽은 사람이잖아."

"땅속에 쏟아붓고 흙이랑 섞어야 하는데 어떻게 안 만져."

우주는 슬그머니 내게서 멀어졌다. 나는 웃고 말았다.

"골분이라고 해봐야 흙이나 모래랑 하나 다를 거 없어."

"그래도 그건 사람인 거잖아. 지금까지 몇이나 만졌어?"

나는 고개를 갸웃거렸다.

"백 명 넘게."

우주가 외마디 비명을 질렀다.

"백 명? 앞으로 형이랑 악수도 못하겠는데."

그러고는 너스레를 떨었다.

"나 태어나서 빗소리를 이렇게 적나라하게 들어보긴 첨이야."

나도 그랬다. 살아오면서 비 내리는 광경은 자주 보았지만 빗소리는 기억나지 않았다. '너머'에 온 후에야 비로소 빗소리를 들었다. 땅을 두드리고 잔디를 두드리고 허공을 긋는 빗소리를. 빗소리에 홀려 담배를 피우고 있다는 사실마저 잊고 있었는데 우주가 갑자기 내가 쓴 우산 속으로 밀고 들어와 폰을 꺼내 들었다.

"뭐 해?"

"뭐 하긴, 형이랑 사진 찍지. 앞으로 생각날 때마다 사진 찍어둘 거야. 좀 웃어봐."

우주는 연신 카메라 셔터를 눌러댔다. 조명이 터지지 않았지만 경쾌한 소음이 일정한 간격으로 들렸다.

우주와 나는 해변까지 걸어 내려갔다. 밤이 깊은 데다가 비까지 오고 인근에 민가가 없어 그런지 평소의 적막보다 지금의 적막이 더 까맸다. 우산을 두드려대는 비가 더 분명하게 적막의 공간을 확인해주었다. 우주가 이번에는 비에 젖는 바다를 향해 여러 장의 사진을 찍었다. 그러는 사이 비가 서서히 멎었다. 남쪽에서 바람이 불어오면서 구름을 북쪽으로 살살 몰고 갔다. 비까지 오는 밤하늘이지만 구름이 흘러가는 게 선명하게 보였다. 나와 우주는 도로 경계석까지 걸어가 섰다.

"형, 선희 누나 어디서 일하는지 정말 궁금하지 않아?"

나는 아무런 대답도 하지 않았다.

"궁금하긴 한데 알게 되면 그냥 묵묵히 견디기 힘들 것 같네."

"아무튼 꼰대들은 왜 그러나 모르겠어."

"꼰대라니?"

"서로 애인으로 지내다 친구로 지내고 그럴 수도 있는 거 아냐?"

"그게 안 되면 꼰대야?"

"우린 그래."

"너 여자친구 있어?"

"여자친구는 무슨. 말이 그렇다는 거지. 친구들 보면 연애하다가도 그냥 친구로 지내고 그러기도 해."

우주는 나와 눈을 마주치지 않은 채 말했다. 그런 게 가능하다는 게 부러웠다. 나는 피식 웃었다.

그래, 좀 잘 살든가. 한 시절 같이 보낸 여자가 거리의 마네킹으로 살고 있다는 소식을 듣자 마음 한구석이 저릿했다. 문득 망자들을 기다리는 이곳의 나무들과 마네킹이 다르지 않다는 생각이 들었다. 살아 있는 것 같지만 실은 죽음과 닿아 있는 존재들. 그것들은 결국 돈에 의해 가치를 갖게 되는 것들이었다.

선희는 하고 싶었던 일 모두 해보는 게 버킷리스트라고 했는데 인간 마네킹도 그중 하나였을까? 선희가 보고 싶었다. 아빠를 비난하는 엄마를 이해했고 남극으로 떠나버린 아빠를 이해한다고 말해준 여자였다. 모순이지만 나조차 이해하지 못했던 두 사람을 그녀는 이해하려고 노력했다. 지금 생각해보면 그녀가 두 사람을 이해한 건 한곳에 오래 뿌리내리고 살아와서였던 것 같았다. 걸핏하면 일자리를 바꾸는 나와 엄마 아빠는 달랐다. 수십 년의 세대 차이가 나니 삶을 바라보는 가치도 다르지 않을까. 그래도 가 닿을 곳은 같은데.

나와 우주는 어두운 길을 되짚어 돌아왔다. 바다를 등지고 서자 수목장의 어둠은 더 짙고 까맣게 물들었다.

43

우주는 제 짐을 꺼내 빈 침상에 정리해놓았다. 그를 보고 있자니 마음이 심란해서 담배를 들고 숙소 밖으로 나왔다. 겨우 담배 한 개비를 다 피웠는데 배달 오토바이가 마당으로 들어왔다.

수목장 식구들 모두가 먹어도 남을 정도의 음식이 배달됐다. 탕수육, 프라이드치킨, 매운 떡볶이, 족발 보쌈, 소주 두 병과 2L짜리 사이다 한 병…….

"나도 한 잔 줘."

나는 우주를 빤히 쳐다보았다.

"운동하는 놈이 술은 무슨 술이야."

"숙소에서도 가끔 코치님 모르게 마셔. 코치님도 아는 눈치고."

"술 마셔도 돼?"

"다들 어떻게 될지 모르니까……. 나는 뭐 더 그렇고……. 스트레스가 장난 아니거든."

나는 딱히 할 말이 없어 탕비실에서 술잔을 가져와 한 잔 따라주었다.

"형! 원래 세상은 공평한 거 아니잖아. 그러니까 형이 미안해하고 그러지 않았으면 좋겠어. 나 엄마도 그렇고 아빠도 원망하거나 한 적 없어. 그냥 우린 다른 친구들에 비해 출발점이 다르다고 생각하면 그뿐이니까. 가끔은 좀 그렇지만……."

"쪼끄만 놈이 벌써 그런 소리를 하냐."

"내가 형보다 20센티는 더 큰 거 같은데……."

"그게 아니라, 아직도 십대인데 그런 소리를 하니까 그런 거지."

"사는 데 십대 이십대 나누는 게 무슨 의미가 있어. 이십대도 살아야 하지만 십대도 살아야 하잖아. 의지할 데 없는 인간들은 더더욱 열심히 살아야 하고. 그리고 나 주민등록증 발급받은 지 오래됐어."

우주는 키만 훌쩍 큰 게 아니었다.

“어떻게든 살아남아야 하는 건 십대든 이십대든 삼십대든 다 똑같잖아.”

살아남아야 하는 건 오십대든 육십대든 똑같은 일일 터였다. 하지만 살아남는 게 아니라 그냥 살아가는 사람들도 있었다. 나나 우주는 살아남아야 하고. 이곳저곳 기웃거리며 손에 쥔 몇 푼의 돈에 웃고, 막연하게 언젠가는 좋은 날이 오리라는 실낱같은 희망에 약간 기대보고. 내가 먼저 선희에게 헤어지자고 말했던 건 그런 나를 잘 알기 때문이었다. 선희는 반대하지도 않았고 나를 붙잡지도 않았으며 의미 없는 희망의 말을 남기지도 않았다. 헤어진 건 잘한 일이었다.

“형, 나는 지금 할 줄 아는 게 축구밖에 없잖아. 머리는 돌이고. 그러니까 난 아직 세상에 대해 잘 모르니까 축구에 기댈 수밖에 없어. 그래서 누구보다 형한테 미안하고. 그러니까 형은 나한테 미안해하지 마. 나만 형한테 미안해하는 걸로 충분하니까.”

할 줄 아는 게 한 가지만 있다는 건 위험한 일이라는 걸 뒤늦게 알았다. 할 줄 아는 게 하나뿐인데 그 길로 갈 수 없다는 걸 알았을 땐 비참하다는 것도 알았다. 그나마 우주는 축구라도 하고 있으니 헛된 희망이라도 품어보겠지만 나는 뭘 할 수 있을지, 뭘 하고 싶은지 몰랐다.

"미안해할 거 없어. 나중에 유명한 축구 선수 돼서 갚으면 되잖아."

내가 하고 싶은 일이란 동생이 잘되기를 바라는 형의 모습뿐일까?

"사실……."

우주는 잔을 내밀었다. 나는 머뭇거리다 음료수 잔 바닥이 잔잔할 정도만 소주를 따라주었다. 우주는 잔을 제 앞으로 가져가지 않고 기다렸다. 나는 조금 더 따라주었다. 그래도 우주는 그대로 굳은 채 잔을 쳐다보았다. 나는 잔의 반이 넘치도록 소주를 따라주었다. 그제야 우주가 팔을 접었다.

우주는 단숨에 술을 들이켠 후 술주정처럼 주절주절 떠들어댔다. 훈련비 내주는 내게 미안하다고 말했고, 남들 모두 개인 피트니스 훈련을 받는데 받을 수 없는 자신의 처지가 서럽다고도 말했다. 축구도 그렇고 그림도 그렇고 글을 쓰는 것도 희미하게라도 비빌 언덕이 있어야 끊어지지 않고 할 수 있는 것이라는 말도 주절거렸다.

"……감독이 대놓고 말은 하지 않지만, 대회에 주전으로 출전하려면 돈 들고 오라는 것 같아. 그래야 대회에서 주전으로 자주 나가고 스카우터들 눈에 띌 수 있거든. 대회에서 벤치에만 앉아 있으면 내가 잘 차는지 못 차는지 알 수가 없잖아."

우주에게 괜히 쿨한 척 술을 먹였다는 생각이 들었다.

"아까도 말했지만 나나 형은 다른 애들하고 출발점 자체가 다르잖아. 나는 너무 뒤에 처져서 출발하고 있다고. 앞에서 치고 나가는 애들이 얼마나 앞에 나가 있는지 보이지 않을 정도라고. 어느 사회도 공평하지 않다는 거 정말 기분 나쁜 거야."

나는 우주의 말에 문득 도현이 떠올랐다. 죽음만이 모든 걸 평등하게 만든다는 말. 바람도 햇빛도 꽃과 나무는 물론 사람들도 죽음 앞에서만 평등해진다는 말. 나는 길고 길게 한숨을 쉬었다. 그런 결말을 생각하기엔 나도 우주도 너무 어렸다.

"형 요즘도 소설 쓰고 그래?"

우주가 물었다. 엄마가 물었던 말, 선희가 물었던 말. 그들이 묻고 나는 고개를 저으며 그냥 일기를 쓴다면서 그들의 눈길을 외면했던 시간들. 그 일들이 까마득하게 느껴졌다. 남들처럼 직장 다니고 주말에 쉬고 사랑하는 사람 만나 결혼하고……. 그중 단 한 가지도 이루어지지 않았다. 여기저기 거처를 옮겨 다니며 막연하게 글을 썼다. 작은 이야기조

차 매번 완성하지 못했다. 머릿속이 생각으로 가득 차 많은 이야기들이 단숨에 쏟아질 것 같았지만 생각은 생각일 뿐 문장이 되어 나오질 못했다.

"소설은 무슨……."

우주가 내 얼굴을 힐금거렸다.

"난 형이 늦어도 그런 길로 갈 줄 알았는데……."

우주의 말을 기점으로 까마득하게 잊고 있던 기억들이 떠올랐다. 그랬던 기억들이 있었다. 아무에게도 말하지 못했던 꿈. 꿈이라 말한 적이 없어서 꿈인지 이상인지 알지 못했던 그런 꿈.

"그거 다 어렸을 때 꿈이지."

"형도 참. 그러면서 나보곤 꿈을 위해 죽을 만큼 노력해보라고 해? 그건 좀 아니지."

우주의 핀잔인지 비난인지 모를 것이 어제까지만 해도 잊었던 꿈이나 희망 같은 걸 회복시켜준 것인지도 몰랐다. 돌이켜 보면 나는 내 인생을 늘 의심하고 하찮은 나의 재주를 비난하기도 하며 손가락 사이로 빠져나가는 시간만 지켜보았다. 그에 비해 우주는 뭐든 움켜잡으려 했다. 엄마는 우주가 자신을 닮았고 나는 아빠를 닮았다고 말했다. 생 하나 움켜쥐지 못해 형제만 남기고 떠난 엄마가 할 소리는 아니었다. 우주가 제 잔에 소주를 가득 따르더니 단숨에 술을 비웠다.

“사람들이 왜 술을 마시는지 이제야 알겠네.”

나는 그저 웃었다.

“정말 하고 싶었던 말 할 수 있다는 거 정말 좋네.”

우주는 그 말을 남기고 옆으로 팩 고꾸라졌다. 무거운 우주를 겨우 둘러메고 숙직실 방에 눕혔다. 우주에 대한 가장 오래된 기억은 허리 아래에서 내 손을 잡고 술 취한 남자들과 싸우던 엄마를 물끄러미 구경하던 모습이었다. 나쁜 기억이라도 같이 나눌 수 있는 혈육이 있다는 건 유쾌한 건 아니지만 쓸쓸하진 않은 일인 것 같았다.

우주나 아빠처럼 한 길만 고집스레 가는 인간들은 그게 미련 맞은 짓이라는 걸 알면서도 다른 길이 없으니 갈 수밖에 없다고 변명했다. 그래도 미친 듯 노력하면 언젠가를 정상에 서리라는 바보 같고 허약하기 그지없는 믿음에 기대살 뿐이라는 걸 나는 이제 깨달았다. 아빠가 남극으로 간 건 그곳에 희망이 있어서일 거라 믿기로 했다.

“너는 꼭 좋은 트레이너한테 훈련받게 해주고 뒷돈도 팍팍 밀어줄게.”

나는 우주의 머리맡에 앉아 혼잣말을 중얼거렸다.

도현은 수목장의 나무들이 모두 주인을 만나려면 2년 정도의 시간이 걸릴 거라고 말했다. 수목장 문을 연 지 이미 1년이 지났다. 양지랑이 뭐라 말했는지 모르겠지만 도현은 올해 만장을 치겠다고 말했다. 나는 또 그 말에 기댔다. 내가 우주를 위해 기댈 수 있는 건 현재 '너머'가 유일했다. 앞으로 나가든 뒤로 후퇴하든. 그런데 앞이 잘 보이질 않았다. '너머'에 있는 우리 세 사람은 장사꾼이라기보다 그저 시간을 흘려보내기 위해 모인 사람들 같았으니까.

테이블을 치우다 우주의 휴대폰을 보게 되었다. 터치를 하니 화면에 우주가 처음 골을 넣었을 때의 사진이 배경화면으로 설정돼 있었다. 내가 찍어준 사진이었다. 초등학교를 입학하던 그해 겨울 학교 대항 축구대회에서 우주는 두 골을 넣었다. 그때 우주가 골을 넣지 않았다면 지금 무엇을 하며 살아가고 있을까. 이미 훌쩍 지나가버린 과거의 시간이 우주를 구할 수 있을까.

44

우주에게 북엇국을 끓여 먹이고 사무실 책상에 앉은 먼지들을 닦아냈다. 어제 새벽까지 밤을 긋던 비는 멈추었다. 비는 대신 주차장에서 사무실까지 올라오는 길에 쓰레기를 쌓아놓았다. 하늘은 높았고 희고 회색인 구름들이 바쁘게 남쪽으로 흘러갔다. 머릿속에 여러 문장들이 떠올랐지만 예전처럼 폰에 기록을 하진 않았다. 후에 모니터의 빈 여백을 보고 이 순간의 기억이 떠오르면 문장이 나올 것이고 그렇지 않다면 잊고 말 일이었다. 꿈이라기엔 어찌 보면 사소할지도 모를 꿈. 학점을 채우지 못해 계절학기로 현대문학 강의를 들을 때 선생이 그런 말을 했다. 꿈은 삶보다 우선할 수 없다고. 엄마 제사를 잊지 않고 지내주고, 살아 있는지 죽었는지 모를 아빠를 그리워하고, 우주에게 돈을 보내고, 숨 쉬고 살고 있다면 난 내 삶에 충실한 것일까? 사념들이 빗자루에 쓸려가는 쓰레기처럼 이리저리 머릿속에서 쏠려 다녔다. 아침 해가 사무실 입구까지 밀려들 때쯤 우주도 빗자루를 들고나왔다.

"여기 소음이 없어서 그런 건지 완전 꿀잠 잤어. 밤에 혼자 있으면 겁나 무섭겠는데."

"무섭지 않아. 혼자도 아니고."

"다른 사람이 와?"

나는 등 뒤의 나무들을 가리켰다. 우주가 어리둥절해해 그저 피식 웃고 말았다. 우주는 여전히 얼떨떨해하며 수목장을 둘러보았다. 그러는 사이 누군가 주차장으로 차를 몰고 들어왔다.

"손님인가?"

"그렇겠지. 팀장이나 소미는 9시는 되어서야 오니까."

"소미는 여자?"

"그래. 나랑 동갑이니까 누나라고 부르면 돼."

차에서 두 사람이 내렸다. 두 사람의 모습이 어딘지 모르게 어색해 나와 우주는 빗자루를 든 채 서서 그 둘을 바라보았다. 여자는 짙은 주황색의 개량 한복 차림이었다. 긴 바지에 긴팔. 남자는 검은색 양복 차림에 넥타이까지 맨 모습이었다. 아침이라 좀 서늘하다지만 내일모레가 말복인 한여름의 옷차림으로는 좀 기이했다.

두 사람은 우리를 발견하고 곧장 이쪽으로 다가왔다. 다섯 걸음쯤 떨어진 자리에 멈춰 선 두 사람 모두 손을 앞으로 모으곤 허리를 숙여 절을 했다. 나와 우주도 얼결에 그들의 절을 받았다.

"나무 보러 오신 건가요?"

"아닙니다."

여자는 대답을 해놓고 남자를 쳐다보았다. 여자는 쪽 찐 머리를 하고 있었는데 중년의 분위기를 풍겼고 남자는 여자보다는 아래로 보였다. 우주가 내 뒤로 한 발 물러났다.

"혹시 여기에서 일하는 분 중에 장소미라고 있지 않나 해서요."

나는 그제야 여자의 목소리가 낯설지 않다는 걸 깨달았다. 전화를 걸어 소미를 찾았을 때 여자임에도 목소리가 굵어서 인상에 남아 있었는데 바로 그 목소리였다.

"네, 있긴 한데, 아직 출근을 하지 않았는데요."

여자가 고개를 끄덕거렸다.

"여기 좀 둘러봐도 되는지요?"

대개 '너머'에 찾아오는 사람들은 말없이 수목장을 둘러봤다. 그런 후에야 묻고 답을 얻어갔지만 이들은 특이했다. 나는 고개를 끄덕거렸다. 여자가 앞서고 남자가 뒤를 따랐지만 이들은 특이했다. 두 사람이 약간 언덕진 길을 올라가는데 여자는 흰색의 고무신을 신었고 남자는 검은색 단화를 신고 있었다. 전혀 더위를 타지 않는 사람인 양 그들은 허공에 머물러 있는 후텁지근한 공기에 크게 구애받지 않고 앞으로 걸어나갔다.

45

도현이 소미의 차를 타고 같이 출근했다. 소미에게 문자를 보냈는데 득달같이 달려왔다.

"그 사람들 어디 있어?"

소미가 허둥대며 물었다. 나는 수목장을 가리켰다. 소미는 뛰듯 걸어 수목장 쪽으로 올라갔다. 도현과 나는 그런 소미의 뒷모습만 쳐다보았다. 그러다 도현이 우주를 보았다.

"팀장님, 제 동생 놈이에요."

"아, 강우주."

우주가 고개를 꾸벅 숙여 그에게 인사를 했다.

"축구 한다면서?"

"아, 네."

"포지션이 뭐야?"

"왼쪽 윙입니다."

"빠르겠네."

우주가 대답 대신 히죽 웃었다. 도현은 그런 우주를 한 차례 쳐다본 후 소미가 달려간 쪽으로 고개를 돌렸다. 나와 우주도 말없이 구릉에 나타날 소미를 기다렸다. 한 무리의 구름이 바다 쪽으로 건너간 후에 소미가 불쑥 구릉으로 올라왔다. 그 뒤를 여자와 남자가 뒤를 따랐다. 소미는 우리를 지나쳐 사무실로 들어갔다. 두 사람은 도현을 발견한 뒤 내게 그랬듯 깍듯하게 인사를 한 후 소미의 뒤를 따라 들어갔다. 우리 셋은 제자리에 붙박인 채 서서 말없이 그들이 움직이는 것만 주시했다. 수목장에 여러 소음이 없다는 건 누군가의 목소리가 선명하게 들을 수 있다는 말이기도 했다. 말이 끊어지긴 하지만 소미와 남자와 여자의 말이 들렸다. 우주는 연신 침을 삼켰다.

"……돌아가자고 안 할게. 모든 게 네 잘못이 아니라는 것만 알면 돼."

"기껏 그 말 전하려고 어렵게 숨은 날 찾아온 거야? 나 이제 죽어도 안 한다고! 무당이고 지랄이고 안 한다고!"

이번엔 내가 침을 삼켰다.

"소미야, 엄마 앞에서 지랄이 뭐니?"

"지랄이 아니면 뭐야? 사람이 둘이나 죽었어. 내 눈에 넣어도 아프지 않을 사람 둘을. 그 짓 안 한다고 내가 소중히 여기는 사람을 데려가? 그게 몸주라고? 세상에 그런 거지 같은 신이 어디 있어? 내가 죽든 그 신이 죽든 해보자고 그래."

어깨가 구부정했던 도현이 허리를 바짝 세웠다. 담배를 꺼내 물더니 고개를 외로 꼬고 불을 붙였다.

"엄마 얘기는 네 잘못이 아니라는 거야."

"맞아. 내 잘못 아냐. 이건 날 낳은 엄마 잘못이지. 왜 날 낳아서 이런 구렁텅이에 빠지게 만드냐는 말이야."

"장소미!"

"그만둬라."

여자가 말했다. 대화 몇 마디에 소미의 내력을 알아버렸다.

"여기 귀신들 넘쳐! 내가 만난 그 귀신들 단 한 명도 빼지 않고 선해. 내 몸주라는 그런 악귀 같은 귀신이 아니란 말이야! 그런 건 그냥 악마야, 악마! 산 사람을 괴롭히는 건 악마라고!"

소미가 테이블을 뭔가로 내려쳤다. 유리 갈라지는 소리가 우리 모두에게 전달되었다. 이런 일에 눈도 꿈쩍하지 않을 것 같던 도현마저도 어깨를 움찔했다. 로로의 삼촌이 내려친 후 유리를 갈았는데 또 깨진 듯했다. 소미가 안치를 끝낼 때마다 추모를 했던 연유가 얼마쯤은 이해되었다. 언젠가 그녀에게 '신기' 운운했다가 격앙되었던 모습도 충분히 이해할 수 있었다.

"다시는 찾아오지 마. 그 사람이랑 민영이가 나 찾아와 용서해주기 전까진 엄마 다시는 안 봐. 그래야 해. 그게 엄마가 즐겨 말하는 운명이야. 가!"

소미의 마지막 한 마디에 나는 사무실 안을 들여다보았다. 소미는 손가락으로 문밖을 가리켰다. 한참을 말없이 대치하던 세 사람의 균형을 전화벨 소리가 깨버렸다. 내가 허둥대며 사무실 안으로 들어갔고 여자와 남자가 나를 스쳐 지나갔다. 소미는 탕비실로 들어가버렸다. 남녀는 올 때와 똑같이 도현과 내게 깍듯하게 인사를 한 후에야 주차장으로 내려갔다. 나는 '그 사람'과 '민영'이라는 이름을 입속에 굴려보았다.

"세상일을 내 맘대로 정할 수도 없지만 정했다고 하더라도 그대로 흘러가지 않아. 그게 인생일 거야."

도현이 나를 등지고 서서 또 혼잣말을 중얼거렸다. 우주는 눈을 크게 뜨고 소미와 도현 그리고 주차장에서 서성거리는 두 사람을 둘러보느라 허둥거렸다.

46

아버지는 누구도 가지 않으려고 용을 쓰는 남극 세종해양과학자원 연구소에 자원했다. 일명 남극 기지였다. 내가 고등학교에 막 입학하던 해였다. 그리고 졸업하던 해 아버지는 실종되었다. 어머니가 연구원들 몇을 만났다. 남극 연구소에서 근무하는 직원이래야 모두 다섯 명이었다. 그들이 모두 한결같이 아버지가 이른 새벽 연구소를 나가 돌아오지 않았다고 말했다. 수색을 해봤지만, 연구소 주변엔 추락할 만한 크레바스 따위도 없었다. 게다가 '다녀온다'는 말에 연구원들이 그러라 답을 했지만 어딜 다녀온다는 말인지 알 수 없었다고 말했다. 아버지의 시신을 찾을 수 없었다. 죽었다는 확실한 사실이 없으니 시신도 없을 터였다. 그 후 어머니는 수시로 정신과에 드나들었다. 그러다 요양원으로 갔다가 4년 전에 강을 건너가고 말았다. 어머니는 아버지가 누구보다 밉지만 자신이 죽기 전 고향에 가서 흙이라도 퍼와 납골하자고 말했다. 나도 우주도 그 말엔 시큰둥했다. 어머니한테 말할 순 없었지만, 아버지가 어느 날 수염 길게 기르고 나타날 것만 같았기 때문이었다. 어머닌 아버지가 실종되었다는 사실보다도 자신의 의사를 따라주지 않는 나와 우주에게 더 서운해했다. 아버지가 실종된 지 10년이 넘었으니 이젠 사진 한 장 태워 나무 아래 묻어도 되지 않을까?

요즘 나는 우리 형제가 아버지를 많이 닮았다고 생각하곤 했다. 제 고집대로만 살려고 한 세 남자 틈바구니에서 어머니 혼자 외로웠고 힘들었을 거란 생각이 들었다. 여전히 나는 매일 뭔가를 적고 유골을 묻었으며 우주는 공을 찼다. 나는 선희에게서 감각이 좋다는 말을 들은 적이 있었다. 선희 외에 다른 사람에게 보여준 적이 없는 나의 글들. 선희에게 칭찬을 들었으니 그것으로 족하지만 이젠 보여줄 사람도 없다. 우주도 연습 경기에서는 간간이 골을 넣기도 하는 모양이었다. 그뿐이었다. 나나 우주는 그저 변두리만 맴돌 뿐.

47

소미는 잔디를 걷어낸 후 손 삽을 들고 땅을 미친 듯이 파 내려갔다. 자작하던 빗물이 고이면서 안치구는 점점 물웅덩이로 변해갔다. 반 팔 길이쯤 파 내려갔을 때 흙탕물 사이로 희끄무레한 색이 잠깐씩 드러나는 게 보였다. 소미는 양손을 흙탕물 속에 넣은 후 몇 차례 끙끙거렸다. 도현과 나는 그저 그녀를 구경하기만 할 뿐 말리지 않았다. 그녀가 무당이거나 적어도 무당의 자식이라는 사실을 안 뒤로는 그녀가 하는 일을 내버려뒀다. 말린다고 해서 하던 일을 그만둘 여자가 아니라는 걸 알았다. 그녀는 누군가 찾아와 유골이 섞였다고 말했다고 했다. 산 사람이 아니라 죽은 사람이.

*

헤집은 나무 아래에서 모두 세 개의 유골함이 나왔다. 소미와 나와 도현은 테이블 위에 올려놓은 함을 쳐다보았다. 유골함 겉은 흙이 묻은 그대로 입을 다물고 있었다. 우주는 사무실에서 우비를 입은 채 돌아다녔고 도현이 물 좀 가져다달라는 부탁에 빈 컵만 들고 오기도 했다. 테이블 위에 널브러져 있던 술잔을 치우며 술이 가득 든 잔에 빈 잔을 포개서 술이 넘치게 만들기도 했다. 우주는 내가 팔을 잡은 후에야 멈춰 섰다.

"이렇게 유골함에 넣을 거면 납골당에 갖다 넣지. 비 맞으며 땅도 파고 그래야 하는데."

내가 말했다.

"그럼 유골을 어디에 넣어와?"

우주가 물었다.

"그냥 나무함에다 넣어오면 돼. 여긴 유골함을 묻을 수가 없어. 그거 불법이야. 귀신이 된 사람들도 좋아하지 않고."

나 대신 우주에게 소미가 말해주었다.

도현은 다시 유골함을 살폈다. 보통은 유골함의 겉면에 이름과 생몰년이 적혀 있는데 지금 눈앞의 유골함에는 아무

것도 적혀 있지 않았다. 나와 소미도 테이블 위에 놓인 유골함에서 눈을 떼지 못했다. 도현은 담배만 피워댔다.

우주는 구석에 서서 우리들을 구경했다. 나와 도현이 침묵을 지키는 사이 소미는 탕비실에서 물티슈를 가져와 유골함에 묻은 흙을 닦아냈다.

"죽은 사람들이 무슨 잘못이겠어. 살아 있는 인간들 잘못이지. 뭐, 아무도 잘못이 없을지도 모르고."

유골함을 닦던 소미가 부르르 몸을 떨었다. 안치를 끝낸 자리에서 추모를 하는 소미에게서 간혹 그런 모습을 본 적이 있는 터라 나와 도현은 놀라지 않았지만 우주는 놀란 모양이었다. 그녀는 책상 서랍을 뒤져 유성펜을 꺼내 들었다. 그러더니 우리가 예상하지 못한 일을 했다. 유골함의 뚜껑 위에 이름을 적고 태어난 시간과 죽은 시간을 기록했다.

'장태환, 1945년 1월 생, 날짜는 모름, 1980년 5월 몰, 역시 날짜를 모름.'

'김현수, 1971년 8월 9일 생, 1997년 7월 몰, 날짜 모름.'

'…….'

소미는 흥얼거리며 유골함 뚜껑에 문자와 숫자를 적어나갔다. 소미가 무당이 맞다면, 적어도 저승의 존재와 말을 섞을 수 있는 존재라면 가능한 일이라는 생각이 들었다. 막연하게 소미라면 가능한 것 같았다. 도현도 소미를 보면서 딱히 놀라지 않았다. 우주만 벽에 더 달라붙었다.

"팀장님이 결정해. 묻어줄 거야, 말 거야?"

소미는 도현을 바라보았다. 유골함에는 짧게는 25년에서 길게는 40년 정도의 시간이 담겨 있었다. 그 시간을 누구의 추모도 받지 못한 채 묻어야만 했다. 소미가 도현을 뚫어지게 바라보는 건, 양지랑에게 비밀로 하고 이들을 묻어줄 수 있느냐는 뜻 같았다.

도현은 한동안 말이 없었다. 그는 유골함을 한 차례 살펴본 후 가볍게 고개를 끄덕인 후 사무실 밖으로 나갔다. 처마 아래 세워놓은 우산을 펼쳐 들고 빗속을 걸어 수목장으로 걸어 올라갔다.

48

비와 구름이 물러가자 습기 잔뜩 품은 햇살이 쏟아져 내렸다. 산이고 길이고 나무고 심지어 사람들까지 아지랑이를 피워 올렸다. 다행히 토사가 밀려 내려가진 않았다. 잔디가 자리를 잘 잡았다는 말이었다. 숙소 건물 뒤편에 납골함 세 개를 옮겨놓고 돌아오는데 놀랍게도 텅 비어 있던 주차장에 트럭 차 한 대가 들어왔다. 마늘 장사를 하는 나모의 차였다. 조수석에서 한 사람이 더 나타났는데 그는 김광식이었다. 둘이 아는 사인가? 차만 얻어 타고 온 건지도 모르겠다고 짐작했다.

나는 사무실로 들어가 문을 닫고 주차장을 내려다보았다.

그러자 소미가 오른편에 서고 도현과 우주가 왼편에 섰다.

"둘이 어떻게 같이 오지?"

"그러게."

소미가 말했다. 도현은 아무 말도 하지 않았다. 김광식이 사무실 쪽으로 가까이 다가와 살펴보니 오른손엔 장미꽃을, 왼손엔 장난감 소방차를 들고 있었다. 둘 다 빨간색이라는 게 왠지 마음에 들었다. 김광식의 뒤에 서 있던 나모가 뒷짐을 진 채 수목장으로 올라가는 김광식을 올려다보았다. 도현에게서 수로 좀 살펴보라는 문자가 왔다. 나와 우주는 창고를 뒤져 삽을 들고 수목장으로 올라갔다. 로로의 나무 아래에 김광식이 보였다. 그는 우리가 곁을 지나가도 전혀 눈치채지 못했는지 흐느끼기 시작했다. 로로의 삼촌이라기에는 좀 지나친 울음이라는 생각이 들었다.

우주는 발을 재게 놀려 김광식의 주변에서 빨리 벗어나려 했다. 우리가 토사물이 쌓인 수로 맨 아래에 다다를 때까지도 그는 흐느낌을 멈추지 않았다. 삼촌도 조카의 죽음을 저 정도로 슬퍼할 수는 있겠지.

"형 여기 있으면 맨날 사람들 우는 소리 듣겠다."

"꼭 그렇진 않아. 아직까지는 찾아오는 사람이 별로 없어서."

나는 삽으로 바다로 흘러가는 배수구의 토사물을 걷어냈다. 우주는 내가 파내 주변에 올려놓은 흙을 멀리 던져 평평하게 만들었다.

49

불볕의 기세는 꺾이지 않았다. 챙이 넓은 모자를 쓰고 수목장 아래에 섰다. 반송의 가지를 치고 잔디를 깎았다. 나무 둘레의 잡초를 베고 호스를 끌어다 나무 한 그루에 한 양동이쯤 물을 줬다. 우주는 지치지 않고 일했다. 도현이 아르바이트 비용을 주기로 한 뒤 몸을 부지런하게 움직였다. 용돈조차 쉽게 손에 쥐여줄 수 없어 우주가 일하는 모습만 물끄러미 쳐다보곤 했다.

"형, 나도 여기서 일할까?"

우주의 얼굴이 모자챙 그늘에 가려 눈이 보이지 않았다.

"미쳤어?"

"미친 거 아냐. 난 머리 쓰는 일은 못해. 몸을 써야 잡생각이 안 들고, 그리고……."

"그리고 뭐?"

"슬픔도 잊히는 거 같고. 힘들게 몸을 쓰면 엄마나 아빠가 그립지도 않고 그래."

"혹시 축구 접었냐?"

우주는 반송이 달려 내려가 수목장의 매듭을 지은 울타리 너머 바다 쪽으로 눈길을 주었다.

"그냥 해본 말이야. 프로에 진출 못하면 다른 일 찾아야 하잖아. 군대도 가야 하고. 난 대학 가기도 글렀고. 설령 대학에 가게 돼도 그 돈을 어떻게 감당하려고. 스카웃돼서 가는 애들만 장학생이다 뭐다 해서 돈 안 내는 거야. 나머지 훈련비도 내야 하고 대학 등록금은 등록금대로 또 따로 내야 한다고. 매년 수천만 원이 들어. 그러고도 끝없이 감독 눈치 봐야 하고. 그렇게까지 축구를 해야 하는 건 아니라고 생각해. 그리고 선수 못하면 내가 뭘 할 수 있겠어? 돈 있는 놈들은 선수 쫑 나면 축구 센터 차려서 먹고살 거래. 그게 어디 한두 푼 드는 것도 아니고. 그놈들 밑에 가서 코치하고 그럴까? 난……."

우주는 말을 끝맺지 않고 다시 흙을 걷어냈다. 흙더미 위로 땀인지 눈물인지 모를 물방울이 후두둑 떨어졌다.

50

소미의 휴대폰이 울렸다. 폰을 확인한 후 그녀는 내 얼굴을 한 번 힐금했다. 하지만 전화를 받진 않았다. 한 차례 더 그녀의 폰이 울렸다. 그녀는 여전히 받지 않았다.

"우중 씨, 소설 같은 거 쓰고 그랬어?"

나는 움찔 놀랐다. 소미에게 그런 기미를 보인 적이 없기 때문이었다.

"놀라긴. 우주가 그러더라. 형은 그쪽에 꿈이 있었던 거 같은데, 요즘은 안 하는 것 같다고. 옛날엔 어디 공모전에도 지원하고 그랬다면서?"

소미가 의자를 돌려 나를 정면으로 바라보았다.

"그거 다 지난 일이야. 나 같은 놈이 무슨……. 먹고살기도 바빠 죽겠는데."

"우중 씨 당신 그거 해. 당신 그 길로 가면 잘될 거야."

갑자기 얼굴이 달아올랐다.

"우주 그놈이 괜한 소리 했네."

"괜한 소리 아냐. 난 처음부터 우중 씨가 소설가나 시인일 거라고 생각했는데."

"그건 또 무슨 소리야?"

소미가 잠시 눈을 감았다가 떴다.

"우중아, 나 무당인 거 알지? 아니, 적어도 무당의 딸이라는 건 알고 있지?"

나는 그녀의 말에 대꾸하지 않았다. 우주한테서 꿈 이야기를 들을 땐 그저 허탈했는데 소미의 입으로 그 길로 가라는 말을 들으니 왠지 마음이 아렸다.

"우중이 넌 팔자가 그래. 여기서 잠시 머무는 것뿐이야. 네 길은 여기에 없어. 다른 데에도 없고."

나는 침을 삼켰다.

"소미 씨가 그걸 어떻게 알아."

"나한테 신기 있다는 거 다 들었지? 내가 애써 남들을 보려고 하지 않으면 그 사람이 어찌 살지 모르는데 내가 애써

보려고 하면 보여."

"뭐가?"

"앞으로 어떻게 살아가게 될지."

나는 손바닥으로 입을 훔쳤다.

"그럼 네가 더 잘 알겠네. 나 그런 거 쓸 시간 없다는 거."

"그래도 써. 억지로라도 만들어서 써. 결국엔 그 길로 가겠지만 지금 쓰지 않으면 아주아주 늦게 돼. 그땐 후회할 거야."

"그 얘길 나보고 믿으라고?"

"내 말이 아니라 내 몸주 말이니까."

그녀의 입에서 몸주라는 단어가 나오자 어깃장 난 내 길을 두고 삐딱하게 하소연하려던 마음이 사라지고 말았다.

"우주 이 놈이 도대체 무슨 말을 한 거야?"

"우중이 네가 네 길을 버리거나 포기하지 않았으면 좋겠다고 했어."

또 한 차례 나도 모르게 침이 목구멍을 타고 느리게 넘어갔다. 끈적한 피처럼. 나는 엉거주춤 일어나 뒤돌아섰다. 소미는 표정에 변화가 없었다. 목소리는 단호했고 표정은 딱딱했다. 나는 그녀의 눈을 피해 사무실을 빠져나왔다.

'그놈이 뭘 안다고…….'

속으로 중얼거렸다. 우주는 수목장으로 올라간 모양이었다. 느티나무 그늘 아래 서서 수목장 쪽을 바라보며 담배를 꺼내 물고 우주에 대해 생각했다. 우린 태어날 때부터 뭔가를 선택해본 적이 없었다. 주어진 길을 가야만 했다. 우주가 축구에 목매다는 건 뭔가를 선택할 수 있다는 걸 스스로에게 보여주고 싶어 한 것이겠지만 사실 그 역시 그냥 주어진 길을 갔을 뿐이었다. 내가 아르바이트를 전전하며 구석에 쪼그려 앉아 남들 읽어주지도 않을 문장들을 적어댔던 건 내가 갈 수 없는 길이기에 그 안타까움을 조금이라도 위로받으려 했던 것이라고 믿었다.

실은 나도 그렇고 우주도 이 세상에서 선택할 수 있는 건 아무것도 없었다. 인간은 뭔가를 선택해 출발할 수 없는 것이라는 생각이 들었다. 누군가는 태어나면서부터 부드러운 길을 가고 누군가는 거칠고 딱딱한 길만 가는 것이리라. 그러나 아버진 자신에게 주어진 길을 버리고 다른 길을 택했다는 생각이 들었다. 본래 아버지의 길이 어떠했는진 모르겠다. 담배를 깊이 빨아들였다가 연기를 내뱉었다. 희고 흰 담배 연기가 흩어지지 않고 내 어깨 주변을 맴돌았다. 담뱃불이 꺼질 즈음 우주가 나타났다.

우주는 내게 손으로 수목장 쪽을 가리켰다. 다른 한 손으로는 삽을 들고 있었다.

"저기 아저씨가 아까부터 너무 울어."

우주와 함께 수목장으로 향했다. 우주가 말한 곳에 김광식이 보였다. 수목장엔 빛 한 점 가릴 그늘이 없었다. 태양빛이 머리를 쪼개버릴 듯 쏟아져 내리는 곳에서 김광식이 훌쩍훌쩍 울고 있었다.

"벌써 한 30분은 넘은 거 같아."

우주가 내게 귓속말을 했다. 나는 우주에게 그가 김광식이라는 사람이며 형네 부부와 조카가 묻혀 있다는 사실을 알려주었다. 자주 온다는 말도. 우주가 고개를 끄덕였다. 그러는 동안 김광식이 나무 아래 뭔가를 부었다. 나무는 제 몸집을 키우기 위해 마시는 게 물이 아니면 시름시름 앓았다. 나는 조용히 김광식에게 다가갔다. 우주가 뒤따라왔다.

"물만 부어야 해요. 술이나 다른 걸 부으면 나무 죽어요."

김광식이 고개를 홱 들었다. 그의 낯이 물기로 번들거렸다.

"씨발, 술 아니고 우유거든."

고개를 빼서 살펴보니 그는 가운데 안치구의 흔적 위에 우유를 붓고 있었다.

"아기한테 술을 줄 수는 없어서 우유 주는 거야. 그것도 안 돼?"

김광식이 울먹거리며 말했다. 그의 주변에 희미하게 술 냄새가 맴돌았다. 냄새는 그가 나무 밑에 부은 술이 아니라 그의 입에서 흘러나오고 있었다.

"안 되냐고!"

김광식이 화난 목소리로 말했다.

"너무 많이 주지 마세요. 나무 죽으면 좋을 게 없잖아요."

나는 언덕진 구릉을 되짚어 올라갔다. 우리가 멀어지자 남자는 다시 흐느끼기 시작했다.

"얼마나 슬프면 이 땡볕에 저 바닥에 주저앉아 울까?"

"그러게."

나는 엄마의 죽음이 슬펐던가? 기억나지 않았다. 기억나는 것이라곤 장례식장이 시장 사람들로 왁자지껄했다는 것뿐이었다.

"죽은 사람이 산 사람이 다녀간 걸 알까?"

"죽은 사람은 모르겠지. 살아 있는 귀신들은 알 거고."

귀신이라는 단어를 말하자 우주는 내게 바짝 붙어 섰다.

"귀신이 살아 있다는 말 모순 아냐? 그리고 귀신이 어디 있다고."

"없을 수도 있고, 있을 수도 있겠지."

"에이, 그런 게 어디 있어."

"너한테만 말해주는 비밀인데 실은 나, 여기 귀신들이 보이는 거 같아."

"뭐?"

우주의 눈이 갑자기 켜진 백열전구처럼 번득였다.

"그뿐인 줄 알아?"

"에이, 장난이지?"

"팀장님 중얼거리는 거 들은 적 있지?"

우주가 고개를 빠르게 끄덕거렸다.

"그건 여기 귀신들하고 대화하는 거야. 몰랐어? 그리고 나는 어렴풋하게 귀신이 보이는데 소미는 확실하게 귀신들이 보이는 눈치야. 소미가 원래 무당이었다는 것도 들었지? 말해놓고 보니까 여기서 일하는 사람들이 죄다 귀신들하고 닿아 있네. 거참 희한한 우연이지? 너도……."

우주는 손사래를 치더니 비명을 지르며 사무실 쪽으로 뛰어갔다.

어머니는 언젠가 사람이 좋아하는 것은 귀신도 좋아한다고 말해주었다. 사람 슬픈 일은 귀신도 슬프며, 사람 즐거운 일은 귀신도 즐겁다고도 말했다. 그 말을 기억하고 산 건 아니었다. 수목장에 들어온 뒤 예전에는 까마득하게 잊고 살았던 말이나 문장 혹은 장면들이 바로 어제 일처럼 기억났을 뿐이었다. 어머니의 그 말들도 기록해놓았지만 써먹을 일이 있을진 모르겠다.

51

망설이다가 선희에게 톡을 보내기 위해 자판을 톡톡 찍었다.

'잘 지내니? 우주한테 소식 들었어. 우주 휴가라 나랑 여기 와 있어. 그냥 톡 해봤어. 우주가 백화점에 갔다가 봤다고 해서…….'

썼다가 지우기를 반복했다. 선희와 무슨 말들을 나누었는지 어떻게 톡을 보냈는지 기억이 나질 않았다. 선희라고 불렀는지, 자기라고 말했는지……. 예전의 기록들을 살펴보려 휴대폰 화면을 스크롤했다.

'넌 문장도 좋고 이야기에 담겨 있는 숨은 의도들도 좋아. 그러니까 살기 힘들다고 버리진 마.'

— 선희야, 우리 시간 가져볼까?

'난 재능이 없지만 그래도 연극판에 목숨 걸어보려고.'

— 우리 둘 중 하나는 현실적이면 좋을 텐데.

'미래에 기대지 마. 난 과거와 현재가 중요하다고 생각해. 우리를 위로하는 건 언제나 과거이기도 하고.'

— 매달 월세 걱정하고, 지긋지긋하지 않니?

'너 자신을 믿어봐. 너 자신을 의심하고 그러지 말라고. 미래 같은 거 따져보지 말자고. 우린 그냥 현재에 충실하면 돼. 어떻게 다가올지 모를 내일 때문에 숨죽이지 말라고. 그러니까 넌 재능이 있으면서도 불안한 미래 때문에 자꾸 망설이는 거잖아. 안 될 거라고 생각하니까. 그냥 해! 그리고 그냥 던져버려!'

얼굴이 달아올랐다. 선희와 톡을 주고받을 땐 몰랐는데 선희와 헤어진 후에야 그녀와 사는 동안 나는 스스로를 자꾸 의심하고 매일 조바심 냈으며 내일을 불안해했다는 걸 깨달았다.

나는 누군가로부터 청첩장을 받으면 돈을 빌려서라도 결

혼식장을 찾는 사람이었지만 선희는 전화 한 통으로 해결했다. 미안하다는 말 한마디로.

'이생에선 우리가 같이 사는 게 힘들 거라는 거지? 그럴지도 모르지. 그럼 그냥 너는 너대로 나는 나대로 살면 될 거 같아. 우리 엄마가 결혼하기 전에 애 먼저 가지면 어떠냐고 하는데 그 말 듣는 것도 이제 지긋지긋하고. 아이 낳아놓으면 키워준다고 하는데 내 배에서 나온 아이를 왜 엄마한테 맡겨. 자기가 먹을 밥그릇 차고 나온다고? 그런 생거짓말이 어디 있어?'

난 우리가 헤어져야 한다는 사실을 받아들였다. 무엇보다 그녀와 난 내일을 보는 시선이 너무 달랐다. 톡 보내기를 포기하려는데 우주가 숙직실 문을 왈칵 열고 들어왔다. 나중에 알게 되었지만 폰 화면을 끈다는 게 전송 버튼을 눌렀던 모양이었다. 사실은 그동안, 아니 어쩌면 헤어진 이후 내내 선희의 소식이 궁금했던 것인지도 몰랐다.

52

사무실 앞마당에 서 있던 우주가 통화를 하면서 사무실로 들어왔다. 그는 몸이 땀으로 범벅이었다. 그의 뒤를 따라 소미와 도현이 들어왔다. 두 사람도 머리카락이 땀으로 흠씬 젖어 있었다. 오늘은 세 개의 안치구를 마련해야 했고, 그 세 개를 도현과 소미 그리고 우주가 팠다.

"축구를 해서 그런가? 힘이 좋은데. 몇 살이지?"

도현이 우주를 쳐다보았다.

"열아홉입니다."

"그래? 우리 딸하고 동갑이네……."

나는 그를 빤히 바라보았다. 그에게 딸이 있다고? 가족 이야기를 일부러 꺼낼 이유도 없었지만 그에게 가족이 있다는 게 좀 낯설었다. 그에게선 가족의 냄새가 나지 않았기 때문이었다. 뭔가를 견디거나 참고 혹은 희미한 기대 같은 감정들이 어렴풋이 느껴지는 그런 냄새. 게다가 그에겐 가족이라 짐작되는 사람들의 전화도 걸려 온 적도 없었다.

"지금 살아 있으면……."

그가 자신에게 닿아 있는 내 눈길을 느낀 후 별일 아니라는 듯 툭 던지듯 말하고 샤워실로 들어갔다. 소미는 그런 도현의 뒤통수를 쳐다보다 가만히 고개를 끄덕거렸다. 두 사람은 간혹 한 시간 차로 출근을 하니 서로에 대해 얼마쯤은 알고 있을지도 몰랐다. 도현에게 딸이 있다는 그런 것, 소미가 무당이었다는 그런 것. 그런데 지금 딸이 없다? 어떤 이야기들은 묻지 않고 내버려두어야 하는 것 같았다. 도현이 나의 아버지에 대해 궁금해하면서도 정색을 하고 묻지 않듯이.

"햇살이 장난 아니네. 나무도 익을 판이야. 우중아, 텐트만 좀 쳐줘."

소미가 도현의 뒤를 따라 들어가며 말했다. 뒤이어 우주가 내게 말했다.

"형, 나 선희 누나한테서 톡 왔어."

"너 아까 통화한 사람이 선희야?"

"내가 선희 누나랑 통화를 왜 해. 나도 누나가 톡 보내서 깜짝 놀랐는데. 내 번호 알려준 적이 있었나?"

"뭐래?"

"아직도 이 번호가 내 번호 맞냐고 왔고. 맞다면 강우중 씨는 어떻게 지내느냐고 물은 게 다야."

어떤 방식으로든 연락이 닿기 전까진 궁금하지도 않았고 그립지도 않았는데 살이 탈 정도로 더운 이 순간에 문득 그녀가 보고 싶어졌고, 어찌 사는지 궁금했고, 새로운 연애는 시작했는지도 알고 싶었다. 우리가 갈라선 건 미래를 보는 눈이 달라서였지 서로에 대한 믿음이 부서져서는 아닌 거라고 생각하기도 했다. 괜히 마음이 뒤숭숭했다. 메마른 우물에 물이 좀 차오른 듯한 기분도 들었다. 엉뚱한 생각이지만 우주가 여기에 온 건, 선희는 멀리 떠나지 않고 늘 곁에 있었다는 신호처럼 여겨졌다. 우주는 내 얼굴을 한번 훑어본 후 샤워실로 뛰어 들어갔다.

샤워실 쪽으로 고개를 드는데 우주가 반바지만 걸친 채 뛰어나왔다.

"형! 저기, 그게, 그러니까."

샤워실 쪽에서 깔깔거리는 소리가 들렸다.

"그냥 가서 해. 소미는 남자들이랑 같이 샤워하고 그래."

"아무리 그래도 그렇지."

우주는 내 귀에 바짝 대고 말했다.

"여자 샤워실이 고장 나서 그래. 다시 돈 들여서 고치기도 그렇고 해서. 원래는 따로따로 했는데 참기 힘들었던 모양이야."

"그래도 남자랑 여자가 엄연히 다르잖아."

"다르긴 뭐가 달라. 같은 사람인데."

쭈뼛거리던 우주가 다시 샤워실로 들어갔다. 선희와 샤워실을 두고 다투었던 그 사소한 순간들이 떠올랐다. 샤워를 한 후에 바닥 물기가 거의 없도록 하라는 말, 바닥에 엉겨 붙은 머리카락을 물로 쓸어내리라는 말, 샤워실이 좁으니 샤워할 때 따라 들어오지 말라는 말, 앉아서 소변을 보라는 말……. 나는 대부분 무시했다. 선희는 미래에 대해 별다른 기대를 하지 않았지만 현재에는 충실하려 했던 것 같았다. 이제야 그런 생각이 들었다.

53

김광식이 왔다. 해가 서쪽으로 드러누워 나무의 그림자들이 길어지고 있는 시각이었다.

"저 인간 자주 오네. 저 인간도 귀기가 서린 모양이야."

"응? 뭐라고?"

내가 물었다.

"남들은 때가 돼야 오는데 저 인간은 너무 자주 온다고."

소미가 말했다. 나는 짬짬이 읽고 있던 에두아르도 갈레아노의《불의 기억》을 덮었다. 우주는 귀에 이어폰을 꽂은 채 음악을 듣다가 사람들의 눈길을 따라 고개를 돌렸다.

김광식은 사무실에 눈길 한번 주지 않고 곧장 수목장으로 올라갔다. 그 집 형제들은 무엇이든 질긴 구석이 있는 모양이었다. 나무를 둘러보고 내려온 김광식이 이번에는 사무실 안을 기웃거렸다. 어깨를 잔뜩 벌리고 서서 대거리를 하던 예전의 모습이 아니었다. 가지런히 손을 잡고 서서 사무실 안을 살폈다. 도현을 찾는 눈치였다. 도현은 장례식장에 다녀온다며 나간 터였다. 그런데 김광식이 머뭇거리다 사무실로 들어왔다. 나와 우주가 의자에서 일어났다. 그는 조심스럽게 안쪽으로 걸음을 옮겼다. 거침없이 행동하고 말하던 어제의 그가 아니었다.

"저 혹시 그분……."

"팀장님이요?"

"아, 네. 전에 수족관 하던 분 아니었나요?"

나는 소미를 쳐다보았다. 소미도 모르는 눈치였다.

"수족관이요?"

"역 뒤편에서 '아프리카'라는 수족관 하셨던 분이신 거 같아서요."

그는 숙직실까지 눈으로 훑어보았다.

"그것까진 저희가 잘 모르겠네요."

"맞는 것 같은데……."

그는 말끝을 흐린 후 흰 비닐봉지를 응접 테이블 위에 올려놓았다.

"혹시 제가 죽으면 형이 계약한 나무에 한 자리가 비어 있던데 거기 묻어줄 수 있는 건가요?"

소미가 도현을 쳐다보았다.

"그게……."

"맞아요. 나무 하나에 네 분을 안치할 수 있으니까. 한 자리 남아 있어요."

소미가 대신 말했다.

"다행이군요."

그는 흰 봉투를 그대로 둔 채 사무실을 빠져나갔다. 봉투 안에는 '카페라떼' 캔 커피 네 개가 들어 있었다. 나는 김광식이 말한 단어 중 '아프리카'를 입안에 굴려보았다. 수족관을 했었다고?

"아프리카……. 그랬구나."

소미가 중얼거렸다.

54

소미가 퇴근하고 우주는 수목장을 운동장 삼아 뛰고 있을 때 나는 검색창에 '아프리카 수족관'이라는 단어를 적어 넣었다. 아프리카에 대한 정보는 무수히 많이 나오는데 아프리카와 수족관을 합친 단어는 나타나지 않았다. 무작정 페이지를 뒤로 넘기기 시작했다. 스무 페이지쯤 넘겼을 때 '아프리카 수족관'을 발견했다. 한 블로거가 아프리카 수족관에 하프문 베타를 사러 왔는데 문을 닫아서 살 수 없었다는 내용과 함께 입을 굳게 다문 아프리카 수족관의 전경 사진을 올려놓았다. 하프문 베타라는 열대어는 꼬리 부근 지느러미가 꽃처럼 펼쳐진 화려한 물고기였다.

뒤로 갈수록 아프리카 수족관의 이야기가 드문드문 나타났다. 수족관의 풍경을 찍어 올린 블로그도 있었고 수족관의 인스타그램도 찾았지만 도현의 가게였던 것인지는 알 수 없었다. 두 페이지를 더 넘겼을 때에야 도현을 발견했다. 한 여성의 셀카에서 활짝 웃는 모습의 도현이 잡혔다. '너머'에서 지내며 그가 환하게 웃는 얼굴을 본 적이 없어 그 모습이 낯설고 신기했다. '너머'의 도현과는 너무 다른 모습들이 하나둘 나타나기 시작했다.

그중 눈길을 끈 영상 하나가 있었다. 지역 방송에서 방영한 〈인물 열전〉이라는 프로그램이었다. 5분 남짓한 영상이었는데 영상 속 주인공은 도현이었다.

"과거에 잘못을 많이 했죠. 그 시간들을 다시 돌이킬 수 없다는 것도 알고요. 누구보다 아내에게 상처를 많이 줬고요. 제가 수족관을 차린 건…… 아내와 이혼한 후였어요. 저한테 상처 입은 사람들 일일이 찾아다니며 사과도 했는데……. 만나는 사람들이 여전히 나를 두려워하더군요. 그날도 누군가한테 사과하고 집으로 돌아가던 길이었죠. 그때 버스 정류장에 수족관처럼 만들어놓은 광고판을 보게 된 겁니다. 고정된 그림이 아니라 움직이는 그림이었는데. 이유는 잘 알 수 없지만 새로 뭔가를 한다면 수족관을 해야겠다고 생각했죠. 그리고 엉뚱하게도 사람들에게 열대어를 선물하면 기분이 좋아질 거라는 생각도 들었고요."

문득 마늘 장수 나모가 들려주었던 말들과 도현을 보고 주눅이 들었던 김광식이 떠올랐다. 건달 짓 하던 시절이 있었다는 말, 팔에 문신이 그득했다는 말, 도현을 본 김광식이 갑작스레 고분고분해졌던 그 순간들이 확연하게 기억났다. 어쩌면 마늘 장수가 들었다는 소문이 진실인지도 모르겠다는 생각이 들었다.

도현은 열대어를 망으로 골라내고 포장하고 손님에게 건네면서 인터뷰를 했다. 그가 낯설고 신기했다. 지금보다는 어깨도 넓고 허벅지나 팔뚝이 굵어 씨름 선수 같은 인상을 풍겼다. 인터뷰하는 내내 미소를 짓고 있다는 게 무엇보다 신기했다. '너머'에서는 그가 웃는 걸 본 적이 없으니까.

"왜 아프리카냐고요? 태초의 생명 같은 게 그곳에서 시작된 게 아닐까라는 생각이 들더라고요. 그곳엔 원초적인 자유 같은 게 있을 것도 같고요. 당연히 가본 적 없죠. 앞으로 갈 계획은 없어요. 저한테 아프리카는 그냥 자유 생명 원초라는 생각이 드는 거예요. 그래서 아프리카 수족관."

"……믿지 않으시겠지만 열대어들이 나한테 자기 이야기를 해요. 춥다, 배고프다, 아프다……. 그럼 먹이를 주고 수족관 온도도 좀 높여주고 항생제도 넣어주고 그러죠. 다음날이 되면 아이들이 생기를 찾아 빨빨거리고 돌아다녀요. 고맙다는 말도 하죠."

누군가 야유를 보냈다. 그가 바라본 곳이 화면에 잡히지 않았지만 그는 화면 밖의 누군가를 쳐다보며 웃었다. 소미에게 보여주어야겠다는 생각이 들어 즐겨찾기 항목에 넣어두었다. 한 페이지를 더 넘기자 한 블로거가 문 닫힌 아프리카 수족관 앞에서 찍은 사진을 올려놓았다. 구피를 사러 왔는데 며칠째 문이 닫혀 있다, 안을 들여다보니 수족관이 텅 비어 있다, 옆집 분식집에 물어보니 며칠 전 저녁 누군가가 짐승처럼 우는 소리가 들리더니 그 뒤로 문을 열지 않았다……. 이후에 '아프리카 수족관'에 대한 내용은 더 이상 나오지 않았다. 그러니까 화면 속 남자는 김광식이 본 도현과 같은 사람이었다.

55

'너머' 홍보용 봉투에 5만 원짜리 지폐로 200만 원을 넣었다. 우주에게 줄 훈련비와 용돈이었다. 언젠가 5만 원권을 원 없이 만져보고 싶다길래 만난 김에 봉투를 준비했던 터였다. 수목장을 한바탕 달린 후에 샤워를 끝내고 나온 우주를 맞은편에 앉혔다.

"여기 만장 차면 그때 좀 더 넣어줄게. 한 1년쯤 지나면 만장 될 거라 했는데……."

부질없고 기약 없는 말이지만 그런 말이라도 해야 힘을 잃지 않을 것 같았다. 우주가 슬그머니 내 눈을 피했다.

"훈련비하고 용돈 좀 쪼끔 넣었어. 네 알바비는 이달 말에 넣어줄 거고."

봉투를 내미는데 우주가 머뭇거렸다.

"적어서 그래? 다음달에 좀 더 넣을 수 있을 거야. 나도 학자금 대출 원금이랑 이자 갚고 나면 겨우 담배 사서 피울 돈 좀 남아. 이참에 담배도 끊어볼까 생각하긴 했는데."

우주는 여전히 망설였다.

"실은…… 감독이 다른 데 알아보라고……."

"그게 무슨 말이야?"

우주의 입에서 흘러나온 말이 여과지를 통과해 들려오는 말 같았다. 멀고 아득하고 희미하게 들렸다.

"나가래."

우주가 짧게 답했다.

"나가라니? 기숙사에서 나가라는 거야?"

"팀에서. 다른 팀 알아보라는 거야."

우주가 고개를 푹 숙였다. 나는 들고 있던 돈 봉투와 우주를 번갈아 보았다. 그의 무릎 위에 봉투를 올려놓는데 서서히 울화가 치밀어 올랐다. 발바닥에서부터 심장까지 서서히 울분이 차올라 우주와 마주 앉아 있을 수가 없었다. 나는 밖으로 뛰어나갔다. 어둠이 깔리기 시작한 수목장을 향해 고래고래 소리를 질렀다. 우주가 뛰어나왔다.

“형 그만해. 나 다른 데 알아볼게. 다른 거 할 수도 없잖아.”

호흡이 거칠어졌다. 말도 간헐적으로 끊어졌다.

“내가 아는데, 누구보다 공 잘 찬다는 걸 내가 아는데. 내 친구들이 모두 너는 국가대표 될 거라고 다들 믿었는데.”

“그런 실력이 아닌가 보지, 뭐.”

우주는 고개를 숙이고 발로 바닥을 비비적거렸다.

“미친놈. 넌 너 자신을 믿어야지, 나는 나 자신을 못 믿어도. 훈련 갔다 와서 남들 다 잘 때도 몰래 나가서 훈련하는 거 모를 줄 알아? 너랑 같이 붙어 다니던 놈이 너보고 괴물이라고 그랬어, 괴물. 요즘도 너 새벽마다 일어나서 이 구릉을 미친 듯이 뛰어다니는 거 모를 줄 알아!”

우주의 감독에게 전화를 걸었다. 우주가 말렸지만 나는 막무가내로 전화를 걸었다. 그가 전화를 받았다. 차마 그에게 욕을 할 수 없었다.

“……하, 참. 그게 말입니다. 우리 팀에서 외부적으로 운영하는 트레이닝도 받고 그래야 하는데 우주는 어렵다고 하는데 어쩌겠습니까. 그렇다고 스트라이커로서 뛰어난 것도 아니고, 우리 팀에 공헌하는 것도 아니니. 저로서도 가슴 아픈 결정을 내린…….”

“돈이 필요하십니까?”

"네?"

"돈이 필요하시냐 물었습니다."

"아니, 이 사람이."

"주전으로 뛰려면 얼마가 필요합니까?"

"이 사람이! 나를 뭐로 보고."

"돈 받아먹고 애들 주전 자리 앉히는 놈으로 봅니다."

"뭐? 이런 쌍놈의 새끼가! 너 말 다 했어? 우주 다른 데라도 보내주려고 자리 알아보고 있었는데 그럴 필요도 없겠네."

"솔직해지세요. 지금 우주가 갈 데가 어디 있습니까?"

"잘 아네. 그런 걸 잘 아는 인간이 나한테 그런 쌍소리를 해! 아무리 선생이나 감독의 인권이 바닥이라고 해도."

나는 그만 웃고 말았다. 우주가 설명하지 않아도 그의 목소리에 묻어 있는 저급함과 비열함이 느껴졌다. 귀신도 싫어할 작자였다. 우주는 바닥에 퍼질러 앉아 훌쩍거렸다.

"바닥 좋아하고 있네. 내가 언젠가는 너 고발할 거야! 애들 대학 가는 걸 볼모 삼아서 돈 요구하고 술자리 요구하고. 내가 그럴 수 없다는 거 잘 알면서 끝없이 문자 보내고. 나쁜 새끼! 너 끝장낼 거야."

감독이 웃었다.

"그래서? 네 동생 앞길 막겠다고? 내가 협회 회장인 건 아나? 오늘부로 우주 그 새끼 선수로 받으면 협회에서 1원도 지원 못 나가게 하고 애들 대학은 다 보낸 거라고 말하면 누가 받아줄까? 이 인간아! 돈 없으면 그냥 공부나 시켜! 축구도 돈 없으면 못하는 세상이야. 어째 형제가 둘 다 세상 물정을 그렇게 모를까!"

나는 할 말이 없었다. 화가 나서이기도 했지만, 그가 사실을 말해주어서이기도 했다.

"이보쇼. 우주가 잘 차긴 해. 결정력도 있고 말이야. 그럼 뭘 해! 집에서 아무런 뒷받침도 못해주는데. 당장 호주로 전지훈련 떠나야 하는데 당신이 전지훈련비 대줄 수 있어? 우주가 말 안 한 모양이네. 그러니까 축구 일찌감치 접고 공부나 하라고 해. 아, 재수 없어."

나는 휴대폰을 바닥으로 내팽개치려다 멈추었다. 대신 뒷마당으로 뛰어갔다. 창고에서 삽을 꺼내 들고 마당을 팠다. 허리쯤까지 파고 다시 묻고 또다시 팠다. 우주가 나와 같이 삽을 들고 마당을 팠다. 몸이 녹초가 되고 아무 생각이 들지 않을 때까지 그 짓을 반복했다. 달이 뜰 때까지.

56

그 소식 때문은 아닐 텐데…… 갑자기 열이 나기 시작했다. 체감 온도가 40도가 넘는데 나는 추웠다. 이불을 목까지 끌어 덮었는데도 와들와들 떨렸다. 처음엔 소설가가 되어보겠다고 방황하고 여기저기 미친 듯 돌아다니던 나 자신이 원망스러웠다. 그러다 남극 어딘가로 사라져버린 아버지와 세상이 어찌 돌아가고 있는지 무관하게 살았던 어머니도 원망스러웠다. 그래서 살아가는 일이 허무했는데, 수백 명의 골분을 만지며 인간의 생이라는 게 결국 허무하게 끝난다는 걸 수도 없이 경험했는데, 생의 의욕을 모두 잃고 무너지는 사람들도 수도 보았는데, 나는 지금도 내가 하고 싶은 일들을 놓지 못했다는 사실을 절감하고 있는데, 자신이 사랑하고 좋아하는 사람 하나 제대로 건사하지 못하는 인간은 허무해할 자격도 없다는 생각이 들었다. 로로의 부모도 광식이도 소미나 도현도 그런 종류의 인간인 듯했다.

"강우주! 너 우중이 동생 맞아?"

소미가 숙소로 들어오며 우주에게 소리를 질렀다. 그녀는 대뜸 내게 다가오더니 머리를 짚었다. 목이 따가웠고 머리가 뜨거웠다. 몸도 뜨거운 거 같은데 추웠다.

"이래서 뭘 한다고."

소미가 도현에게 전화를 걸었다.

"팀장님 들어오실 때 몸살 약 좀 사 오세요. 우중이 몸이 불덩이야! 해열제도 강한 놈으로 달라고 해서 사 오시고."

깊은 늪에 발 하나가 푹 빠진 기분이었다. 멀지 않은 곳에서 두런거리는 소리와 웃음소리가 들려왔다. 마늘 장수 나모가 와서 너스레를 떠는 소리가 들렸다. '너머'가 곧 1주년이라며 잔치 한번 하자는 말, 마늘을 헐값에 준 고마움으로 술이며 음식은 준비할 테니 딱 하루만 문 닫자는 말, 1주년이면 양 사장도 이해하지 않겠냐는 말, 소미가 그러자고 동조하는 말, 도현이 우주에게 뭔가를 묻는 말, 우주가 낮게 중얼거리는 말……. 자꾸 까무러지는 정신을 붙잡고 늪에 빠진 발을 건져 올리려 기를 썼다. 식은땀이 흐르고 입에서 나도 모르게 신음이 새어 나왔다. 어느 순간 늪에 빠져 있던 발을 겨우 빼냈다는 생각이 들면서 나는 잠이 들었다.

57

머리맡에 새벽의 찬 기운이 몰려와 나를 깨웠다. 해열제 두 알과 몸살감기약 두 알을 먹었는데 몸이 가뿐했다. 몸살이 들기 전보다 몸 상태가 더 좋았다. 숙소의 어둠에 눈에 익어 천천히 둘러보니 한쪽에 도현과 우주가 내 곁에 누워 있었다. 그리고 샤워실 쪽에 소미가 보였다.

'모두 여기서 잔 건가?'

지난밤에 무슨 일이 있었던 건지 알 수 없지만, 우주가 온 후에 '너머'에 시원한 바람이 맴돌았다. 나는 조용히 숙소를 빠져나왔다. 구릉의 정상에 서서 물안개를 피워 올리는 바다를 내려다보았다. 바람이 불자 물안개가 동쪽에서 서쪽으로 빠르게 움직였다. 입을 벌리고 심호흡을 했다. 차가운 안개가 입안 가득 들어왔다. 나는 기지개를 켠 후 구릉 아래로 내려갔다. 물안개 너머에 숨어 있는 파도가 해변을 오가는 모양이었다.

중간쯤 내려갔을 때, '하' 열 맨 왼편에 물안개와는 다른 짐승의 움직임이 얼핏 보였다. 나는 발소리를 죽이고 천천히 '하' 열의 왼편으로 걸어갔다. 다가갈수록 잡음이 선명하게 들렸다. 땅을 헤집는 소리, 거친 숨소리, 옷이 옷을 비벼대는 소리……. 나는 사무실 쪽을 쳐다보았다가 '하' 열까지 달려 내려갔다. 짐승은 땅 파는 일에 열중해 있느라 내 등장을 알아차리지 못했다.

나는 드디어 땅을 파는 남자를 보게 되었다. 열심히 흙을 퍼내던 남자가 나를 발견하곤 놀라 엉덩방아를 찧었다. 나도 그를 보고 놀랐다. 그 남자는 도현이었다.

나는 그에게서 한 팔쯤 떨어진 거리에 앉았다. 물안개가 바다 너머로 천천히 물러나며 고요하고 아직은 어두운 바다가 드러냈다. 너머의 끝 바다가 조금씩 새빨간 색으로 물들어갔다. 도현은 손을 털고 담배를 꺼내 물었다. 그의 곁엔 작은 나무 유골함이 덩그러니 놓여 있었다. 등 뒤에서 가벼운 발소리가 들렸다. 고개를 돌려보니 소미였다. 그녀는 잠깐 멈춰 섰다가 천천히 내려왔다. 그녀가 내 곁에 앉을 때까지도 도현은 입을 다문 채 말이 없었다. 소미는 나무 아래 흩어진 잔디를 보고 짐작한 듯 붉게 젖어드는 바다 쪽으로 눈길을 주었다. 소미가 내게 손가락을 내밀었다. 나는 그녀의 손가락 사이에 담배를 끼워주었다. 우리는 한동안 말없이 담배만 피웠다.

"몸은 어때?"

도현이 담배를 땅에 비벼 끈 후에 물었다.

"여기 귀신들 덕인지 팀장님이 사다 준 약 덕인지 그도 아니면 밤새 날 염려해준 사람들 덕인지……. 지금은 머릿속을 누군가 지운 것처럼 깨끗해요."

"다행이네."

소미가 말했다. 도현이 나와 소미를 한 차례 쳐다보았다.

"우리 1주년 때 시내에서 뷔페를 부를 거야."

"뷔페는 무슨……."

"양 사장 뜻이라고 변호사가 전달해왔어. 뭐, 우리도 나쁠 건 없잖아. 혹시 양 사장 얼굴을 볼 수 있을지도 모르고."

양지량의 얼굴을 볼 수 있다는 말에 귀가 솔깃했다. 순간 우주의 손에 좀 더 많은 돈을 쥐여줄 수도 있겠다는 생각이 들었다.

"초대하고 싶은 사람들 불러도 돼. 그날 딱 하루 '너머' 문을 닫기로 했어. 사실 오후 늦게 문을 닫는 거니까 영업에 별 상관도 없지만. 전화도 안 받을 거야. 그리고……."

도현이 제 할 말을 끝내고 다시 담배를 하나 꺼내 물었다. 그의 이마와 콧등에 맺혀 있던 땀이 또르르 흘러내렸다.

"이러려고 그런 건 아닌데."

그가 나무 유골함을 흙 묻은 손으로 매만졌다.

"딸이지?"

소미가 맥락도 없이 불쑥 물었다. 도현은 소미의 말에 별다른 반응을 보이지 않았다. 나만 어깨가 움찔거렸다.

"귀신도 보이지?"

이번엔 숨이 턱 막혔다.

"내가 몇 사람 암장했던 거 미안해."

그가 제 머리카락을 마구 헝클어트렸다. 가슴 밑바닥에 단단하게 맺혀 있던 응어리 하나가 맥없이 풀어졌다.

"속이려고 속인 건 아냐. 어쩔 수가 없었어. 다정일 찾으려면……."

너머의 끝에서 올라오던 붉은 빛들이 구름 속으로 숨어버렸다. 바다를 물들인 빛도 희미해졌다. 다시 등 뒤에서 발소리가 들렸다. 우주였다. 새벽 운동을 나온 모양이었다. 우주는 반송 사잇길을 달리던 속도를 줄이고 천천히 걸어 내려왔다. 그러더니 나와 소미 뒤로 한 발짝 떨어진 거리에 앉았다. 나는 우주를 한번 쳐다본 뒤 도현의 등을 보았다.

"다정이가 누구야?"

나는 망설이고 있는데 소미는 거침없이 물었다. 도현이 소미를 힐끔 쳐다보았다.

"내가 실은……."

말을 끝맺지 못하고 주저하는 폼은 그답지 않았다. 그는 매사 자신 있고 분명했다. 우유부단한 듯하고 말은 분명하지 않지만 결정하고 실행하는 데에도 주저함이 없는 사람이었다. 말을 끌지도 않았고 자신 없는 말투는 더더군다나 아니었다.

"……실은 로로 말이야."

도현이 갑작스레 로로 이름을 꺼냈다.

"소미나 우중이 너도 짐작하고 있겠지만……."

"그 김광식이라는 건달 아들이라는 거?"

소미가 말했다. 도현이 고개를 끄덕거렸다.

"그런 일은 흔해. 그런데 그걸 어떻게 알았어? 그 아이가 알려준 거지?"

도현이 고개를 저었다.

"걔는 죽어서도 지가 김광식 아들이라는 거 모르는 눈치던데. 김광식이 형이 나한테 잠깐 다녀갔어."

등골을 타고 땀이 흘렀다. 도현은 지금 자신이 귀신들과 말을 나눌 수 있다는 걸 밝히고 있었다. 우주가 걱정되어 뒤를 살폈다. 우주가 부르르 몸을 떨었다.

"여기 오길 잘했다고 하더라."

"누가?"

"김광식이 형."

"죽은 사람이?"

나는 그제야 그가 확실하게 죽은 자들과 말을 나눌 수 있다는 걸 받아들였다. 우주는 한 차례 더 놀랐지만 소미는 알고 있었다는 듯 고개를 주억거릴 뿐이었다. 하긴 나 역시 정체를 알 수 없는 빛들을 보니 그들과 하등 다를 바 없지만……. 도현은 김광식의 형, '너머'에 묻힌 로로의 법적 아버지에 대해선 더 이상 이렇다 저렇다 별다른 말을 하진 않았다.

"그리고……."

도현은 소미를 잠깐 쳐다보았다.

"딸 어디 있어?"

소미가 물었다.

"조심한다고 했는데……."

도현이 흙 묻은 오른 손바닥으로 입을 훔쳤다. 그는 왼손으로 나무 유골함을 매만졌다.

"딸이 다정이구나?"

"응."

도현이 나무 유골함을 들어 품에 안았다.

"수족관 하다 때려치운 건…… 다정이가 바닷속에서 죽어서. 오랫동안 바닷속에 있으면서 물고기들이 다정일……. 치가 떨려서 빚 잔뜩 얻어 시작한 수족관을 때려치운 거지. 열대어 좋아하는 다정이도 없고. 오랫동안 못 찾다가 겨우 며칠 전에 찾았어."

"몇 살이야?"

소미가 물었다.

"우주랑 동갑."

소미가 멀리 앉아 있는 우주를 힐끔 쳐다보았다.

"힘들었겠다."

소미의 한 마디에 도현의 어깨가 움찔거렸다.

"다정이 엄마는?"

"나 건달 짓 할 때 진즉 도망갔지. 그러니까 나한텐 다정이밖에 없었는데. 그래서 그 짓 때려치우고 다정이가 열대어를 좋아해서 여기저기 빚 얻어 장사했던 건데."

도현이 나무함의 뚜껑을 열었다.

“귀신들이 다정이 어디에 있는지 알려준 거야. 그날 배에 같이 있던 사람들이……. 다들 같이 있고 싶다고. 주로 연고 없는 귀신들인데 자신들 몸도 여기 묻어주면 좋겠다고……. 그래서 어쩔 수 없이 여기 묻어주려고……. 그러면 안 되는 줄 아는데 다정일 찾으려면 어쩔 수 없었어. 귀신들이 거의 정확하게 알려준 거야. 잠수부들 동원해서 나흘 전에 겨우 찾았어. 모아뒀던 돈도 바닥나고 월급은 은행에서 다 가져가고……. 미안해. 다정아, 아빠가 이 정도밖에 못해줘서 미안해.”

도현은 자신이 판 구덩이 안에 하얀 유골을 천천히 부었다. 그의 등을 아침노을이 쓰다듬으며 구릉을 건너갔다.

“……아침 바람이 구릉을 타고 올라간다. 바람은 나무들 사이 사이에 깃든 젊고 늙고 어린 귀신들의 맘을 다독여준 후 물의 흐름을 따라 바다로 나간다. 혼이란 바람보다 가벼워 바람보다 먼저 바다로 나간다. 다정아, 잘 가라.”

소미는 만가를 타령하듯 리듬을 넣어 불렀다. 독특한 목소리였다. 그녀의 목소리가 안개가 피어오르는 수목장에 깔렸다. 그녀는 도현이 묻은 구덩이 위에 손을 얹고 눈을 감았다. 도현이 푹 무릎을 꿇었다.

58

도현은 1주년 기념일에 오겠다며, 다녀올 데가 있다며, 딸아이가 부탁한 일 처리하고 돌아오겠다는 메모를 테이블 위에 올려놓고 사라졌다.

"누나, 새벽에 부른 그 노래가 뭐야?"

내가 앓아누운 사이 소미와 우주가 가까워진 모양이었다. 우주는 소미를 스스럼없이 누나라 불렀다.

"만가야. 죽은 사람을 애도하는 그런 노래."

"그런 것 같았는데 한 번도 들어본 적이 없는 리듬이라. 꼭 국악 같기도 하고."

소미가 미소를 지었다.

"너 내가 무당이라는 거 알지? 아니, 무당 되기 싫어하는 여자라는 말 들었지?"

우주가 소미에 대해 묻길래 그의 가족이 전화했던 일, 그녀의 입에서 나온 이야기를 들려주었다. 한두 마디만 들어도 그녀가 무당이거나 그쯤은 될 거라 짐작할 수 있는 일이었다. 하지만 그녀가 '너머'에 온 이유는 나도 알지 못했다.

"나를 찾아온 신은 이세춘이라는 사람이야."

소미는 퇴근할 준비를 끝내고 테이블 앞에 앉았다. 우주가 얼른 탕비실에서 커피를 뽑아 왔다. 소미의 얼굴이 환해졌다. 생각해보니 '너머' 수목장에서 그녀에게 커피를 뽑아 준 사람은 우주가 처음이었다.

"이세춘이 누군데?"

"조선 시대 가수."

"조선 시대 가수?"

"그래, 가수. 조선을 떠들썩하게 만들었던 가수야."

"조선 시대에 가수가 있었어?"

"판소리하고 시조에 리듬 넣어 읊고 그러면 다 가수지. 기생들도 있었고 광대들도 있고 장대도, 판수도 그렇고."

우주의 눈이 번득였다.

"장대하고 판수는 뭐야?"

"장대는 판수와 같이 다니는 사람인데. 판수는 흔한 말로 점쟁이야. 마을 단위로 판수들이 한 명씩 있었지. 아주 많았어. 귀신도 쫓아주고 무병도 치료하고 그런 사람이야. 장대는 판수가 노래하거나 경문 읊을 때 코러스처럼 북을 치거나 한 마디씩 후렴구를 넣는 사람이고."

"누나 그런 쪽으로 많이 아는 모양이네."

"몰라."

소미는 들고 있던 커피잔을 내려놓았다.

"이세춘이 알려줘서 아는 거야. 나머진 완전 꽝이지."

소미가 의자에서 일어났다.

"우중아, 그거 알아? 사람은 위로의 말을 건네거나 다독여준다고 해서 정말 위로가 되고 평온을 얻는 게 아닌 것 같아. 진짜 위로와 평온은 진짜 비극과 슬픔을 인정해야 가능해지는 것 같아. 안심으로부터 시작되는 위로가 아니라 한바탕 눈물을 흘려버려서 정화되는 위로여야 진짜 위로인 거지. 오늘 팀장 보고서야 나도 늦게 깨달았어. 나도 한바탕 울어야 하고, 너도 그래야 하는 사람이고. 모든 인연에는 때가 있고 때가 되면 이루어지게 되어 있지. 아무리 거부해도 때와 인연이 맞으면 만나고 마는 거야. 우리가 여기 '너머'에 모이게 된 것처럼."

그녀가 백을 들고 사무실을 나갔다. 해가 높기 시작했지만 볕은 눈을 뜰 수 없을 정도로 이글거렸다.

"저 누나 진짜 무당이야?"

사무실 밖에서 소미가 손을 흔들었다. 우주가 얼른 손을 들고 흔들었다.

"나도 잘 모르겠지만 그런 것 같아."

"도현이 아저씨는 귀신들하고 이야기 나눌 수 있다며?"

그가 혼잣말처럼 중얼거렸던 말들이 실은 귀신들과 나누었던 이야기였던 듯싶었다. 날마다 죽은 사람을 대하고 죽은 사람을 묻고 죽은 사람을 애도하거나 증오하는 사람들만 만나고 고요한 데다 적막한 이곳에서 산다면 귀신들과도 몇 마디 나눌 수도 있겠다는 생각도 들었다.

"그런데 형은 뭐야?"

소미는 주차장에 세워둔 차를 끌고 언덕 아래로 내려갔다. 나는 차의 꽁무니를 놓치지 않고 쳐다보았다.

"나?"

우주가 고개를 끄덕거렸다.

"난 그냥 네 형이지. 아주 가끔 나무 아래에서 위로 올라가는 빛 같은 걸 보기도 하긴 하지만 그건 그냥 빛이지."

우주가 실실 웃었다.

"형은 여기 어떻게 온 거야?"

"숙식 제공되고 급여가 생각보다 높고. 저녁 시간을 온전히 혼자 보낼 수 있어서."

"귀신 같은 것들하고 인연이 있어 온 게 아니고?"

"난 귀신은 몰라."

"그 빛은 뭐야?"

우주의 눈이 반짝거렸다.

"내 생각에 그건 질량 보존의 법칙 같은 거라 생각해."

"형도 참, 질량 보존의 법칙이 왜 나와?"

물질이 화학 반응에 의해 다른 물질로 변해도 반응 이전 물질의 질량과 반응 이후 물질의 질량은 변하지 않는다. 나는 우주에게 사람이 죽어 화장이라는 화학적 반응을 거쳐 한 줌의 골분으로 남지만 그가 살며 지녔던 무게는 사라지는 게 아니라 어디론가 흩어져서 존재하는 게 아닐까라고 설명했다. 변할 때 미련 때문인지 안타까움 때문인지 흩어지지 못하고 골분에 묻어온 나머지 질량들이 드디어 죽음을 인정하고 자신의 마지막 형체에서 떠날 때 나타나는 게 내가 그동안 본 빛인 듯하다고 말해주었다.

우주가 길게 한숨을 내쉬었다.

"우울한 말은 아니네. 그게 이치라면 우리 엄마도 어딘가에 다른 질량으로 존재할 수도 있다는 말인가?"

그런 생각을 해본 적은 없었지만 우주의 이야기를 듣고 보니 그런 것도 같았다.

"그럴지도 모르지."

"평생 고생만 하다 갔는데……."

"그랬지."

"뿌릴 게 아니라 여기에 데려왔으면 좋아했을 텐데."

"엄마는 자식들이 자신 때문에 미련 남는 거 원하지 않았잖아."

"그래도."

우주가 중학생이 되던 해 엄마가 죽었다. 슬픔이나 원망이 많이 희석되었을 줄 알았는데 가슴 밑바닥에 고스란히 간직되어 엄마 이야기가 나올 때마다 수면 위로 떠올랐다.

"형, 엄마 진짜 꿈이 뭐였는지 들어본 적 있어?"

우주가 느닷없이 물었다.

"엄마는 우리 키우느라고 딴 데 정신 팔 겨를이 없었지."

"그거 말고. 엄마가 아빠랑 결혼하기 전에 가졌던 꿈."

들어본 적이 없었다. 묻지 않았으니 알 수 없었다. 애써 묻지도 않았다.

"넌 알아?"

"알지. 엄마 병원에 있을 때 진짜 꿈이 뭐냐고 물어본 적 있어. 그게 나 6학년일 때야."

나는 침을 삼켰다.

"엄마가 한참 눈을 감고 있다가 뜨더니 가수라고 말했어."

"가수?"

우주도 눈을 감았다.

"형은 그때 알바 하느라고 엄마 곁에 없었잖아. 그때 엄마가 꿈 이야기 하고 처음이자 마지막으로 노래를 불러줬어."

"노래?"

엄마에 대해 알지 못했던 것들을 알게 되자 심장이 거칠게 뛰기 시작했다. 괜히 얼굴이 달아오르고 몸이 뜨거워지기 시작했다. 몸살감기의 뒤끝이니 그렇겠지. 하지만 지금 몸이 뜨거운 건 감기나 몸살로 인해 몸이 뜨거워지는 것과는 달랐다. 지금의 뜨거움은 발바닥 밑에서부터 묵직하게 위로 올라오는 뜨거움이었다. 단전에서 사방으로 퍼져나가는 뜨거움과는 시작도 무게감도 달랐다. 나는 갑작스레 갈증이 일어 정수기에서 물 한 잔을 뽑아 마셨다.

"아픈데도 딱 한 번 불러보고 싶다며 노래를 불렀어."

"어, 어떤 노래?"

"백설희라는 가수의 〈봄날은 간다〉."

나도 그 순간 우주 그리고 엄마와 한 장소에 있었던 것만 같은 기분에 사로잡혔다. 나도 모르게 눈물이 흘렀다.

59

'너머' 1주년의 아침부터 비가 내렸다. 비는 뜨거웠던 하늘과 길과 건물을, 바다와 나무와 뜨거웠던 우리들 몸을 조금 식혀주었다. 숨 쉬기도 편했다.

"사람이 올까?"

우주가 사무실 밖을 내다보며 말했다.

"여기에? 오긴 누가 오겠어. 소미 바람이지."

사흘 전 소미는 블로그와 홈페이지에 '너머' 1주년임을 알렸다. 기념식 날엔 추모는 가능하지만 유일하게 '너머'의 하루 휴일이라 안치는 불가능하다는 안내문도 걸고 기념식에 참여하고 싶은 사람은 참여해도 좋다는 말까지 남겼다.

"두고 봐. 몇은 올 테니까."

등 뒤에 서 있던 소미가 단언했다. 나는 짐작이 가는 사람이 아무도 없었다. 소미는 그 말을 남기곤 노란 우산을 들고 사무실을 빠져나갔다.

"저 누나는 여기서 언제부터 일했어?"

우주가 물었다.

"나도 잘 몰라. 내가 여기 왔을 때부터 있었으니까."

소미와 같이 지내면서 그녀가 언제부터 일을 시작했는지 궁금해한 적이 없었다. 그동안 도현이나 소미 그리고 나는 서로의 주변에 대해, 지나온 시간에 대해, 딱히 감추려고 그랬던 건 아니었지만 가슴속에 감춰진 이야기들에 대해 말을 나눈 적이 없었다. 서로 자신에게 골몰해 있었기 때문이었다. 보랏빛의 개여뀌가 수목장 주변을 덮고 뜨거운 바람이 수목장을 맴돌고 유족이 아니라 안치를 한 사람들의 가슴속이 조금씩 눈에 들어왔고 정확하게 그 정체를 알 수 없지만 귀신인 듯한 빛들을 보면서 나는 조금씩 두 사람의 시간을 보기 시작했던 것 같았다. 소미가 무당이 되고 싶지 않았던 무당이라는 걸 실은 이전부터 느끼고 있었던 것도 같았다. 도현이 지금까지 우리를 시크하게 대했던 것도 누군가의 죽음으로부터 벗어나지 못해서였다는 걸 느꼈다. 소미의 가족이 다녀가고 도현이 애타게 찾았던 그 누군가가 바다에서 죽은 딸이라는 걸 안 뒤로 조금씩 상처투성이인 두 사람의 세상이 보이기 시작했다.

우주와 나는 우비를 입고 수로를 점검하기 위해 사무실을 나섰다. 가까운 곳이 바다여서인지 완만한 능선을 타고 바다로 달려가는 빗물의 속도가 빠른 듯했다. 어서 바다에서 만나자는 약속을 하고 맹렬하게 달려가는 물 같았다. 그래서인지 약간이라도 굽이진 수로는 패이고 잘 다져지지 않은 바닥은 웅덩이가 되기도 했다. 우주와 나는 삽을 들고 각이 진 수로를 부드럽게 휘어지게 다듬고 깊이 팬 바닥엔 자갈을 퍼 넣어 다졌다.

두 시간 남짓 수로를 살피고 구릉에 서자 주차장으로 차 한 대가 들어오는 모습이 보였다.

"저거 팀장님 차지?"

그는 자신이 말한 대로 나타났다. 운전석에서 내린 그는 파라솔처럼 큰 검정 우산을 펼쳐 들고 사무실로 성큼성큼 걸어 올라왔다. 그 뒤로 '너머' 뷔페 트럭이 비를 밀며 들어왔다.

도현은 나와 우주를 쳐다보고 씽긋 웃어 보인 후 곧장 딸에게로 갔다.

"그런데 비가 오면 유골이 아무리 땅속에 있어도 다 씻겨 내려가지 않을까?"

"그러겠지. 애초에 여긴 그런 곳이니까."

"바다로 가는 거겠지?"

"그럴 거야."

우리는 도현이 돌아올 때까지 구릉 위에 서 있었다. 그가 다가와 나와 우주의 어깨를 두드렸다.

"별일 없었지?"

나는 고개를 끄덕거렸다. 그가 등 뒤에 따라붙은 요리사들을 쳐다보았다. 요리사들이 그에게 안내를 받은 후 우산을 들고 분주하고 움직였다.

"누나 말대로 몇은 왔네."

"그 몇에 팀장이나 요리사를 포함시키면 안 되지."

우주가 내 말을 들으며 손가락으로 주차장을 가리켰다. 빨간색의 경차가 주차장으로 들어오는 게 보였다. 그 차는 로로의 아빠가 몰던 차였다. 차에서 내린 사람은 김광식이었다. 그는 편의점에서 파는 투명한 우산을 펼쳤다. 그가 비칠비칠 언덕길을 올라왔다. 거침없이 사무실까지 반듯하게 올라오던 예전의 모습이 아니었다. 사방을 살피고 사람들을 살폈다. 도현은 한 차례 그에게 눈길을 준 후 거뒀다.

서서히 비가 멎으면서 비가 지난 자리를 저녁놀이 점령해

들어오면서 사람들이 왔다. 조사관이 오고 나모가 왔다. 올 만한 사람들이었지만 소미의 말은 맞았다. 사람들이 사무실 테이블 앞에 모여 앉기 시작했다. 김광식은 조사관을 보고 알은체했고 조사관은 나를 보고 계면쩍은 웃음을 날렸다. 김광식은 여전히 도현과 눈을 제대로 맞추지 못했다.

"왔냐."

"네, 저도 다 청산하고 택배 시작했습니다. 형도 형수도 아이도 제가 그렇게 살기를 바랄 거 같아서요. 오늘은…… 아이가 불러서 왔습니다."

김광식이 엉뚱한 소리로 이야기 매듭을 지었지만 도현은 알아들은 눈치였다.

"잘 왔다."

도현의 말 한마디에 김광식이 고개를 푹 숙였다. 그의 대답엔 지난 시간을 이해할 테니 앞으론 잘 살라는 뜻이 숨어 있는 듯했다. 조사관은 주저하다 도현에게 손을 내밀었다.

"반갑습니다. 오지 않으려 했는데 작은 조부께서 꿈에 오셔서……."

"잘 오셨습니다. 건달과 형사로 만나는 게 아니라 다행입니다."

"그러게요."

도현의 얼굴에 희미하게 미소가 번졌다. 나모는 깐 마늘을 한 자루 들고 왔다. 요리사들과 이미 약속이 되어 있었던 것인지 요리에 들어가는 마늘은 나모의 마늘을 썼다. 우주는 구석 책상 앞에 앉아 분주하지만 조용하게 움직이는 사람들을 보았다. 누구도 입을 열고 떠들지 않았다.

사무실 안이 금방 음식 냄새로 채워졌다. 편육, 소갈비찜, 닭봉, 탕수육, 계란볶음밥, 국물김치와 겉절이, 김밥, 마파두부, 깐풍기……. 수저와 개인 접시와 소주까지 테이블 위에 착착 차려졌다.

"올 사람은 다 왔네. 올 귀신들도 다 오고. 산 사람도 모이고 죽은 사람도 모였어."

요리사들이 사무실을 빠져나가자 소미가 단언했다. 소미의 말을 듣고 우주가 그녀에게서 한 팔 거리쯤 떨어졌다.

"누나, 왜 그래요? 정말 귀신이 있긴 있어요?"

소미는 테이블 앞에 앉은 사람들을 둘러보았다.

"여기 귀신 안 믿는 사람들 없을걸? 다들 귀신이 있다고 믿을 거야."

소미의 말이 끝나자마자 모인 사람들이 말없이 고개를 끄덕거렸다.

"세상엔 모르긴 몰라도 안 믿는 사람보다 믿는 사람이 더 많을 거야. 그래야 남겨진 사람들이 위로받을 수 있거든. 사과도 할 수 있고. 속죄도 할 수 있고. 살아 있을 땐 다하지 못한 말들도 할 수 있지."

소미는 음식들을 둘러보며 가볍게 말했다. 그의 말 사이에 트럭에 시동 걸리는 소리가 들려 일제히 그곳으로 눈길을 주었다.

"저기 누가 오는데."

우주가 손가락으로 언덕길을 올라오는 검은색 세단을 가리켰다. 도현이 먼저 일어나 사무실을 나갔다. 소미와 나 그리고 다른 사람들도 덩달아 그를 맞이하러 갔다. 세단의 조수석 문이 열리고 감청색의 양복을 입은 남자가 내렸다. 그는 트렁크를 열더니 오른쪽 어깨에는 서류 가방을, 왼쪽 어깨에는 커다란 숄더백을 걸머지더니 사무실 쪽을 바라보았다.

"'너머' 담당 변호사야."

도현이 말했다. 변호사는 사무실 앞에 모여 있는 사람들을 보곤 빠르게 걸어 올라왔다. 그의 걸음걸이에 맞춰 어깨에 매달린 가방이 좌우로 춤을 추었다. 사무실 앞에 도착한 그는 크게 한숨을 내쉰 뒤 미소를 지었다. 그는 먼저 도현에게 손을 내밀었다.

"고생 많이 했습니다. 개장하고 어렵게 사람 구해놓으면 한 달을 채 버티지 못하고 다들 나가는데 팀장님만 계속 계셨잖아요. 사장님도 일하러 오는 사람이 얼마나 붙어 있을지 모르겠다고 염려하고 그러셨거든요. 그러니까 여기 계신 분들은 '너머'에 아주 특별한 분들이신 거죠."

변호사가 들려준 말은 예전에 도현이 이야기해준 적이 있었다. 직원들이 길어야 한 달을 채우지 못하고 그만두었다고 했다. 유골을 직접 손으로 만져야 한다는 점도 께름칙해했지만 무엇보다 견디기 힘든 건 라디오 볼륨을 최고로 올려놓아도 깨지지 않는 적막 때문이었다고 한다.

'실은 삶이 적막한 건데 그걸 피부로 직면하니까 두려웠던 게지. 안 그래?'

도현의 말이 그럴듯했다. 그러니까 나나 소미, 도현은 적막을 잘 견디는 인간들이었던 것이다.

변호사가 나와 소미와도 악수를 했다. 다른 사람들과는 그저 목례만. 그가 어깨에 메고 있던 숄더백을 내려놓을 곳을 찾지 못해 두리번거렸다. 비가 갰지만 길바닥은 곳곳이 얕은 웅덩이였다. 나모가 얼른 느티나무 아래 의자를 가져가 그 앞에 놓았다. 그는 고맙다고 말했다. 나는 변호사보다는 차 창문이 3분의 1쯤 내려져 있는 세단에 더 관심이 갔다. 그 안에 양지량이 있을 것이다. 단숨에 달려 내려가면 그의 얼굴을 확인할 수도 있겠다는 엉뚱한 생각이 들었다.

"강우중 씨."

변호사가 가방에서 꺼낸 봉투를 들고 내 이름을 불렀다. 모인 사람들이 일제히 나를 쳐다보았다. 나는 그들의 눈길에 떠밀려 손을 내밀었다. 변호사가 손 위에 봉투를 얹어주었다.

"이, 이게 뭐죠?"

변호사는 대답 대신 어깨를 으쓱했다. 우주가 등 뒤로 바짝 다가왔다. 도현은 슬쩍 눈길만 보냈고 다른 사람들은 봉투를 뚫어지게 쳐다봤다. 봉투를 열어보라는 무언의 압박이었다. 나는 그들의 눈길에 떠밀려 봉투를 열어 내용물을 꺼냈다. 좀 두꺼운 종이가 손에 잡혔다. 세 번으로 접힌 종이를 펼치자 서약서가 나왔다. 지금까지 안치한 골분의 수당을 '너머' 만장 시 지급한다는 서약서였다. 안치한 골분이 차지한 나무 가격의 일정액이라 적어놓고 그 뒤에 빈 괄호를 적어놓았다. 그 보너스를 받으려면 만장까지 '너머'에 있어야 한다는 말이었다. 그러니까 앞으로도 적어도 천 명의 골분을 더 내 손으로 만져야 한다는 말인데 기분이 좀 묘했다. 보너스가 얼마인지도 알 수가 없었다. 그러니까 이곳에서 도망가지 않고 일하면 보너스를 주겠다는 제안이었다. 멋있는 제안이지만 서글픈 제안이기도 했다.

"아니, 이런 걸 왜 제게……."

나는 당황해서 변호사를 쳐다봤다.

"하루도 쉬는 날이 없으시기도 하셨고, 사장님 뜻이니 제가 알 수는 없지만 여기 나가시게 되면 정착하실 수 있게끔 해주시려는 게 아닐까요? 이곳에 계속 계시겠다면 관리자가 되실 수도 있을 겁니다. 물론 도현 씨랑 소미 씨에게도 보너스를 지급하실 겁니다. 우중 씨만큼은 아니지만요. 그건 제가 따로 공증해서 우편으로 보내드릴 겁니다."

수목장에서 계속 일을 한다? 그건 서글픈 일이라는 생각이 들었다. 사람들이 드문드문 오지만 주변의 납골 시설들이 만장이 되면 '너머'로 몰려올 터였다. 그럼 날마다 유족들의 울음소리를 들어야 한다는 말이기도 했다. 어떤 슬픔은 평이했지만 어떤 슬픔은 지켜보는 내내 가슴을 찢는 슬픔도 있었다.

변호사가 이번엔 도현에게 봉투를 내밀었다. 그는 망설이지 않고 봉투를 열었다.

"이게 침침해서 잘 안 보이네. 노안이라 잘……."

도현은 봉투 안의 내용물을 우주에게 건넸다.

"좀 읽어줘."

우주가 도현에게서 서약서를 건네받았다.

"……정다정과 친구였다는 사실을 증명할 수 있는 경우 '너머'의 수목장을 무료로 제공해준다. 정다정이 다녔던 학교 관계자 역시 동일하게 받아준다. 지금까지 암장한 사실도 문제 제기를 하지 않을 것이며 향후 만장 시 강우중과 똑같은 수준의 보너스를 지급한다. 이를 공증하려 변호사와 양지량 그리고 정도현이 각각 보관하며 공증한 날부터 법적인 효력이 있음을 밝힌다. 대표자 양지량, 대리인 왕승하."

도현이 눈을 빠르게 껌뻑거렸다. 우주가 서약서를 접어 그의 손에 놓아주었다.

"그런 걸 어떻게 아시고……."

변호사, 아니 왕승하는 버릇처럼 또 헛기침을 했다.

"다정 양이 당한 사건을 모르는 사람들이 있겠습니까. 모두의 슬픔이죠. 사장님께서도 그 사건을 접하시곤 며칠 끙끙 앓으셨습니다. 어른들 잘못으로 아이들 수백 명이 꽃도 제대로 피우지 못하고 떠난 걸 보고 아마 이 시대를 살아가는 어른으로 당신이 할 수 있는 일이 뭘까 고민하셨던 거 같습니다. 마침 팀장님이 여기 계시기도 해서 내리신 결정인 듯합니다."

도현이 두어 발 물러나더니 담배를 꺼내 물었다. 담배를 잡은 그의 손가락이 떨렸다.

"사장님은 사장님이네. 직원들 사정을 속속 다 알고 있었던 것 같아."

왕승하가 또 헛기침을 했다.

"팀장님 사연 모르는 사람이 어디 있겠습니까? 국회 앞이랑 홍대랑 신촌 영등포에서 전단지 돌리고 경찰들하고 싸우고 그러셨는데. 다만 그 사람이 다정 양 아빠라는 걸 모르고 있겠지만요. 사장님도 나중에야 아셨습니다. 그 사람이 도현 팀장님이라는 걸."

그는 계단참에 털썩 주저앉았다.

"이번엔 강우주 씨."

"저도요?"

우주가 등 뒤에서 주저했다.

"사장님께서 봉투를 준비해주셨습니다."

왕승하가 우주에게도 봉투를 건넸다. 그의 봉투에서 나온 건 명함이었다. 프로 축구 구단의 이사장과 감독의 명함이었다.

"그 두 분에게 우주 씨를 부탁드렸습니다. 인터넷에 떠도는 영상도 갈무리해서 보내주셨고요."

"저에 대해 어떻게 아시고……."

왕승하는 상대에 대해 어느 정도는 알고 있어야 가능한

선물을 건네주었다. 다시 말하면 양지량이 우리 모두에 대해 비교적 상세하게 알고 있다는 말이었다. 선물을 받았지만 조금은 찜찜했다.

"그러게, 여기 사장님은 얼굴도 안 비추는데 일하는 직원들 사정을 어떻게 그렇게 잘 아실까?"

이번에도 나모가 말을 보탰다. 왕승하가 이마에 맺힌 땀을 닦으며 짧게 웃었다.

"사장님께서 그 점에 대해 세 분이 기분 나빠할지도 모르겠다고 하시긴 하셨습니다. 여기가 워낙 외진 곳이다 보니 일하시는 분들의 안전을 위할 겸 나무도 관리해야 할 시점을 파악하기 위해 여러 군데 CCTV 설치 의뢰를 했습니다. 곳곳에 CCTV 있는 건 아시죠? 처음 개장했을 땐 사장님이 외출하거나 야간에는 관리자를 둘 수도 없어서 CCTV를 설치한 것이기도 하고요. CCTV에 담긴 영상들이 사장님 휴대폰으로 볼 수 있도록 연동이 되어 있는 것도 아시죠?"

소미가 고개를 끄덕거렸다. 나 역시 충분히 그럴 수 있는 일이라 생각했다.

"몸이 불편하셔서 여기에 나오시지 못하시니 그렇게라도 보시려고 하셨고요. 아시겠지만 사무실 안에는 CCTV가 없지만 그래도 외부 CCTV에 잡힌 여러분들을 당신이 보고 있다고 하면 불편할 수 있으니 잘 설명해달라 부탁하셨습니다. 어디까지나 나무 관리용이니까요. 사장님껜 여기 나무들이 자식이나 다름없거든요. 그런데 그 영상에서 여러분들이 하는 이야기들이 들리면서 여러 가지 알게 되신 모양이십니다. 꽤 여러 날을 제게 상의하고 고민하시기도 하셨고요."

왕승하의 얼굴도 밝지 않았다. 선물을 받은 사람들의 얼굴이 무표정이어서 그런지 그는 우리들의 눈치를 보며 연신 이마에 맺힌 땀을 닦아냈다.

"사장님은 그저 1주년 기념으로 여러분들에게 뭘 해주시면 좋을까 고민하시고……."

"알았어요. 여기 오셔서 요기라도 하고 가시라 그래요."

소미가 왕승하와 우리 사이에 놓인 긴장의 끈을 좀 느슨하게 풀어주었다.

"혼자 거동하시기 어렵습니다. 여기 오신다는 것도 여러 사람이 말렸는데도 기어이 오시겠다 하셔서 오긴 오셨는데, 여러분들이 생각하고 계신 것보다 많이 불편하십니다."

변호사가 주차장에 세워져 있는 세단 쪽으로 눈길을 주었다가 거뒀다.

"여하튼 마지막으로……."

그는 허둥대며 의자 위에 올려놓은 숄더백의 지퍼를 열었다. 백에서 나온 건 두 개의 유골함이었다. 그는 한 차례 더 땀을 닦더니 소미를 바라보았다.

"이건 소미 씨께 드리는 겁니다."

사람들이 모두 소미에게 눈을 주었다.

"사장님께서 소미 씨 어머님과 오라버님 되시는 분을 설득했습니다."

"사장님이 저희 엄마랑 오빠를요?"

변호사가 두 개의 유골함을 소미에게 내밀었다.

"이, 이게 누구죠?"

소미가 얼결에 두 개의 유골함을 받았다. 변호사는 머리를 긁적이다 다시 입을 열었다.

"남편분과 아드님입니다."

"아니, 어떻게……."

변호사는 어색하게 미소를 지으며 소미를 바라보았다.

"사장님께서 소미 씨 어머님을 만나셨습니다."

"우리 엄마를요?"

변호사가 고개를 가볍게 끄덕거렸다.

"혹시 딴맘 먹을까 봐 두 분을 어머니 사당에 안치해놓았다고 하시더군요. 그래야 딴맘 안 품는다고. 사장님께서 직접 남편분이랑 아드님은 소미 씨 곁으로 가는 게 맞겠다고 설득하셨고 어머니께서도 그게 순리라고 받아들여주셨지요. 두 분 자리를 여기에 마련하면 좋겠다고 하셨고요."

소미의 눈에서 느닷없이 눈물이 터졌다. 왕승하는 제 할 일을 모두 끝낸 홀가분함 때문인지 크게 한숨을 내쉬었다.

"……사장님께서 당신에 대해 궁금해하지 말라고 하셨습니다. 그리고 이 '너머'는 어느 시점에서 누구든 똑같은 출발선에서 달릴 수 있도록 해줄 후원사로 남기실 뜻을 밝히셨습니다. 사장님께서도 이런저런 어려움을 많이 겪으시기도 하셨거든요."

그가 가방을 챙겼다.

"자제분들이나 다른 가족들도 있을 텐데……?"

나모가 말했다.

"사장님께선 자제분이 없으십니다. 사모님께서 일찍 돌아가셔서 지금까지 혼자 지내고 계시고요. 저는 더 드릴 말씀이 없네요. 여러분들 1주년 동안 정말 수고 많으셨습니다. 무사히 오늘까지 이 자리에 있어주셔서 감사합니다. 사장님께서 앞으로도 이 수목장에 안치되는 영혼들에게도 진심으로 추모해주시기를 바란다고 전하셨습니다. 특히 소미 씨에게 고맙다고 전해달라고 하셨습니다. 그리고 마지막으로 나모 씨께도 전언이 있습니다. 회장님께서 추후 마늘밭을 더

확장하더라도 같은 가격으로 마늘 가져가시라 하셨습니다. 수목장이 문 닫는 날까지요."

나모가 덥석 변호사의 손을 잡았다.

"사장님께 고맙다고 전해주세요. 그렇지 않아도 여기 마늘 탐내는 놈들이 많아서 걱정이었습니다. 백도 없고 돈도 없는 터라 올해만 마늘 수거해 가고 내년부턴 끝나겠구나 싶었는데. 확장까지라니."

"그렇게 생각하셨다면 저희 사장님을 잘못 알고 계신 겁니다. 그럼 저는 이만."

그가 허리를 깊이 숙여 반절을 했다. 우리들도 얼결에 반절을 했다. 우리는 그가 주차장의 세단으로 돌아가 조수석 문을 열고 차에 탈 때까지 침묵한 채 지켜보았다. 차가 몸을 틀어 빠져나가기 시작할 때 뒷좌석의 창문이 열리며 손 하나가 삐죽 빠져나왔다. 양지량의 손이리라. 그는 우리를 향해 손을 흔들었다. 우리도 그 손을 향해 손을 흔들었다. 차는 빨간 차폭등만 남긴 채 주차장을 빠져나갔다.

다시 테이블 앞으로 돌아왔지만 누구 한 사람 쉽게 입을 열지 못했다. 평범한 차림의 밥자리였지만 갑자기 유언의 자리가 된 기분이 들었다. 사람들이 다시 사무실로 모여들었다.

"실제로 본 적은 없지만 저 양반 이야기는 많이 들었지."

도현이 모두의 잔에 술을 따르고 어색한 적막이 흘렀는데 조사관이 먼저 입을 열어 침묵을 깼다.

"어떤 사람입니까?"

나모가 물었다.

"나도 잘은 몰라요. 돈이 많다는 거밖에. 그리고 항상 연말이나 재해 때마다 거액을 내놓는다는 정도하고 원래 북한 분이라는 정도만 알죠."

"에이, 그 정도는 우리도 말할 수 있겠네."

나모가 잔을 홀짝 비운 후 투덜대듯 말했다. 소미는 책상 위에 두 명의 골분을 올려놓고 말없이 눈을 감고 있다가 테이블 앞으로 돌아왔다.

"엄마가 설득당했을 정도라면 보통 사람은 아닐 거예요. 고집이 고래 심줄보다 더 센 사람이니까."

소미도 잔을 비우고 다시 채웠다. 도현이 나모의 잔에 술을 채워준 후 건배를 청했다.

"풍문인 거 같은데, 일제 강점기 때 항일 운동도 하고 그랬다고 들은 거 같아요."

조사관이 말했다.

"에이, 그럼 저 양반이 100세가 넘었다는 말인데?"

"요즘 100세까지 사는 사람들 많아요."

테이블 위로 실없는 이야기들이 오갔다. 나는 문득 도현이 서울에 다녀왔다는 말이 떠올랐다. 양지랑이 나나 우주에게 해준 배려가 지금은 실감이 나질 않았다. 마음이 싱숭생숭했다. 그건 우주도 마찬가지인 듯했다. 그는 모인 사람들이나 음식에는 관심이 없는 듯 명함만 자꾸 들여다보았다.

"팀장님 서울 가신 일은 잘되셨어요?"

의례적인 물음이었는데 잔을 들던 도현이 다시 잔을 테이블 위에 내려놓았다.

"내가 건달이었다는 거 다들 알지?"

유독 김광식의 눈이 반짝거렸다. 조사관은 도현을 자꾸 힐금거렸다.

"건달 짓 완전히 청산하고 왔어. 마지막으로 사람 한번 손보고."

도현이 우주를 바라보았다.

"그 감독이라는 놈 머잖아 우주랑 너한테 전화해서 사과할 거야."

"그게 무슨 말이에요. 감독을 만났어요?"

나는 우주를 쳐다보았다. 우주는 그동안에도 명함만 들여다보았다.

"새벽에 여길 들렀는데 누가 언덕을 뛰더라고. 누군가 해서 살펴보니까 우주야. 기특해서 뭐라 칭찬이라도 한마디 해주려고 올라왔는데…… 바닷가 쪽 벤치에 앉아서 울고 있더라고. 그래서 얘기 좀 들었지."

나는 우주를 쳐다보았다. 그제야 자신에 관한 이야기를 나누고 있다는 걸 알고 명함을 주머니에 쑤셔 넣었다.

"그래서 다녀왔어. 마지막으로 건달 노릇 한번 해보려고. 그런 놈들 때문에 우리가 상처 입는 거잖아. 그런 놈들 내버려두면 앞으로도 계속 그럴 거거든. 우주뿐만 아니라 다른 선수들도 피해 안 보려면 반쯤 죽여놔야겠다고 판단해서 다녀왔지. 그래야 좀 공평해지는 거잖아."

"그, 그게. 두들겨 팼다는 말입니까?"

"아주 반쯤 죽여놨지."

"아니, 그러다가 고소라도 당하면……."

"고소하고 싶은 마음이 들었다면 내가 덜 팬 거거든. 두려워서 치가 떨릴 정도로 패면 그냥 조심히 지내지. 아마 그럴 거야. 비리도 많아서 고발하거나 하지도 못할 거고."

그가 잔을 들었다.

"그놈 못된 사슬을 끊어줘서 오히려 나한테 고마워해야 할걸."

도현이 히죽 미소를 지었다. 우주의 입은 찢어질 정도로 벌어졌다. 도현이 우주에게 술을 줬다. 우주가 내게 눈길을 주었다가 얼른 거뒀다.

"낮이 물러가고 밤이 오고 있네. 여기 노을이 이렇게 아름다웠나?"

도현의 말에 모두 창밖을 내다보았다. 구릉과 나무들의 끝에 어둠이 스며들고 있었지만, 그 위는 희한하게도 역광처럼 연한 빛들이 머물러 주변을 밝혔다. 그 너머에 붉은빛이 수평선처럼 펼쳐져 낮과 밤을 나누는 경계선처럼 보이도록 만들었다. 소미는 낮은 숨을 몰아쉬더니 유골함을 탕비실로 들고 갔다. 작은 접시가 더 필요할 듯해 내가 그녀의 뒤를 따라갔다. 접시를 챙겨 나오는데 그때까지 컴퓨터 모니터가 켜져 있었던지 소미가 모니터를 들여다보았다. 수목장 문의가 있는지를 살피는 게 그녀의 습관이었다. 그녀는 '남극 탐사 연구원 발견'이라는 기사를 클릭했다. 남극이라는 단어가 잠깐 눈에 들어왔지만 양지량 사장이 보낸 서약서만 머릿속에서 맴돌아 그 단어가 무심하게 지나갔다. 내가 접시를 챙기고 물티슈와 티슈를 챙겨 드는 동안 소미는 기사 내용을 천천히 읊었다.

"남극세종기지 연구원 15년 만에 발견. 남극세종기지가 있는 킹 조지 섬에서 기후 변화로 빙하가 녹아내리며 15년 전에 실종되었던 강 모 연구원이 발견되었다고 전해왔습니다. 15년 전 실종 당시 그 모습 그대로 냉동된 상태여서 다행히 강 모 연구원의 시신은 온전하게 보존될 수 있었다고 합니다. 지구 온도 상승으로 지구가 위기를 맞이하고 있지만 한 사람에게는 이 위기가 고향으로 돌아갈 수 있는 기회가 되었습니다. 15년 전의 시간을 그대로 간직한 채 냉동 상태로 발견된 강 모 연구원은 일반 채용 과정을 통해 입사한 경우로 향후 정부 보상 절차에 따라……."

소미는 기사 옆에 올라온 강승우의 사진과 내 얼굴을 번갈아 보았다. 그러다 눈이 마주쳤고 그녀는 내 눈길을 피해 남편과 아들의 유골함 쪽으로 눈길을 주었다.

"만약에 남편이 신으로 온다면 그땐 무당 할 수 있을 거 같아."

소미가 자신에 대해 말하는 사이 방금 눈에 들어온 '남극'이라는 단어는 머릿속에서 서서히 지워졌다.

"가만 생각해보니까 우린 여기 모일 수밖에 없었던 사람들 같아."

소미는 우리가 필연적으로 '너머'에 모이게 되었다고 말했다. 내 생각은 그녀와 달랐다. 하지만 그 생각을 입 밖으로 꺼내진 않았다. 세상에 일어나는 모든 일이 신이 직조해낸

놀음처럼 보이지만 실은 우연의 연속인 것 같았다. 세상은 엉성하게 짜여 있고 우연히 발생한 어떤 일들로 인해 또 다른 새로운 엉성함이 발생하는 것 같았다. 잘 짜인 우연도 있고 엉성하게 짜인 우연도 있을 터였다. 그러니까 도현이나 소미 그리고 나모와 김광식, 조사관과 우리 형제가 한자리에 모인 건 그저 우연일 뿐일 터였다. 우주에게 든든한 후원자가 생긴 것도 우연의 결과라는 생각이 들었다. 우주가 쉬는 날 내게 왔기 때문이니. 어찌 되었든 귀신의 뜻을 알고 헤아리는 소미나 귀신의 말을 듣는 도현, 그리고 귀신들의 빛을 보는 나는 결국 이곳에 모이게 되어 있었던 것 같았다.

사무실 앞마당에 모깃불을 피웠다. 우리들은 지난 1년 동안 다녀간 사람들에 대해 이야기하며 밤을 보냈다. 소미와 도현이 한 차례 울었다. 술자리가 끝날 즈음 우주도 눈물을 흘렸다. 울지 않은 건 마늘 장수 나모와 조사관뿐이었다. 김광식은 어둠 속으로 숨어 들어가 펑펑 울었다. 우리를 위로하는 건 미래가 아니라 과거로부터 온다는 사실을 깨달은 밤이었다. 그렇게 쌓인 시간들이 해원되어갔고 '너머'에서의 잔치가 끝나갔다. 달이 뜰 즈음 선희로부터 톡이 하나 왔다.

'잘 지내지?' ■

작가의 말

나무에 힘이 있을까?

한 자리에서 길게는 수백 년을 앉아 있었으니 세상의 도쯤은 깨치고도 남을 세월이다. 붙박인 채 수백 년을 살았다면 세상을 돌아가게 하는 힘도 갖게 되지 않았을까? 정말 나무에는 힘이 있는 것 같다. 나무 앞에 넋 놓고 앉아 있는 사람들을 보면, 시간이 지나면서 사람들 얼굴에 평온이 깃드는 걸 보면. 나무는 사람들에게 행복했던 순간들을 기억나게 해주고 상처는 위로해주었을 것이다. 나는 그런 나무들 속에서 여러 계절을 살았다.

사람들이 떠난 후 나무들이 왕인 숲에는 빠르게 적막이

찾아든다. 지나가는 자동차도 없으며 마을도 멀다. 사람이 있으니 개도 있으련만 이곳엔 개도 없다. 밤과 적막뿐, 빛이라곤 없다. 한밤중 울퉁불퉁 드러난 형체들이 나무라고 밝혀주는 빛은 달빛이거나 별빛 정도다. 달도 지고 별도 지면 그나마 낮 동안 빛을 먹은 밤이 흘린 희미하고 어둑한 어렴풋함에 밤과 나무들의 경계가 희미하게 드러난다. 비로소 은밀한 시간이 온다. 수천 그루의 나무들은, 낮엔 제 모습 드러내기 부끄러워하는 혼들을 불러내 쓰다듬어주고 위로해주느라 밤새 검은 손을 흔든다. 추억은 물론 억울한 사연도 들어주고 마지막엔 슬프고 아픈 상처를 위로해준다.

가끔 나무들이 말한다. 세상은 보기보다 넓다고, 인간의 눈으로 보는 세계는 좁쌀보다 작다고, 내게 의지하면 더 넓은 세상으로 나갈 수 있을 것이라고. 그러니 지금의 소멸은 소멸이 아니라 다른 세상의 시작이라고. 나무들은 밤새 손을 흔들며 이곳까지 오느라 지친 영혼들도 다독여준다.

나는 요사채 앞에 나와 앉아 텅 빈 마당을 내려다보며 나무들이 제 살 비비는 소리를 듣는다. 그게 꼭 혼의 등을 쓸어주는 손길처럼 들린다. 먼 길 오느라 수고 많았다고 말하는. 그렇게 바람에 실린 나무의 말을 듣다 보면 여럿에게 미안했다. 위로의 말 한마디 건네지 못한 아버지와 동생 그리고 모든 억울한 영혼들에게 미안하다. 세상은 연의 사슬로 이루어져 있고 우연의 연속이기도 하니 어느 날 어느 장소에서 어떤 순간 그들 모두 만나게 되기를 고대한다. 나와 만난 모든 존재에게 고맙고 이 원고에 애정을 보여준 김민주 편집자에게 고맙다.

2024년을 보내며

파주에서

전민식

길 너머의 세계

1판 1쇄 발행 2024년 12월 13일

지은이 · 전민식
펴낸이 · 주연선

(주)은행나무
04035 서울특별시 마포구 양화로11길 54
전화 · 02)3143-0651~3 | 팩스 · 02)3143-0654
신고번호 · 제 1997—000168호(1997. 12. 12)
www.ehbook.co.kr
ehbook@ehbook.co.kr

ISBN 979-11-6737-478-3 (03810)

• 이 책은 경기도, 경기문화재단의 지원을 받아 제작되었습니다.